銀河英雄伝説列伝

银河英雄传说
列传

Yoshiki Tanaka

〔日〕**田中芳树** 主编

〔日〕 石持浅海 太田忠司 小川一水 小前亮 高岛雄哉 藤井太洋 著
吕灵芝 译

人民文学出版社
PEOPLE'S LITERATURE PUBLISHING HOUSE

著作权合同登记号　图字 01-2023-4300

Original Japanese title: GINGA EIYUDENSETSU RETSUDEN 1
© 2020 Yoshiki Tanaka, Asami Ishimochi, Tadashi Ota, Issui Ogawa, Ryo Komae, Yuya Takashima, Taiyo Fujii.
Original Japanese edition published by Tokyo Sogensha Co., Ltd.
Simplified Chinese translation rights arranged with Tokyo Sogensha Co., Ltd.
through The English Agency (Japan) Ltd.

图书在版编目(CIP)数据

银河英雄传说列传/(日)田中芳树主编;(日)石持浅海等著;吕灵芝译.—北京:人民文学出版社，2024
ISBN 978-7-02-018539-9

Ⅰ.①银… Ⅱ.①田…②石…③吕… Ⅲ.①幻想小说-小说集-日本-现代 Ⅳ.①I313.84

中国国家版本馆 CIP 数据核字(2024)第 019933 号

责任编辑　胡司棋　傅　钰
封面设计　钱　珺

出版发行　人民文学出版社
社　　址　北京市朝内大街 166 号
邮政编码　100705

印　　刷　山东临沂新华印刷物流集团有限责任公司
经　　销　全国新华书店等

字　　数　207 千字
开　　本　889 毫米×1194 毫米　1/32
印　　张　10.5
版　　次　2024 年 4 月北京第 1 版
印　　次　2024 年 4 月第 1 次印刷

书　　号　978-7-02-018539-9
定　　价　59.00 元

如有印装质量问题，请与本社图书销售中心调换。电话:010-65233595

田中芳树　监修

远未来的宇宙。自从高登巴姆建立王朝，专制君主与门阀贵族支配的银河帝国、反抗独裁的人民建立的民主国家自由行星同盟，以及隶属于银河帝国，却在背后操纵权力的费沙自治领——三大势力构成的银河大舞台上展开的宏伟战斗和荣耀的宇宙叙事诗从发行到现在，一直傲居日本科幻界的金字塔尖，得到了众多读者的热爱。你手上的这本书，就是深爱着《银河英雄传说》的作家们倾情献上的六篇官方致敬作品。

目　录

1　　　序　田中芳树

1　　　龙神瀑的皇帝陛下　小川一水
59　　士官学校学员的恋情　石持浅海
101　蒂埃里·伯纳尔的最后一战　小前亮
163　雷娜特的故事　太田忠司
219　群星的舞台　高岛雄哉
283　朗朗银河　藤井太洋

320　作者寄语

序

田中芳树

我写了四十年小说，还是头一次写"序"。不，也许以前就写过，只是被我遗忘了。

这次制作《银河英雄传说》官方致敬作品集的消息来得很突然，让我深刻体会到了何谓"惊喜"。东京创元社真是太坏了。编辑们策划项目时，肯定都想象着我吃惊的表情，暗自偷笑不止。而且，截稿日早得惊人。

我一边小声咒骂，一边翻开了参加致敬集的同行名单，再次大吃一惊。按照五十音顺序，名单上罗列着石持浅海、太田忠司、小川一水、小前亮、高岛雄哉和藤井太洋的姓名。这是什么神仙阵容，不会在开玩笑吧。我念叨着，又去寻找封面设计者的姓名，上面写着星野之宣。

那一刻，我失去了思考能力。好不容易恢复神志，我开始细细回想——《银河英雄传说》的开端其实很低调。我自己都不认为它能卖得出去，既然卖不出去，干脆按照自己喜欢的方法写点自己喜欢的东西吧。这便是我动笔的契机。

没想到这个故事竟得到了那么多读者的喜爱，还转眼之间被改编成了多种媒体形式。无论是动画片还是舞台剧，我作为原作者也都没有干涉，完全交给了现场的成员。我认为，要么自己全部包揽下来，要么全权托付给现场，二者择其一最为妥当。若自己不负责又要说三道四，导致现场的人无法自由发挥，肯定做不成好东西，只会让双方感到不满意，招致不理想的结果。

就这样，我不以原作者的身份，而是以观众的身份欣赏了《银河英雄传说》的动画片和舞台剧。然而这次情况不同，它既不是动画片也不是舞台剧，而是小说。那么，我究竟该采取什么样的态度呢？

其实在我恢复神志的那一刻，心中早已有了决定。那就是以读者的立场去欣赏这些作家的作品。我自己创作时，有很多出于各种原因写不了的东西、受到自身才学和限制写不好的东西，还有本来想写却忘了写的东西……现在有一群名字响亮的作家，愿意为我写出那些故事。而我只需欣赏他们的作品，何乐而不为呢？

就算这个项目的开端是编辑的阴谋，我还是要感谢参加进来的诸位同行。

我有个不知算不算贴切的设想：我建设了名为《银河英雄传说》的棒球场，众多知名球手在其中进行了一场酣畅淋漓的竞技，让我们欣赏到绝妙的好球和技巧。这么一想，我就按捺不住兴奋，盼望成书的那一天赶快到来。而且，我还想向更多人分享这份快乐,并由衷希望各位读者能够欣喜地感叹:"《银英传说》的世界变得更宽广了。"

二〇二〇年九月二十三日

龙神瀑的皇帝陛下

小川一水

小川一水（Ogawa Issui）

一九五七年出生于日本岐阜县。一九九六年凭借《白杨宫密报》获得第六届JUMP小说非虚构大奖并出道（以河出智纪的名义）。改为现在的笔名后，二〇〇四年凭借《第六大陆》，二〇〇六年凭借《漂之男》，二〇一〇年凭借《王的爱魔》，二〇一四年凭借《科洛洛基山致木星特洛亚》分别获得第三十五届、第三十七届、第四十二届、第四十五届星云奖。二〇二〇年凭借《天冥之标》获得第四十届日本科幻大奖及第五十一届星云奖。其他著作有《老威尔的行星》《双星旋风大逃亡》等。

"即使在河边钓鱼时,陛下想钓的也不是鳟鱼,而是整个宇宙。"——亚历山大陛下近侍医官长艾密尔·齐列的回忆

每当追忆起银河帝国第二王朝的初代皇帝莱因哈特陛下,我们从不会错过他的任何优点。他的统治时长虽只有第二代皇帝亚历山大陛下的十分之一,但是那段时间里,他在银河的每一个角落都留下了光辉灿烂的足迹,至今不曾褪色。从陛下即位前居住并募集了诸多勇将的奥丁元帅府,到旧自由星星同盟对他发出灭亡宣言的海尼森国立美术馆旧址冬蔷薇园,遍及一万光年范围的史迹形成了巨大的星座图,其中许多地方并非只遵从了帝国政府宫内省的命令,而是得到了当地人们热情自发的维护。不仅如此,继承了莱因哈特陛下遗志的现政府也下令,这些遗址不仅对贵族开放,也允许一定程度的民众参观,为普通臣民提供向皇室表达敬仰之情的机会。

无需赘述,只需到宇宙港一看便知。帝都费沙第一宇宙港的全天候圆顶之下,高举黄金狮子旗的纯白公主舒展着一千零七

米的修长肢体。宇宙战舰伯伦希尔在舰龄超过八十年后回到地面，被改造成纪念馆对外开放。想必没有人不知道，这艘战舰在退役之后，依旧以帝国军总旗舰的名义位列现役舰船名单的第一位。补充一点，她的核聚变炉至今仍保存着初代皇帝最后一次下令点火的火种。这种行为虽然近乎信仰，也许并不符合陛下本人的信条，但总而言之，总旗舰内保留的火种为舰船及周边提供了电力，支付八马克进入舰内参观，还能听见皇帝下令启航、时任的舰长齐格贝尔特·塞德利兹准将重复命令的录音（参观仅限节假日）。

如此这般，莱因哈特陛下的纪念物，不管是他本人所留，还是周围主动保存下来的，都数量庞大，雄伟而华丽。

但是，其中也有比较奇特的东西，比如 Oncorhynchus Imperatoris。

这种被命名为"帝王鱼"的生物，是生存在费沙首都北方、费尔莱登溪谷冰凉淡水中的优美大鱼，其身上有着让人过目难忘的特征。发现了新生物或新天体的人，时常会用自己敬仰的伟人或恋人的名字为其命名。反过来，追求学术功绩的实力人士也会用金钱购买命名权。Oncorhynchus Imperatoris 并不属于任何一种，因为它是发现者本人的命名。帝国鱼类协会的年鉴记载，这种鱼的发现者是莱因哈特·冯·罗严克拉姆一世，发现时间为新帝国历〇〇三年。另外还有一个不为公众所知的事实——笔者曾特别获准参观了保存在费沙自然科学博物馆藏品库中的 Oncorhynchus

Imperatoris 标本，旁边赫然写着所有相关研究者都不可能认错的、极具特征的草体署名 R.v.L。

这里出现了两大疑问。

首先，这究竟是什么？当然，现在已知这种鱼是以地球的鲑目鲑科为基础，经过基因改造诞生的生物，极有可能是养殖逃逸后在自然环境中繁殖出来的种群。令人疑惑的是，它为何在费尔莱登溪谷被发现？众所周知，外来侵略种的星际移动在旧帝国时代受到了严密监视，相隔数千光年的地球改造鱼种出现在费沙，背后必定原因。

还有一个疑问，为何这种鱼的发现者是皇帝陛下？

历代银河帝国皇族中不乏潜心问学之士，在皇室财力的支持下，也有人获得了一定的学术成果。然而，莱因哈特陛下是军人，并非学者。根据笔者所能找到的资料，他并没有对发现新鱼种倾注过精力。〇〇三年是那位陛下生命中的最后一年。他当时疾病缠身，又在宇宙中频繁往来，事务格外繁忙，哪里来的时间去发现生存在行星水体一角的鱼类？"帝王鱼"究竟是什么时候、如何被发现的？

这完全是个谜团。

截至目前，专门研究莱因哈特陛下阴阳相交的性格与行为的学者、军事史家和肖像画家不胜枚举。他果断的行动与纤细的感性，对自身野心的华丽陶醉与冷漠，那充满矛盾的内心就像隐藏在大河上游、深山中的水源，深深吸引着我们。

笼罩在历史尘埃中的河川一隅，有着这样一幅奇特的光景。一个身穿黑银色军装、貌如金狮的青年手持钓竿，飒爽地钓起了一尾不为人知的大鱼。

希望今后的研究能聚焦在他的那一刻上。

多洛雷斯·舒马赫　史学家

1

"皇帝陛下万岁！"

"皇妃陛下万岁！"

夜晚的山溪爆发了不合时宜的群众欢呼。一辆黑色大型地面车被装甲车一前一后护送着，经过了费尔莱登歌剧院门前，被上千名群众夹道欢送。

车里坐着一对年轻男女，他们刚从剧场结束观剧出来，准备返回下榻的山庄。

"辛苦您了，陛……莱因哈特大人。"

"你也辛苦了，伯爵……不，希尔德。身体吃得消吗？"

"托您的福，没什么问题。这场剧真不错。"

二人相视一笑。这对夫妇正是以漆黑与白银的军装和那一头被誉为金狮的灿烂金发享誉全宇宙的皇帝莱因哈特·冯·罗严克拉姆陛下和一个月前还以帝国大本营幕僚总监身份出谋划策、如今换上了一身浅绿色优雅长裙、被亲昵地称作希尔德的皇妃希尔格尔。

现在是新帝国历〇〇三年二月，二人正在费沙的风景名胜新婚旅行。

虽然是大喜的时期，莱因哈特的发热症状也稳定了好几周，但希尔德处在需要格外谨慎的状态。在车上同乘的两名体态对比鲜明的侍从，小个子少年与高大老人担心地说道：

"皇妃陛下，您怎么能撒谎。今晚的剧目时间很长，您的腰一定负担极大。"

"就是，您连续坐了三个小时，肚子里的孩子……不，殿下肯定也很难受。还是让医官看看吧？"

"你们俩啊，过度的关心对我来说也是重担哦。"

"是！""很抱歉……"

"但是你们的心意我领了。如果真的有事，我会拜托你们。"

"是！"

听到希尔德的回答，老少二人齐声说道。

专注地看着皇帝夫妻的少年有一双暗绿色的眸子和一头深红的头发。他名叫艾密尔·冯·齐列，是幼年学校的学生，同时担任皇帝近侍。他今年十五岁，聪明直率，是个热心肠。从巴米利恩会战开始跟随莱因哈特，至今已经快两年了。他比任何人都尊崇莱因哈特陛下，又因为是希尔德安排他跟随陛下，二人的关系也十分亲密。

老人名叫汉斯·斯泰尔泽,是希尔德娘家的管家,本不应该出现在这里。然而费沙毕竟是异乡,希尔德又怀着身孕,需要更多人照顾。她身边没有亲密的朋友,又暂时没找到值得信任的女仆,同时还要应付尚未习惯的皇妃身份,于是请来了这位经验特别丰富的老者。"从小姐还在穿尿布时便跟随左右"的汉斯毫不犹豫地答应下来,把家中事务暂时交给他人,成了皇帝夫妻的随从。

有这两个人跟随左右,实在太好了。车内还有其他随行人员,但是无论谁都能看出来,只有跟艾密尔和汉斯说话时,希尔德才显得更放松。甚至莱因哈特都无法让她做出这样的反应。不过莱因哈特本人并没有感到不快。正因为能让希尔德放松的人很少,才彰显了这两个人的价值。

虽说如此,莱因哈特其实也很顾虑希尔德和其他人。

希尔德跟他并肩坐在专车的后座上,因为正值隆冬,她在长裙上还披了一件外套。由于坐得近,车子每次在山路上拐弯,二人的肩膀都会因为惯性碰在一起。只是希尔德并不倚靠过来,而是一直挺直身子。

在此之前,能与莱因哈特如此接近的人屈指可数。可以说,只有他敬爱的两个人,也就是众所周知的姐姐安妮罗洁,以及挚友齐格飞·吉尔菲艾斯。

现在,他身边又多了一个与他同龄的女性。希尔格尔·冯·

玛林道夫不仅能彻底无视莱因哈特惊人的美貌（这在女性中实属稀有），还具备了众多优点，其中一点就是近乎完美的距离感（但稍显疏离）。她不会黏人，即使结了婚、有了触碰肩膀的亲昵，也不会完全倚靠过去，或是将对方拉扯过来。与此同时，又能让人体会到充分的好感。

她的态度就像对镜，在莱因哈特心中也激起了同样的好感。二人从相识到结婚的过程，可以说存在着种种命运和偶然。但是结婚之后，他真正意识到了自己想保持这种状态，并让它发展下去。

也就是说，莱因哈特希望用这场旅行讨希尔德的欢心。希尔德，还有另一个人。

他开口道：

"不过有点出乎意料啊。朕选择这个地方，本是打算一切从简，没想到竟成了如此夸张的仪式。"

"是呀，我也疏忽了。毕竟这是新帝陛下即位后的首次行幸，本应料想到从上到下，举国内外都会有人赶来欢迎。"

"朕觉得你想错了，伯爵……不，希尔德。"

"您的意思是……"

"大家都是来看你的呀，才貌双全的皇妃陛下。"

莱因哈特微笑着凝视她，但这位已经开始留长一头金发的伴侣既没有害羞也没有面露喜色，而是轻蹙眉头，这样说道：

"无论才华还是容貌，都有许多人胜过我。希望他们不会暗中失望吧。"

随行人员都笑着说皇妃太谦虚了，行驶在幽静森林中的专车又拐过一个弯。

费尔莱登是座山清水秀的溪谷，从新帝都费沙开车过来只需三个小时，是个交通方便的疗养胜地。莱因哈特并不打算像历代皇帝那样展开铺张浪费的新婚旅行（譬如，打造一个全新的豪华宇宙邮轮船队，在一万名大小贵族的簇拥下展开为期半年的宇宙名胜巡游），便在宫内省报上来的几个候选地中颇为随意地选择了这里，自以为能够在深山里度过平静的一周。

但是到达之后，他发现自己想错了。费沙是个干燥缺水的行星，山清水秀的溪谷地带自然成了极为宝贵的旅游资源。管理完善的森林里遍布着山庄和别墅，山脚下开设了高级酒店、歌剧院和竞技场，还有众多提供方圆一百光年内仅从这里出产的珍贵食材的七星级餐厅，可谓形成了面向富裕阶层的一大度假胜地。

此时，若是新婚的银河帝国皇帝夫妻来访，会有什么效果？

——自然是激起了狂热的欢迎浪潮。

奉迎会、舞会、展览会、音乐会、观剧会、晚餐会，他们一到达溪谷，就被拽进了无比绵密的日程安排中，被众多以富裕阶层为中心的人环绕在中间。漫长的暴政终于结束，此时又能与年轻美丽的皇帝夫妻共度欢乐时光，这已经足够激发民众的狂热。更何况所有活动的费用都由宇宙首富——皇帝来承担。正确来说，其实是以皇帝的名义，由帝国财务省承担。他们强烈希望利用这个机会，将皇室的财产最大程度地回流到民间，以获得新旧各种势力的好感。（宫内尚书贝伦海姆男爵说："即使这样，花出去的钱也不过是新建邮轮的三十分之一，只够造一艘哦。"）

为期一周的新婚旅行才过完第三天，已经足够让人厌烦。

他很明白皇帝需要这些做派，但他毕竟是就读士官学校期间只在林堡大街租了一间小房子的莱因哈特，打从心底里讨厌为了彰显虚荣和权势的铺张浪费和社交。这辆车里的每一个人，纵使出发点不同，态度都基本一致。

他端着红酒杯说道：

"既然要大搞排场，朕情愿面对一些有意做新鲜事的新面孔。"

"银河帝国的产业多年来已经形成了迎合贵族体制的形态，并非一朝一夕能够改变。对此，恐怕要耐着性子慢慢来。"

"从根本上改变一个国家，其难度不逊于打倒自由行星同盟的一个国家。请您做好心理准备。"

继希尔德之后，壮年的随行人员修特莱也说道。这位是中将级别的帝国首席副官，其工作是充当莱因哈特的双眼和双耳，是极为重要的下属。在冷漠无私方面，最出名的当属军务尚书奥贝斯坦。修特莱还被评价为精神强韧、粗犷无私。

"朕当然明白，朕与你们——"莱因哈特正要回应，车厢再次摇晃起来，让他不慎把红酒洒在了地毯上。他不由得换了个语气问道："这辆车走的路线正确吗？怎么一直在拐弯？"

修特莱用对讲机联系了随行车上的亲卫队长，然后回答：

"路线正确，只是跟昨天不太一样。"

"为什么不一样？"

"山麓直通对岸迁行道路的桥垮了，所以只能走弯道多的老路。"

"桥垮了？""莫非是袭击？有死伤人员吗？"

莱因哈特脸色一变，前幕僚总监希尔德也挺直了身子。现任首席副官轮番看了看二人，用公式化的殷勤态度回答道：

"幸运的是，并没有死伤人员……今天傍晚，旗舰伯伦希尔在溪谷上游八公里处的拉普湖进行了水上降落，导致大量湖水溢出。方才两位观剧时，溢出的湖水形成暴洪冲击下来，破坏了桥墩。"

皇帝与皇妃双双瘫坐下来，困惑地对视一眼。

"是朕的错吗？"

"这并非莱因哈特大人直接下达的——"

"恕我直言，陛下确实有责任。今天早晨，陛下认为地面警戒过于森严，下令调离了部队。如此一来，就导致了装甲掷弹兵两个中队与轻装陆战兵一个大队，合计一千二百五十人的防卫战力空缺。为了弥补这个问题，不得不采取了在极近距离停靠旗舰的苦肉之策。"

"是谁决定的？"

"缪拉阁下。"

那可是一座"铁壁"。奈特哈尔特·缪拉上级大将目前负责费拉卫星轨道上的防空作战。他一定是牢记着乌鲁瓦西事件时吃的苦头，才把那位纯白的公主派到了离主君最近的地方。

"既然是缪拉，那就没办法了……"

莱因哈特满面愁容，无奈地捋了一把额前的金发。坐在末席的少年掩住嘴角强忍笑意，修特莱瞥到他的样子，漫不经心地追加了一句如何赔偿破损桥梁的提问。

"你妥善处理吧。回到刚才的话题，朕与皇妃自婚礼开始，这三天来已经完美地完成了皇帝夫妻应尽的义务，对这一点，你没有意见吧？"

"是。"

"听说明天上午安排了游船，下午是音乐会和晚餐会。然而新婚旅行本是私密之事，将这种以五分钟为单位的日程强加于朕，朕实在难以忍受。就算朕能忍受，对皇妃来说负担也过于沉重。这样一来，新婚旅行就失去了意义。"

"莱因哈特大人，不仅是我，如果您无法乐在其中，同样没有意义。"

听了希尔德的话，莱因哈特点头更正道：

"没错，希尔德。这次旅行就是为了你与朕二人。现在还剩下四天，修特莱，朕特此昭告——"

纵横宇宙的金发王者摆出一副暴君，或者说调皮的模样宣言道：

"从明天开始，我们去钓鱼。"

"是……"

"明日拂晓，朕与皇妃将溯溪而上，找一片远离人烟、无需顾忌他人的水岸钓大鱼。你准备好四人份的钓鱼用具、服装、干粮，再安排一辆全地形车辆，明白了吗？"

希尔德与艾密尔瞪大了眼睛。其他随从、修莱特和次席副官流肯则紧皱眉头，露出了困惑的神色。

莱因哈特坦然接受了车上的氛围。毕竟他的战略准备才能冠绝人界，自然清楚现在开始准备钓竿、涉水鞋和三明治是何等困难。他也明白自己一旦变更日程，将会导致明日以后好几万人的日程出现空白。面对如此多的问题，周围的人难免要皱眉。

但是，宇宙舰队的出击准备相当于十万倍的困难，而且还是日常性的频率。因此这点小事不可能做不到。

这就是他的想法。

他还可以想象到，周围这些人的心情肯定是：

——皇帝陛下还会钓鱼？

莱因哈特是个历经沙场的军人，而不是河边钓鱼的闲人。他曾经带着艾密尔和流肯骑马下棋，但从未钓过鱼。任谁也不会想到他竟会说出这句话来。

然而，莱因哈特说这句话别有目的。他有个计划，只能在这次旅行中实现。

他看向末席那个深红色头发的少年。

"艾密尔。"

"是!"

少年清脆地应了一声。莱因哈特知道,那双暗绿色的眸子一直在观察大人们的交流。

"你擅长钓鱼吗?"

"是,我有经验……您是说,我吗?"

莱因哈特点点头,然后看了看近侍、妻子,以及她的管家。

"我们四个人,要去钓大鱼。"

2

翌日,众人没能按照预定出发,而是拖到了午饭过后。这不怪修特莱,也不怪莱因哈特,而是因为费沙的航路局长官。

一大早,那人就给莱因哈特带来了坏消息。一月三十日,费沙航路居关于宇宙舰队航行的数据被黑客入侵并破坏了。光是这个消息,就足够让年轻的皇帝大为扫兴,而且除此之外,长官还隐瞒了另一个丑闻。

"三天前的事件?为什么当天没有报告!"

冰蓝色的眸子燃起熊熊怒火,恨不能隔着视频电话将长官烧成灰烬。他不得不听瑟瑟发抖的长官汇报完事态,随后召集高官商量对策,最后判明奥贝斯坦已经事先安排好措施,此时已经浪费了宝贵的半天时间。

不过，这半天时间对皇帝随行的新婚旅行执行部队来说，可谓天降良机。他们需要就行程突然取消之事向各方面致歉，要将陆海空警备力量从城市模式切换为山岳模式，还要准备前一天晚上皇帝要求的钓具。这可是一项涉及范围极广的大规模任务，多亏皇帝的行动被拖延了半天，他们才得以松一口气。

唯一没有放松的是莱因哈特本人。中午时分，他的心情还是非常糟糕。他与希尔德尚未能走出山庄半步，只能坐在餐桌旁食用为旅途准备的三明治。彼时站在一旁的少年侍从担心地说：

"陛下，那个……真是辛苦您了。"

"辛苦？你说什么呢，艾密尔。"

"成为皇帝陛下后，即使是愉快的新婚之旅途中，也要应对各种工作，应该很辛苦吧。"

"朕生气不是因为行程被耽误了，而是气那些人不敢打扰朕，导致汇报延误。你多虑了。"

"啊？对……对不起。"

少年诚惶诚恐地下去了。莱因哈特没来得及留住他，只好叹了口气。

"太难处理了。"

"您没有责备那孩子，对不对？"

"是的，可是……"

"他以后会理解的。"

在这些方面，希尔德很能猜透年轻皇帝的心思。莱因哈特也重新振作起来，说：

"希尔德，我们继续行程吧。身体还好吗？如果不舒服，你一定要说。"

"我现在很好，甚至可以走路去。"

她青绿色的眸子里泛起了笑意，于是垂钓之旅开始了。

当然，谁也不会让怀孕五个月的皇妃徒步上山。随行人员依照命令准备好了车辆，一行人坐上车，顺着昨天下山时走过的溪边林道往上游而去。

费沙行星的山岳地带在冬季极为美丽。穿过树林的风虽然寒冷，但是沁人心脾。阳光透过枝叶洒在脸颊上，带来了临近春天的温暖。车上的人不再像昨夜那样穿着华丽的礼服和制服，而是换上了休闲的登山装束，让心情更加自由高扬。奇斯里准将指挥四百四十名携带冬季山岳战装备的皇帝亲卫队员在预定路线周边布防，形成了徒步与步行战车结合的森严守备，同时又巧妙地融入林中隐藏起来。对车上的一行人来说，假装看不见他们早已成了习惯的日常。

说到这辆车，它虽然是看起来十分可靠的六轮全地形车，但不知为何格外老旧。车里坐着五个人：艾密尔在后方座席看管饮料食物，莱因哈特和希尔德坐在中间，汉斯和布鲁迪斯坐在前排。

莱因哈特对手握方向盘、身穿猎装的男人说：

"早上出了点事,没能跟你见个面。朕名叫莱因哈特,你叫什么名字?"

"是,咱……我叫赛阿德·布鲁迪斯,在陛下暂住的山庄当守门人,今天负责为您当溪钓的导游。中将阁下说要找一个熟悉山地情况的人,我虽然是个糟老头儿,还是毛遂自荐了!"

"你别太拘谨了,当心开车出错。放松一些吧。"

"真的吗?"

那人转过来的脸晒得黝黑,下半部分覆盖着浓密的胡须。这个布鲁迪斯虽然长着一副糙汉的体格,看起来倒是很善良。此时,坐在副驾驶的汉斯慌忙拍了拍他的肩膀。

"赛阿德,看前面!你在开车!"

"哎呀,我知道。那我就恭敬不如从命,放松下来啦。"

"汉斯,你认识他吗?"

"是,我们是老熟人。"玛林道夫伯爵家的老管家忧心忡忡地看了司机一眼,然后转过头说,"这人十年前还在旧帝国领奉职,与我是同行。"

"那么,他也是管家吗?在贵族家工作?哪一家?"

"布朗胥百克公爵家。"

莱因哈特倒吸一口气,希尔德也僵住了。因为布朗胥百克公爵是他们曾经的宿敌。

但是,莱因哈特很快就放松下来。因为就是他打倒了那位公爵。

"既然是十年前离开的,他已经与他们断绝关系了吧?"

"那是当然。不仅如此,他之所以离开公爵家,是因为惹怒了公爵本人……简而言之,就是不满公爵对仆人的态度,跟他吵了一架。"

"哦?"莱因哈特愉悦地眯起眼睛,"你竟能活下来,也是难得了。"

"是我运气好。不过也因为保住了这条命,我才被驱逐到这么遥远的地方来了!"

布鲁迪斯再次转过头来,汉斯慌忙叫他盯着前方,莱因哈特等人笑了起来。

其实,早在选择住宿地点的阶段,修特莱他们就彻查了能够接近皇帝的每一个人。因此,布鲁迪斯不可能会有危险举动。尽管如此,在这番对话过后,一行人还是感到更加放心了。

山谷开始收窄,铺装的道路走到了尽头,前方满是风雨中被打磨得粗糙不平的石块,路况骤然变差。但是,布鲁迪斯是个驾驶老手。他把六轮车开得稳稳当当,连希尔德都倍感惊讶。一个多小时后,周围渐渐被低沉的隆隆声包裹,穿过前方的树林后,眼前的风景令人惊讶。

那是一块高耸入云的漆黑岩壁,粗略估计有五六十米高,抬头看一会儿就会觉得脖子痛。一道壮观的瀑布从岩壁中间倾泻而下,充沛的流水化作白波,激起一团厚重的水雾。这个距离暂时看不见瀑布潭,但是能感觉到隆隆水声造成的轻微震动。原来,这个行星上也隐藏着超出渺小人类认知的雄伟自然景观。

"陛下，快看！""真的，好厉害——"

艾密尔从后排探出身子兴奋地喊着，希尔德也发出了感叹。莱因哈特虽然没有说话，但也瞪大了眼睛。

布鲁迪斯把车停在路边，转过头来。

"皇帝陛下，欢迎来到龙神瀑。"

"那个叫龙神瀑吗？"

"是的。这是费沙最大的瀑布，高度达到五十五米。前方高耸的是年代古老的岩板，山谷在此戛然而止，上面是一片湖泊。"

"原来如此，的确壮观。这里风景如此壮丽，应该有很多游客吧。"

"哎，这您可就说差了。这一带在黑狐老爷的时代禁止普通人靠近，直到陛下占领了费沙，这里才算开放了。我这个山里老头儿用这辆破车打赌，这里是鲜为人知的秘境。瀑布潭那边儿也是个风景绝佳、让人放松的地方。"

一行人很快就下了车。艾密尔主动充当斥候，顺着林间的小路朝瀑布潭方向一路小跑。高大的汉斯跟在后面，时刻关注着身后的皇帝夫妻。莱因哈特牵着希尔德的手，悠闲地迈着步子。

大约走了五分钟，视野豁然开朗。前方就是被冬天的枯木环绕的半圆形瀑布潭。水面不算宽也不算窄，用力扔出一颗石子，也许堪堪能落到对岸。大量流水自空中倾洒下来，激起白色的水雾，但是岸上的岩石还算干燥，不会过于寒冷。午后的阳光洒在背上，将这片风景衬托得祥和而欢快。

然而，最重要的水面却显得格外异常。潭里堆满了足有货车大小的岩石、保养战舰的起重机吊臂一般的树干，还有巨大的树根。从上面的新鲜黄色土壤判断，这些东西显然不是本来就有，而是最近出于某种原因被冲下来的。

"龙神瀑怎么样啊？"

布鲁迪斯抱着行李穿出树林，看着莱因哈特说。

"在费沙住的时间长了，看到这样的风景也会觉得很美丽，感到心情放松吗？"

布鲁迪斯伸长脖子一看，发出了惊呼。

"这是咋回事……哦，肯定是因为暴洪！"

"啊……"

"看来您听说了呀，毕竟连下游的桥都被冲垮了。昨天，瀑布上面的拉普湖突然涨水，整条河都泛滥了。平时也就是山体滑坡时偶尔会这样，没想到偏偏赶上了这个时候。"

布鲁迪斯啧了一声。他好像不知道暴洪发生的原因，不过既然下游的桥都被冲垮了，自然应该预料到紧挨着湖泊的瀑布潭是什么状态。

"陛下，这是我的责任。是我疏忽大意了！真是对不起，抱歉！"

山庄的守门人扔下行李，连连道歉。

其实汉斯也应该预料到这样的事态，如果要细究，在场的其他三个人都应该有所预料。更别说其中一个人的责任最大。

莱因哈特想了想,决定不做隐瞒。

"抱歉,是朕引起了暴洪。"

"啊?!"

"总而言之,这不是你的责任。不用换地方了,就在这里准备吧。"

"那个,要不还是换个地方吧?"

"不用。"

"哦……谢谢您了。那就听您的。"

布鲁迪斯点头哈腰了一会儿,开始取出钓具。先在鱼竿上穿线,然后装好假鱼饵,做好一切准备。

艾密尔被激发了好奇心,凑过去仔细观看。莱因哈特在岩石上来回踱步,观察瀑布潭的情况。不,他其实只是假装查看瀑布潭,不想让一行人看见他的脸。

但是希尔德走过来,看了个正着。

"您大可以装傻呀。"

"你让朕怪塞德利兹吗?"

"皇帝陛下亲自道歉,别人反倒会感到惶恐。"

"鲁道夫肯定也是听别人这么说,后来就再也不道歉了。"

"虽然可以这么说……"

希尔德似乎还有话要说,看来她已经看穿了自己心中郁积的情绪。

莱因哈特回过身，飞快地朝布鲁迪斯他们走去。

"准备好了吗？再磨蹭下去，鱼就吃完晚饭了。朕的钓竿是哪根？"

"来，请您拿着。这可是好东西啊，主体使用了瓦尔基里战斗机① 同款的超轻合金，卷线器内装超电导马达，每秒能卷十米！"

布鲁迪斯拿起一根组装好的钓竿解说起来，莱因哈特接过钓竿，交给旁边的少年。

"听见了吗，艾密尔。你要好好用。"

"我吗？"

少年惊呼一声，随后也许意识到自己做了跟昨晚一样的反应，瞬间涨红了脸。这同样是莱因哈特的错，因为他从昨天起，实在有太多出人意料的举动了。

"这是陛下用的钓竿，我的是那根稍微小一点的钓竿。"

"别啰嗦了，你就用这个。朕用别的。"

"可是……"

"难道你想说，朕只有用最高级的钓具才能钓到鱼吗？"

"当然不是！可是……"

艾密尔暗绿色的眸子里泛起了水汽，愈发困惑不解。莱因哈特最后还是让他拿了自己用的钓竿，把他推到岸边的石头上。

"好了，开始钓鱼吧。朕跟你比赛。啊，小心脚下，别滑

---

① 又译为"王尔古雷"。——译者注

倒了。"

"啊，跟陛下比赛……"

艾密尔不知该如何反应，只能战战兢兢地确认身后没有障碍物，然后举起钓竿，朝着一根大树干抛出鱼饵。

莱因哈特对希尔德招招手，也塞给她一根钓竿，把她领到了无论怎么脚滑都不会掉进水里的小沙滩上。

"这里应该很合适。"

"……好的，莱因哈特大人。"

"嗯？你有什么想说的吗？"

"没什么。啊，真要说的话，如果因为鱼太大钓不上来，请您原谅我。"

"那可真是太可靠了。当然，不用勉强。"

希尔德表情温和地点了点头，可莱因哈特总觉得，那是她看着毕典菲尔特上级大将发动突击的表情。

看到她将鱼饵抛进前方的水面后，莱因哈特回到了石岸上。

"好了，汉斯……"

"一介管家怎能先于皇帝陛下拜领玩乐用具，这会坏了君臣之序。若陛下真的要这样做，我甘愿跳进这水潭里。"

"嗯……好吧，那你随意。"

莱因哈特接过了第三根钓竿。他握住让人联想到名匠雕刻的雪花石膏像的白色握把，柔软地举起了少年用的轻盈钓竿。

身穿一身钓鱼装束，高高举起鱼竿的银河帝国皇帝。目睹这一幕的人都意识到，这也许是全体臣民都没有见过的光景。同时也会感叹——他不仅得到了军神与美神的宠爱，还得到了其他众多神明的眷顾。

"那么，开始吧。"

跃动的投掷，鱼竿发出破空之声，钓线流畅地倾吐而出。

冬日下午的阳光，让金发与钓线泛起了淡淡的光芒。

然而，他唯独不被钓鱼之神眷顾。

西斜的费沙恒星拉长了树木的影子，鸟儿们纷纷起飞，寻找睡觉的地方。人们再次集结起来。

"汉斯，你钓到多少？"

"回皇妃殿下，钓到四条。"

"真厉害，我只钓到两条。布鲁迪斯，这是什么鱼呀？"

"皇妃殿下这两条都是鳟鱼。"

"艾密尔，你钓了多少？"

"那个、我……"

"怎么了，让我看看鱼篓。没钓到也不丢人哦——哎呀。"

"哎，这可真了不得。有鳟鱼，还有虹鳟。而且是七条！"

"对呀，你都能当钓师了吧。"

"只是运气好。我不想当钓师，更想当医师……"

艾密尔回答的声音很小，但并非害羞，也不是真的很讨厌钓师。

他只是跟别人一样，特别在意背后那个孤傲的身影。

他脚边的鱼篓只有水。不管抛出多少次鱼饵，都不曾获得成果。

其他人凑在一起商量了几句，然后走到莱因哈特身边。

"陛下，我能稍微打扰一下吗？"

"嗯？怎么了？"

莱因哈特刚把鱼饵抛到瀑布潭中央，专注地盯着那个地方。等他回过头来，艾密尔鼓起勇气问道：

"请问您想钓什么鱼？"

"什么鱼？"莱因哈特愣愣地反问道，"这里有什么鱼？不钓上来朕也不知道。如果有很大的鲑鱼就好了。"

"陛下，请恕我直言……一般都是先决定好钓什么鱼，然后再钓。"

"哦？"莱因哈特好奇地瞪大了眼睛，又说道，"但也可以这样想吧。派出侦察舰小队埋伏敌军要路，但不事先决定击破对象。如果眼前通过的舰队过于强大则直接放过，发现恰当的猎物就发起攻击。我就是这样等鱼上钩的。大型通商破坏战必须用到这种战略，而且只要选址正确，还能获得极大成果。"

"请您不要在钓鲑鱼的时候想着钓宇宙……！"

艾密尔的喊声道出了在场其他人的心声，甚至盖过了瀑布的喧嚣，直穿山岭和长空。

除了希尔德，其余三人其实也隐隐察觉到了主君的行动有些奇怪。莱因哈特用了路亚饵，抛出去后应该一点点收线，用跳动的鱼饵吸引鱼上钩。可他只是把鱼饵抛进水底，一动不动地等待。

希尔德恭敬地走上前去，用明确的语调询问：

"莱因哈特大人，您是第一次钓鱼吗？"

一阵风吹动树梢，灿烂的金发在夕阳中摇摆。那一刻，希尔德似乎看见了什么。然而风声已过，年轻的皇帝露出苦涩的笑容，把钓竿放在旁边的灌木丛上，摊开双手承认自己败北。

"嗯，皇妃果然英明。朕从未钓起过任何一条鱼。"

"陛下……"

"十一岁那年，我在弗罗伊登的湖边钓过一次鱼，后来就再也没有了。"

莱因哈特似乎有点沮丧，散发着哀愁的气息。希尔德走了过去。

"狮子不会飞，老鹰不会游泳。陛下的脚步遍及群星，就算不会钓鱼也算不得什么羞耻。您去请教别人吧。布鲁迪斯一定会传授陛下钓鱼的诀窍。"

"你叫我老老实实去学习吗？"莱因哈特转开脸嘀咕道，"有道理，此时的确应该这么做。如果换作别的场景——"

"别的场景……？"

希尔德疑惑地问道。就在那时，艾密尔突然惊呼一声。

"陛下，希尔德夫人，快看！"

他所指的方向发生了非同寻常的事情。莱因哈特方才架在灌木丛上的钓竿竟兀自抖动起来，原本松垮下垂的钓线则像钢丝一般紧绷，在水面上移动。

"有东西上钩了！"

莱因哈特立刻去抓钓竿，但是不等主人的手触及，钓竿就倒了下来，向水面滑去。顷刻间，汉斯猛地向前一跃，及时抓住了钓竿，然而水下的力量竟拽得他绷直了手臂，让人焦急不已。

"这……力量好大！"

他踉跄了几步，险些从岩石上落进水里，另一个老人又扑过去拉住了他。

"汉斯！""哦，赛阿德。"

山庄的守门人和高大的管家，两个经常从事体力劳动的男人合力拉动，形势发生了逆转。他们不断收竿、卷线、收竿、卷线，原本隐藏在深水中的鱼影终于冲破水面，一跃而起。

"哦哦！"

所有人都发出了惊呼。落日下溅起金光灿烂的水花，横空出水的鱼乍一看足有成年人那么大，身体描绘出流线型的轮廓，下颚威风凛凛地向前突出，背鳍和尾鳍布满骄傲的战损痕迹，黄褐色体表的黑色斑点昭示着它度过的漫长岁月，同样满是伤痕。

最奇特的是鱼的额头——

"角……？"

鱼头伸出的白色尖锐突起物，只能称之为角。

那条怪鱼在所有人的惊愕和呆滞中甩开钓钩落入水面，巨大的身躯激起轰鸣的水声和大片白沫。

待到它的身影消失，瀑布下只剩渐渐落下的暮色和一声呢喃。

"龙鱼……"

山庄的老看守人凝视着水面，莱因哈特则站在他身旁。

"那叫龙鱼吗？"

"是……那种鱼只在这条河栖息，特别罕见。或者应该说，学者都坚称那种鱼不存在。"

"哦？"

老人点着头，似乎有所感应，猛地看向他。只见莱因哈特带着如同烧红铁块的兴奋，难掩热切地说：

"很好，明天开始就钓那个吧。"

他的目光聚焦在渐渐昏暗、重归平静的水面——所有人都这么想。

只有一个女性除外。

3

那天夜晚，希尔德在卧室里询问最近刚得到的室友。

"陛下,那是为了艾密尔吗?"

她接受了医官们的提议,放松地靠坐在放着许多靠垫的床上。她的室友——莱因哈特——身披睡袍坐在沙发上,正就着炉火批阅文件。

这是夫妻相处时的对话。

"你在说什么呢,皇妃?"

"我在说陛下昨天开始的……新举动。"

莱因哈特并不惊讶,但还是感到微弱的热量爬上了脸颊。如果说出这句话的是别人,他一定会感到不悦。然而面对眼前这个人,那种情绪并不适用。于是他温和地答道:

"果然能看出来吗?"

"是的……"

"你觉得很滑稽吧。"

"没有。"希尔德挪动身体转向他,"我并不是想调侃或嘲笑陛下,只是想帮助您。假如您不介意的话。"

"朕不同意。"

"是吗?"

"没错。因为朕不仅是为了艾密尔,也是为了你。"

"我很高兴。"

希尔德一改方才刺痛的表情,露出羞涩的笑容。

莱因哈特无法坦诚地接受那个笑容。他跟希尔德交往了四年,很多事情往往不需要开口就能互相理解,然而这件事,他并

不希望被看穿。他把放在膝头的文件往茶几上一扔,说道:

"说白了,朕今天就是想当个好父亲。"

"是……"

"但朕觉得并没有成功。你的关心固然可贵,但朕自己也明白结果究竟如何。朕暴露了不成熟的一面,但并不想得到他额外的关心,只不过展示了自己应该展示的姿态。如果要问朕为何是为了艾密尔……只能说,因为朕夺走了他的父亲。"

"亚姆立札……对吧。"那是莱因哈特打的一场胜仗,但也是他麾下的巡航舰带着某位军医沉没的地方,"除了艾密尔的父亲,还有很多人死在了那里。"

"希望你不要说出'应该对每个孩子施与平等的爱'这样的话呀,皇妃。这不是做慈善,是朕个人的任性之举。朕必须成为父亲——"莱因哈特正要继续下去,但猛地闭上了嘴,"不,抱歉。这样就好像在说,朕现在还不是一名父亲。"

"请别在意——其实我很高兴。"

"那就好。"

"是的。"希尔德点点头,又补充道,"非常高兴。"

"回到刚才的话题。朕必须成为父亲……"他像自言自语一般重复着,但欲言又止,"朕……"他极少遇到说不出话的时候,莱因哈特自己也意识到了这点。然而这个话题特别敏感,他过去只与唯一的挚友谈论过这个。

"朕……从未有过父亲。"揭开旧疮疤,污蔑与憎恨的残渣翻

31

滚出来，胸口一阵钝痛。

希尔德保持着沉默。莱因哈特继续说道：

"你也知道，朕的生父是个不值得尊敬的人。所以朕一直拼尽全力成为与他相反的人。在那条道路上，朕也见过许多别人的父亲。挤满士官学校的门阀贵族子弟，还有他们的父亲。朕将他们视作……不，他们就是朕必须除去的障碍。等朕闯过了那一关，前方还有更多人——朕本来也打算将他们清除，但是尚未等到那个机会，他们就消失了。从那以后，再也没有人像他们那样阻挡朕的前路……"

莱因哈特沉默下来，似乎忘了自己想要表达什么。就在那时，希尔德开口道：

"尽管亲眼目睹了无数反例，陛下还是相信世上存在'正确的父亲形象'，对吧。"

她的话听起来很像反话，莱因哈特不由得惊讶地问："怎么，没有那样的父亲吗？"

希尔德安静地摇摇头。"不，我不是那个意思。我想，米达麦亚元帅，还有我的父亲弗朗茨，应该属于比较好的父亲。"

"嗯……没错，就是这样。"

"然而，他们都是陛下的臣子，而非师父。"

"嗯……"

"您为了将来能在孩子面前成为一个好父亲，所以才对艾密尔……？"

"当然，这对他也许有些失礼。"

"那孩子绝不会这样想。"

随着谈话的深入，说话的必要也渐渐淡薄了。莱因哈特意识到希尔德已经猜透了他的心思，一手托着瓷器般光滑的面庞，凝视着暖炉的方向。他本想对希尔德隐瞒这件心事，现在却吐露无余，心中难免有些尴尬。

但是，希尔德那句出乎意料的话，让他忘记了自己的心情。

"我可以对陛下说一句很严肃的话吗？"

"严肃的话？"他很清楚自己一旦被激发，就难以压抑天生霸气的性格，"可以，说来听听吧，皇妃。"

"我也必须成为一个母亲。"

莱因哈特惊讶地张大了嘴，目光不自觉地停留在希尔德以手相护的肚子上。

"一定很辛苦吧……"

"我知道男女有别，并不强求陛下完全理解。但用一句话来概括——"

希尔德做了一件自从莱因哈特从幼年学校毕业后，就没有任何人对他做过的事。

她抽出背后的靠垫，朝莱因哈特扔了过去。见莱因哈特接住靠垫，她又做了个打开睡袍前襟的手势。

"您试试肚子上顶着那个东西指挥全军作战，大概就能明白了。"

莱因哈特瞪大眼睛,将靠垫按在肚子上,发出了水晶般清凉的笑声。"原来如此,那可太难了。"好不容易等到笑声平静下来,他又把靠垫扔了回去。

"不,朕不应该笑。如果朕官居大本营幕僚总监,却因为一件突如其来的大事不得不接受人生和肉体的变化,一定也非常烦恼。"

"是呀,没错……"

希尔德接住靠垫,猛地把脸埋在了里面。

"皇妃?"

"很抱歉,我僭越了。"

回答他的声音细如蚊呐。莱因哈特摇了摇头。

"没关系。你的提点无论何时都能让朕受益匪浅。"

"是……"

"朕明白你的意思了。原来朕的这点烦恼既不特殊也不奇怪,你想说的就是这个吧?茫茫宇宙中,有数不清的女人为母亲的身份烦恼,也有数不清的男人想成为称职的父亲,最后却失败了……"

这段独白唤起了莱因哈特对刚刚失去的一名臣子的记忆。不,其实无需唤起。永远失去了那双金银妖瞳的事实,至今仍在莱因哈特心中释放着巨大的丧失感,宛如房间缺少了一整面墙壁。他的未竟之事、自己得以达成之事——莱因哈特意识到,二者其实是一脉同源的东西。

"朕要面对的是那个人都解决不了的问题,理所当然会烦恼啊。"

"那位元帅一定会支持陛下的行动。"

"谁知道呢。他说不定会嘲笑我。"

"即使嘲笑也会支持。"

希尔德的回答让他蓦然想起一切刚起步的时候,莱因哈特不禁露出了苦笑。

啪嚓——火炉里的干柴崩裂,寂静充满了整个房间。

他往柴火上撒了一把灰,走到床边坐下来,对给他让出位置的希尔德轻声说道:

"朕必须得到整个宇宙,因为这是不可颠覆的约定。伯爵小姐……不,希尔德,再过不久,朕就要把你留在这里,独自踏上征程。届时朕还会带走艾密尔,你能原谅我吗?"

希尔德眼中闪过温和的光芒。

"请您随意,陛下。"

4

继承了不败的魔术师衣钵的共和主义者如今躲藏在银河帝国边缘的伊谢尔伦回廊,新王朝的当务之急,就是把他引出来。

可是,唯独在这段冬季的新婚旅行期间,皇帝把那个尤里安·敏兹彻底抛到了脑后,将第一要务换成了逼出躲藏在另一个地方的大家伙。

清晨,龙神瀑。这里同昨日一样充斥着流水的轰鸣,莱因哈特用折叠椅充当王座,端坐在岩岸上听取随从的报告。

"陛下,这是瀑布潭的详细平面图。我们遵照您的吩咐,没有入水调查,而是用无人机进行了空中拍摄。"

"嗯,辛苦了。"

"陛下,这是费沙自然科学博物馆两栖类部门的负责人针对龙鱼做出的回答。部长及部门成员开会研究了很久,都说从未见过长角的溪流鱼。"

"朕虽然不是学者,但鱼应该算作鱼类,而不是两栖类吧?"

"由于费沙没有海洋,并没有单独分出鱼类部门……"

"一群没用的家伙。不过这样一来,龙鱼是新种的可能性就更高了。"

"是。"

"警备情况如何?在朕看来,瀑布潭周边只有枯树,缺乏掩体。就算埋伏着刺客和狙击手,也逃不过热源感应器。"

"陛下所言极是,警备方面没有任何问题。只是上方湖泊的淡水渔业人员清晨就以抗议的形式等待陛下到来,已经被我们带走了。"

"淡水渔业人员?哦,是旗舰引发的暴洪问题。没人受伤吧?很好,补偿方面尽量给予优待。"

与此同时，守门人布鲁迪斯跟昨天一样在旁边准备钓鱼工具。

"有些工具昨天没能赶上，今天一早总算是送到了。这是最高级的电动假饵，这是……哦，电场诱引器。"

"电动假饵？"

莱因哈特反问了一句，站在希尔德旁边的艾密尔也竖起了耳朵，像是对新来的小道具很感兴趣。鉴于随从的身份，他没有马上跑过去，但还是忍不住一直偷看布鲁迪斯手上的东西。

莱因哈特与希尔德对视一眼，然后转向少年。

"艾密尔，你过来听布鲁迪斯讲解道具用途吧。"

"啊？……呃，是。"

敕命不能反复确认。在莱因哈特的目光催促下，艾密尔走到布鲁迪斯身边蹲下来，拿起了专门为皇帝一行紧急搜罗而来、至少也是这颗行星上最昂贵的钓具。

"电动假饵可以用来钓活跃的肉食性鱼。只要把这家伙扔进水里，它就会模仿小鱼的动作吸引猎物。这个电场诱因器我也只在产品目录上看到过，据说能对鱼的侧线和前庭器官产生作用，吸引躲在阴影里的鱼。总之就是特别厉害的鱼钩。"

"哦？好厉害啊……"

少年听得神采奕奕，莱因哈特则站了起来。

"艾密尔，你说你以前钓过鱼，对吧。朕看你昨天也钓上来不少。你喜欢钓鱼吗？"

"是的,我觉得钓鱼很好玩。父亲以前……"少年的声音哽住了片刻,"下船回家时,经常带我去钓鱼。"

"是吗?"

"是的。"

"那这些就归你用了。朕继续用这个钓龙鱼。"

莱因哈特不再看着那些专为爱好者和贵族富豪准备的小道具,拿起跟昨天一样的金属假饵。艾密尔和布鲁迪斯连忙劝阻道:

"陛下,您要用那个吗?这怎么行,太不成体统了。"

"如果皇帝陛下不用这些高级货,其他人更放不开手脚啊。"

莱因哈特充耳不闻,拿起了简单的假饵和钓竿,站在岩岸上。

然后,他说了句奇怪的话。

"如果朕在这里说:'龙鱼啊,快咬朕的鱼钩!'你们会怎么想?"

众人面面相觑,露出了为难的神色。连尚未离开的副官修特莱和流肯都疑惑不解。这时,艾密尔鼓起勇气开了口。

"我会想,光靠嘴巴是钓不上鱼的。因为龙鱼不是人。"

"没错,艾密尔说得很好。但是你要记住,皇帝也不是人。"

朝阳高高悬挂在瀑布上空,给莱因哈特的发丝添加了一层圣洁的火焰。相比之下,抬头看着他的艾密尔倒有些暗淡。

"只要皇帝真心下令,就能叫鱼上钩。因为皇帝是统治所有人的存在——高登巴姆朝的任何一个皇帝，只要开开金口，周围的人就会争先恐后跳进水里把鱼拽出来。不仅如此，等皇帝回到城中，说不定已经建好了专为他享乐用的鱼池。即使不知道鱼池是谁建的，皇帝也会沉迷于此。"

艾密尔没有说话。莱因哈特转向瀑布，轻盈地举起钓竿。只见银光一闪，卷线器咻咻地吐出了丝线。

"所以……"

确认到鱼饵入水的微小水花后，莱因哈特开始不熟练地卷动鱼线。

"朕要凭自己的本事钓鱼。只要这个世界上，还有朕的意志不能左右的东西。"

昨天刚开始的钓鱼新手操纵着鱼竿，带动了有几分状似小鱼的金属片在水中游动。

艾密尔放下那些精巧的小道具，同样拿起了只穿着一片金属薄片的鱼钩。装好钓线后，他走到了莱因哈特身边。

"我也用这种。"

"别客气啊，因为你不是皇帝。"

"您说得没错，但用这个钓到鱼会更开心。"

少年一本正经地说完，抛出了鱼饵。

接下来这三天，在远离城市的深山瀑布潭旁，出现了银河帝国前所未有、将来也不会再有的奇异光景。

"陛下，请恕我直言！"

"怎么了，艾密尔？"

"您这样死板地拉扯没有用，要转动手腕，一下一下地向上扯动，模仿活物的动作。"

"这样吗？"

"不对，再用力一点，变换轻重缓急！"

"好难控制啊。"

少年侍从再也看不下去，正要手把手教导身边的霸王，却听见他说：

"这个地方也不是很好，朕要换到那边的树荫底下。"

"啊？这边视野更开阔，也更好抛竿啊。"

"嗯，朕承认这里射界开阔，是良好的狙击地点。但是，你仔细看看这张地形图。站在这个岩岸上，可能有伏兵的倒木、大石、岸边树木等地点都在死角。这里不一定适合钓鱼……你认为呢？"

"都说了钓鱼不是钓宇宙！"

"朕代入的不是舰队战，而是地面战。朕在士官时代有过经验。"

"地面战……"

"嗯，陛下说得有道理。在那边的树荫下确实更容易瞄准龙鱼潜伏的岩石周围。"年轻的新手表现出意外的应用能力，不仅是少年，连山间的老手也不得不叹服。

且不去议论钓鱼之神，天气之神对这一行人始终眷顾有加。

虽然是二月，山间却没什么风。莱因哈特等五人、周边待命的随从，以及分布在山上的亲卫第二中队警备人员都享受了和煦的阳光。由于周边地形险峻，几乎可以将无关人员完全阻拦在外，相比剧场和典礼上的紧张，警备队得以更放松地眺望皇帝一行的出游。

莱因哈特的人生从开始到最后都充盈着波澜万状的戏剧色彩。那几天好似气穴的空白，不仅吸引了后世的历史学家，也备受现代酷爱议论的人士关注。

这段时间被奇迹般忘却的原因之一，就是亲卫队的部队构成。另一个原因，则是莱因哈特在树下的对话。

"陛下，如果钓到了龙鱼，您打算怎么办？"

"不是如果，而是一定会钓到。"

说完，莱因哈特转头看向玛林道夫家的老管家。

"但朕知道难得有如此气派的大鱼，吃了着实可惜。你不用刻意提醒。"

"非常感谢。但与其说吃了可惜，更应该是不敢轻易下嘴。布鲁迪斯毕竟早已隐退，也许不清楚情况。"

"哦……？你知道些什么？"

"身为伯爵家的管家，无论喜好与否，总能听到一些帝国社交界的灰色传闻。譬如……本来不应存在的有角生物。"

汉斯·斯泰尔泽委婉的忠告让莱因哈特俊秀的面庞笼罩上了阴霾。

与之相对，赛阿德·布鲁迪斯的进言则明快而直接，听来毫不逆耳。

"我是没钓到过龙鱼，但是昨天看了一眼，好像跟虹鳟长得挺像。浑身遍布的黑点，侧腹的紫红色粗纹。再加上咬钩的事实，可以推测那是肉食鱼类，性质跟虹鳟完全一样。"

"假设那是虹鳟的一种，用朕刚才的方法能钓上来吗？"

"是，肯定没问题。您现在用的道具和手法都适合钓虹鳟，下饵的地方也是虹鳟出没的地点。"

"那为何没有人钓到过龙鱼？"

"为什么呢？我也不明白。但我觉得啊，陛下您一定能钓到那家伙。"

守门人抱着双臂，脖子微微倾斜。莱因哈特看了他一会儿，随即哼了一声，举起钓竿。

不消说，在他看来，与两位老人的对话都是些琐碎的小事。莱因哈特本来就是"对光年以下单位的事情不感兴趣"的性格，唯有面对得到他承认的少数几个人，以及他从不知晓、从未有过的家人时，那个定义才不成立。

——我是否对艾密尔和希尔德展示了称职的"父亲"形象？

"有了，陛下，上钩了！"

"嗯！"

其实不用艾密尔提醒，莱因哈特早就有了手感。鱼竿被不规则的力量拉扯，显示出了不同于持竿人的意志。是那家伙吗？

——不,太小了。

"这不是龙鱼啊。"

"但也是鱼啊!终于钓到了!"

艾密尔白皙的脸上泛起了红潮。他看起来比自己钓到鱼还高兴,也许因为他很希望年轻的主上能体会到鱼儿上钩的快乐。自从莱因哈特坐上至高的皇座,就再也没有机会得到如此直率的喜悦,因此,他不可避免地受到了影响。

细小的银鳞在翡翠色的潭水中跃动。这是他钓到的第一条鱼,最好小心翼翼地拉到岸边再出水。莱因哈特的理性一直在劝说,但他的感性掀起了反叛。如果一口气把它拉出水,姿态定是英勇无比!

他忍不住屈服于感性,用力拽起了鱼竿。长约二十厘米的鱼儿跃出水面,朝着莱因哈特等人飞了过来。

"山女鱼!我这就去抓!"

艾密尔扔下自己的钓竿,抓起兜网,但是目测出了错误。鱼儿越过兜网,摔在了地上,钓钩因此脱落。那鱼猛烈弹跳了好几下,向下游方向滑了过去。

"啊!"

那块石头下方是瀑布潭的出口,潭水在那里形成急流,源源不断地涌入河床。鱼儿正好落在河口,转眼就看不见了。

"真……真对不起,陛下!好不容易钓到的鱼……!"

艾密尔一脸快要哭出来的表情。莱因哈特轻叹一声,对艾密尔说："别在意。"接着，他又补充了一句平时绝不会说的话。

"是朕收竿的方法不对。这不怪你，艾密尔。"

"可是……"

"那不是龙鱼，所以朕放走了。"

他一边笑对艾密尔，一边遭受方才被忽视的理性的苛责。太丢人了，这不就是童话故事里的酸葡萄嘛。艾密尔会不会觉得我就是那只嘴硬的狐狸？

冬日的太阳落下又升起、落下又升起，自从莱因哈特放跑了那条鱼，皇帝一行就再也没有让水中的生物接触过空气。事后证明，皇妃希尔格尔不经意的调侃竟戳中了真相。

"没有鱼上钩啊，是不是都在第一天被我们钓完了？"

正是如此。

第六天黄昏，莱因哈特在这场新婚旅行中暗中进行的尝试，彻底失败了。

十五时过后，一行人已经享用过餐车准备的下午茶。按照日程，翌日就要返回首都，一早安排了送行典礼。所有人都知道，今天是安静休养的最后机会。希尔德见一直钓不上鱼，早已没有了心思，汉斯也在眺望海岛、画些山景的写生转移注意力。即便如此，他们还是坦率地说，这比大型社交场合跟许多人寒暄畅快多了。于是，莱因哈特和艾密尔成了坚持到最后、不钓到龙鱼誓不罢休的战友。他俩喝完下午茶就起身回到了放着钓竿的岸边。

"哎？"

艾密尔环顾四周，发现鱼竿倒在了旁边的浅滩上。莱因哈特在几步之外看着少年弯腰拾起鱼竿。就在那时——

"陛下！"

背后传来一个声音。他转身看见亲卫队长奇斯里用猫科猛兽的敏捷动作顺着车道跑下山坡。"气象台发出了警报，今晚天气可能有变化，属下觉得还是早点回去为好。"

"应该还能坚持一个小时——哦，是为了你们啊。"

"是的。"

身为名将的必要条件是准确判断天气。莱茵哈特自然也具备这个能力。正如撤退的军队需要殿后，皇帝一行踏上归途后，亲卫队才会开始撤退。而队员此时分散在整个山域，集结起来需要一定时间。

他本想趁这最后一个小时再看一眼那条大鱼的真容，然而在这种时刻能快速做出决断，也是莱因哈特之所以能成为皇帝的原因之一。

"没办法，那就现在撤退吧。去跟皇妃说一声。"

"是！"

奇斯里深深鞠了一躬。这种时候没有怨言的君主难能可贵。

"艾密尔——"

莱因哈特转过头，眨了眨眼睛。

岸边空无一人。几秒钟前还在那里的深红发色的少年，竟消失得无影无踪。

"艾密尔?"

难道走进附近的林子了——不,那是什么?

瀑布在夕阳下闪耀,始终激荡着波纹的水面远处,竟突出了一只人手。

"艾密尔!"

他大喊一声,同时跑了过去。若在学生时代,他肯定会第一个跳进水里救助溺水者。此时此刻,莱因哈特也没有一丝犹豫,只是他的身体和周围的人早已不同往昔。

"陛下,不可以!"

纵身一跃的前一刻,一双有力的臂膀从背后抱住了莱因哈特。虽然是工作所需,但亲卫队长的反应速度还是令人惊叹。

"奇斯里,那边!那是艾密尔!"

"不可以,您要保重御体!"

"可是!"

"他就交给我吧!呜哦哦哦哦!"

代替他高声咆哮着跃入水中的不是别人,正是赛阿德·布鲁迪斯。

"布鲁迪斯,别勉强自己!"

"您放心,这里跟我的后花园差不多。"

老人在二月冰冷的潭水中游了起来。一开始得意洋洋地领着皇帝一行来到这里,却连着好几天都没钓上鱼。他恐怕一直在责怪自己。

陆续赶来的亲卫队员先把莱因哈特团团围住，接着装好了折叠式小舟。很快，电动螺旋桨就激起了片片水花。因为这次是护卫皇帝在水边游玩，他们自然准备了完全的救助装备。然而莱因哈特此刻的想法，是亲自坐在船上赶去救援。因为少年的溺水，无论怎么看都是他的责任！

"艾密尔！"

救生艇很快就追上了布鲁迪斯，但是没有立刻救人。亲卫队员在船上探出身子，好像遇到了麻烦。奇斯里接到无线汇报，解释道：

"守门人说，艾密尔的脚被鱼线缠住了，所以才会被拖进水里。"

"拖进水里？被什么东西？"

"不知道……请您冷静，陛下。队员已经给水里的艾密尔套上了氧气面罩，请您稍等片刻。"

"没别的办法吗？"

"直升机和起重机都开不进来，只能找到鱼线，然后切断。"

现场临近瀑布，倒木和岩石纠缠在一起，艾密尔的位置还被瀑布的水花笼罩。奇斯里的说法很合理，莱因哈特也无法反驳。

尽管如此，他还是坐立难安。大规模舰队战中损失的作战人员数量，往往能匹敌一个小国的总人口，但莱因哈特从来都不会犹豫。然而，身边的少年遇到了危机，他却担心得面色煞白。

他是否又会像过去那样，再度失去自己珍视的人？罗严塔尔、鲁兹、法伦海特、舒坦梅兹、席尔瓦贝尔西、肯普，还有——齐格飞·吉尔菲艾斯。是否在他开始珍重某个人的那一刻，就注定会失去他？

既然如此，他此刻最珍视的两个女人，也会……

不合理的情绪几乎要支配了他的思考，莱因哈特奋力摇了摇头。

我在想什么呢，现在不是胡思乱想的时候。

此时此刻，他能做什么？

为了救出少年，只有自己能做的，是什么？

——金发的皇帝仰头看向天空的那一刻，想起了自己是什么人，又不是什么人。

"啊，奥丁。"

消散在黄昏空气中的，安静独白。

突然转变的语气，吸引了所有旁人的关注。

"陛下？"

"为区区一个人失去冷静，这样不符合朕的身份，对吧。朕此前说过，若将来发生这样的事，请奥丁降下惩罚。"

说完，莱因哈特抬起白皙的手，向忠实的亲卫队长一挥，潇洒地夺下了通信器。

"陛下，您这是……"

"这才是朕应该做的事。朕也只能做这样的事。"

他脸上的笑容并非……，而是自嘲与寂寥。

"塞德利兹，能听见吗？没错，是皇帝莱因哈特。仔细听好我接下来的命令，然后立即执行。我没时间跟你解释，这是人命关天的救命。"

与旗舰舰长沟通完毕后，皇帝稍作停顿，对纯白的公主发出命令。

"起飞，伯伦希尔。"

静寂。这正是暴风雨前的宁静。

不一会儿，远处传来阵阵轰鸣，大气随之摇动。那声音远比瀑布的轰鸣更深远强烈，气势足以压倒一切。在场所有人都很熟悉那个声音——因为那是宇宙战舰的点火声。

紧接着，她现身了。优美的船头缓缓探出悬崖边缘，白色的巨体向上倾斜，开始盘旋上升。众人仰头看着她，突然发现了看似毫无关系的异变。

轰鸣声消失了。

一直在崖底萦绕的瀑布水声，消失了。

原本的激流不见了踪影，只余下湿漉漉的岩壁在夕阳下反光。

上流水源断绝，下游还在不断流淌。没过多久，"神龙瀑"的瀑布潭中就露出了足有一座房子大小的巨大枯木。

莱因哈特走在裸露的潭底。长满水苔的岩石又湿又滑，但他很快发现，只要在新沉积的砂石上行走，就无需担心滑倒。

他突然发现一件怪事。瀑布潭的水几乎流干了,潭底却看不到鱼。这是守门人特意挑选的钓鱼地点,不太可能从一开始就没有鱼。要么是被刚才的暴洪冲走了,要么是……

被凶猛的大鱼猎杀殆尽。

莱因哈特若有所思地走近斜刺着搁浅在岩石上的救生艇。亲卫队员和守门人已经下到潭底,正用发热毛毯包裹浑身湿透的少年。

"艾密尔,没事吧?"

他没有大喊,因为那不是提问,而是确认。如果队员没有第一时间向他汇报,他就会狂奔过来。

少年眨了眨暗绿色的眸子,目光捕捉到莱因哈特。

"陛……下?"

"嗯。"

"这是……?水怎么……没了……"

"我让她把水停了。"

莱因哈特瞥了一眼上空,但艾密尔好像没听懂。年轻的皇帝摇摇头,轻抚少年冰冷的脸蛋。

"抱歉,朕不该分神。"

"你别这样说,是我不小心踩到了鱼线。而且,陛下还费这么大的力气救了我……"

"别在意,朕只是下了一句话的命令而已。"

艾密尔似乎对皇帝亲自下令救援这件事也感到很吃惊。那也难怪，毕竟过去的确存在不在乎随从性命的皇帝。

那一刻，脚边响起了水花四溅的动静。两人同时看过去。

"陛下，你看！"

"嗯。"

有个东西在残留的水坑里拼命挣扎。莱因哈特看清那东西后，不由得大吃一惊。

那是一条大鱼，身长竟跟艾密尔差不多。正如布鲁迪斯所说，那东西就像体型大得出奇的虹鳟，额头上还长着锐利的骨质尖角。

泛着微光的鱼线从鱼嘴伸出，一直延伸到少年脚边，并在那里被切断了。

"钓鱼比赛是你赢了。"

"不，是陛下赢了。"

说完，艾密尔掀开裹在身上的毯子，向莱因哈特伸出一只手。

"那家伙要夺走我的性命，是陛下阻止了它。就算它咬了我的钩，但我这条命是陛下拯救的，所以它应该是陛下您的猎物！"

艾密尔话音落下后，周围毫无关系的队员都点了点头。

"是啊——那也许才符合朕的身份。"

莱因哈特微微一笑。

"陛下！艾密尔！你们没事吧？！"

在汉斯的保护下，希尔德也从岸边走了下来。她直到看到艾密尔平安无事,才总算松了口气。

"太好了,我刚才还以为……"

"让你受惊了,皇妃。"

"'让你受惊了'?我当然受惊了呀,陛下。"希尔德走到两人身边,心有余悸地说,"没想到您竟然把瀑布打散了。而且是在如此紧急的情况下做出的判断。"

"朕做出了什么判断?"

"下令吃了水深的旗舰起飞,使上游湖泊水位降低,令瀑布暂时干涸。"希尔德平静地说着,继而皱起眉头,"您想到的,不是这个主意吗?"

周围的人听完那番话,全都露出了恍然大悟的表情。莱因哈特并不说话,只是轻轻点了一下头。

西方的天空已经染上夕阳的余晖,夜幕就快降临。东方的天空被悬崖遮挡,但不用看也知道乌云正在逼近。莱因哈特对两个家人说:

"皇妃,你带艾密尔先走,快变天了。"

"明白了。汉斯,帮帮我……"

"啊,我需要汉斯留下来,跟布鲁迪斯一起搬走龙鱼。奇斯里,能拜托你护送皇妃吗?"

"是!"

亲卫队长带领下属离开后,潭底只剩下皇帝及其直属护卫,还有两个高大的老人。

莱因哈特换上略显夸张的语气，煞有介事地俯身看着大鱼。

"落水的人平安获救，顺便得到了这个大家伙，可喜可贺——但是高兴之前，还有一个问题啊，布鲁迪斯。"

山庄的守门人先被拉上了船，此刻正披着毛毯站在那里。听到皇帝的话，他疑惑地问：

"陛下，您说的问题是……？"

莱因哈特回答道：

"这条龙鱼是法律明令禁止的基因改造产物。"

"基……基因改造……"布鲁迪斯瞪大了眼睛，"您为何这样说？"

"关键在于这条鱼的'角'。"莱因哈特单膝着地，仔细打量着大鱼，"旧贵族卡斯特罗普公爵的儿子饲养过有角犬，那种犬头上也长着同样的结晶质角。那个蠢货主动公开播放了有角犬攻击敌人的影像，角的形状才广为人知。我听说，那种犬其实是专门为讨好古怪收藏家的基因改造种，出此可见，这条龙鱼很可能也是人工繁育的基因改造种。"

说完，他瞥了一眼旁边的汉斯。

"当然，朕只是现学现卖了汉斯的知识。想必那不是什么脍炙人口的故事。——但是布鲁迪斯，你身为布朗胥百克公爵家的前任管家，不知道这种事未免有些不自然吧。"

莱因哈特站起来，锐利的目光钉住布鲁迪斯。后者表情骤然僵硬，随后深深低下了头。

53

"陛下果然英明。您说得没错,我知道这是违法基因改造的产物,却没有上奏。"

"赛阿德,你……"汉斯大吃一惊,"你竟敢欺骗皇帝陛下!简直不知好歹!大胆狂徒,这可是重罪!"

"等等,汉斯。"莱因哈特抬手制止了管家,让布鲁迪斯说下去,"你为什么这样做?朕想知道理由。是为了把朕引到水边,让怪物拖下水吗?"

"向制裁之神发誓,我绝无那种算计。"布鲁迪斯干脆地摇了摇头,"龙鱼虽然头上长角,但是从不伤人,与外表相反,还是一种非常美味的食用鱼。就是因为太美味,才有人不顾禁令,从帝国领走私到了这里。上面的拉普湖就是龙鱼养殖场,这家伙应该是从那里逃逸出来的。"

"养殖场?所以才有淡水渔业人士来抗议吗?"

"正是如此。他们不是一般的渔业人士。旧费沙时代,那些人是暗中与自治领主鲁宾斯基合作的业者。山下的费尔莱登镇还有秘密提供这种鱼的餐馆。"

"哦?这是黑狐搞的副业?"

莱因哈特轻托下颚,冷冷地看着他说。

"所以你专门导演了这场戏,想把交易原封不动转给新主人,继续赚钱?"

"赛阿德,这是真的吗?"汉斯逼问道,"你跟那个人私下有联系吗?"

"我要跟他有联系，就接不了这份工作啦，汉斯。黑狐老爷独占了这片湖的权益，我既没有跟他做生意，今后也没有那打算。"

"那你为何瞒着改造鱼的事情……？"

"你叫我老实说吗？"老守门人对旧友笑了笑，"可是陛下和那个小伙子艾密尔都那么高兴地说要把鱼钓上来。"

"啊……"

"梦幻的'龙鱼'——我寻思他们会喜欢。"

众人围着大鱼，陷入了片刻的沉默。

不一会儿，天空开始转暗，平地卷起一阵寒风。那是暴风雨的预兆，警告人类赶紧躲避。莱因哈特被看不见的大手轻抚着金色发丝，抬头宣布全体撤退。

亲卫队员前后护卫，皇帝莱因哈特率领管家汉斯、被人用担架抬着的大鱼，以及依旧自由的山庄守门人布鲁迪斯走向等候在不远处的全地形车。

"陛下……您不羁押我吗？"

"你要贵为皇帝的朕亲自开车回家吗？"

布鲁迪斯被他这么一反问，只有眨巴眼睛的份儿。莱因哈特补充道：

"而且你代替朕跳进了水里。"

"是……"

"这次休假很愉快。'龙鱼'我就收下了。"

先回到车上的希尔德和艾密尔等人正在朝他们招手。

布鲁迪斯愣了愣,接着追上了已经走出林道的莱因哈特等人。

5

新帝国历〇〇三年二月五日,皇帝莱因哈特与皇妃希尔格尔结束新婚旅行,返回柊馆。旅途平安顺利,未有事件及事故发生。

新帝国历〇〇三年二月二十日,费尔莱登溪谷淡水渔业公司涉嫌违反特定外来生物法并接受调查。后该社养殖设施被没收,公司解散。

同日,费尔莱登高级餐厅"鸭巢"因违反餐饮店卫生管理法,被判停业处分,闭店。

新帝国历〇〇三年三月十四日,皇帝莱因哈特,满二十五岁。

同日,银河帝国鱼类学会接到皇帝委托鉴定的鲑目鲑科鱼体,判定为来源不明的新种,奏请命名为 Oncorhynchus Imperatoris,得到批准。

新帝国历〇〇三年五月十四日，柊馆起火。

同日，亚历山大大公诞生。

新帝国历〇〇三年六月一日，西瓦星域会战，旗舰布伦希尔遭敌舰接舷。此次防御作战中，亲卫第二中队损失78%战斗人员，解体。

新帝国历〇〇三年七月二十六日，皇帝莱因哈特驾崩。

同月三十日，罗严克拉姆王朝第二代皇帝亚历山大·齐格飞·冯·罗严克拉姆即位。

新帝国历〇〇八年九月一日，艾密尔·齐列进入帝都费沙新开设的莱因哈特皇帝军事医科大学。

新帝国历〇一六年六月二十日，艾密尔·齐列获得银河帝国医师国家资格，被任命为宇宙军少尉军医，分配到第二宇宙舰队完成初任实务研修。

同年八月十一日，正在费沙卫星轨道航行的货船"亲不孝号"因部件老化导致船内火灾。帝国军舰紧急前往救援，研修军医艾密尔·齐列救出四名负伤船员。

新帝国历〇二八年一月一日,艾密尔·齐列出任皇帝亚历山大的随行医长。

(本作参考矢口高雄著作《钓鱼迷三平》第44卷《龙神瀑的龙》)

士官学校学员的恋情

石持浅海

石持浅海（Ishimochi Asami）

一九六六年出生于日本爱媛县，毕业于九州大学。曾向公开招募的短篇文集《本格推理》投稿，二〇〇二年被河童小说（KAPPA NOVELS）发掘新人计划"KAPPA-ONE"第一期选中，凭借作品《爱尔兰的蔷薇》出道。主要著作有《月之扉》为代表的"座间味系列"，《紧闭的门扉》为代表的"碓冰优佳系列"，另有《水迷宫》《BG，或死亡的凯尼斯》《R的月份要小心》《温暖的手》《飞蛾扑火》《我是杀手》，等等。

"下周就是部队实习了。"

杨威利①喝了一口啤酒,仰天长叹:"好麻烦。"

"哦?"亚历克斯·卡介伦坐在啤酒餐吧的吧台座位上,转头看着后辈的侧脸,"你没问题吧?"

他无法否定自己带着打趣的口吻。杨自然听了出来,露出不情愿的表情。

"我看着如此不靠谱吗?"

"你上次在野外训练场搞耐寒训练,不是差点被冻死了吗?"

被卡介伦一说,杨险些翻下座位。

杨是自由行星同盟国防军士官学校的学生。学校给四年级安排了部队实习的课程。也就是说,学生要在前三年完成军人的基础学习,第四年到现场体验实际任务。他的专业是战略研究,也许要被分配到某个舰队的幕僚手下,学习作战立案。

"实习地点定了吗?"

听到卡介伦的提问,杨收回视线回答道:"尼普提斯。"

---

① 官方译名为"杨文里",此处沿用辨识度更高的旧译名。——译者注

"那地方好偏远啊。"

"因为我成绩不好。"

杨事不关己地说。

战略研究科的学生都是精英，但杨的成绩勉强只能算"中间偏上"。

"你这人啊——"卡介伦叹息道，"战史和战略的成绩明明拔尖，其他科目却一直超低空飞行，平均下来就很普通了。你就没有想过别的科目也多拿点分数吗？"

杨的反应很平淡："人生苦短，我可不打算在不感兴趣的事情上浪费时间。"

关键的问题在于他本人毫不介意。若是去年也就算了，现在真要计较起来，跟卡介伦也没什么关系。于是他换了个语气：

"不过尼普提斯气候温暖，至少不用担心被冻死了。"

"你还要抓着那个不放吗？"

杨正要挠头，想起来这是吃饭的地方，便收回了手。士官学校禁止留长发，杨也把一头黑发剪得很短，挠几下并不会给人邋遢的印象。不过他天生就有为他人考虑的意识，这也是卡介伦喜欢他的原因之一。

杨又灌了一口啤酒。

"先不说我了，少校大人的新环境怎么样啊？"

卡介伦也举起了啤酒。

"说不上有多好，但是不坏。"

卡介伦比杨大六届，在士官学校隶属于经理研究科，毕业后领少尉军衔，被分配到后勤本部。一年后升为中尉，在达希利星域的补给基地任职三年，升为大尉后回到士官学校担任事务次长。他就是在那时认识了杨威利。

少尉一年、中尉三年是士官学校毕业生的必经之路。升上大尉后，晋升速度就由本人的努力决定。卡介伦仅任大尉一年就升为少校，同时离开了士官学校，目前隶属于首都海尼森宪兵队。

仅仅一年就从大尉升为少校，这在士官学校的毕业生中可谓翘楚。卡介伦本人也从未听过比这更快的晋升例子。要想超过这个速度，恐怕得创造让军方首脑闻之色变的丰功伟绩，而尉官级别的军人不太可能做出那样的创举。

"我们那儿的队长很严格，所以队伍里没有腐败，纪律也足够严明，就是有点透不过气来。"

杨无声地笑了。他虽是士官学校的学生，却一点没有军人的样子，去前线作战自然难以想象，然而当宪兵显然更不适合他。

"那里很适合怀特伯恩吧。"

杨说出了战略研究科同学的名字，是号称十年不遇之人才的优等生。

"确实很适合他那种个性。"卡介伦也微笑起来。怀特伯恩不同于杨威利，无论怎么看都像个名副其实的军人。"不过他本人的目标是宇宙舰队司令长官或统合作战本部长，要是听见我们这么说，肯定会生气的。"

二人齐声大笑起来。

在士官学校工作时，卡介伦与这个平凡的学生意气相投，即使在调动工作之后，也经常找机会约他见面。今晚他叫杨威利出来，也是为了在杨离开海尼森参加部队实习之前给他践行。

他们所在的地方是首都海尼森郊外的啤酒餐吧，这里的酒和菜都普普通通，但既不吵闹也不过于安静的氛围很是贴心，所以卡介伦成了常客。在喝酒方面，他通常会选葡萄酒或白兰地，但也不讨厌啤酒。关键在于，啤酒比别的酒便宜，正适合请后辈喝。

"听你提到怀特伯恩，我想起来了，"卡介伦说，"士官学校的各位都还好吧？"

"都很好。"杨抓起一根薯条，"上回拉普感冒了，不过已经好了。"

"那就好。"

约翰·罗伯·拉普也是战略研究科的学生。战史研究科被撤销后，他成了转到战略研究科的学生之一。

士官学校的入学考试分研究科目进行，按照招考标准，战略研究科的偏差值远远高于战史研究科，所以其他学生都半带嫉妒地调侃他们转到战略研究科是"荣升"。

卡介伦到士官学校任职时，战史研究科已经撤销，因此不熟悉那个时期的拉普。就他个人而言，拉普在战略研究科显然更如鱼得水。

拉普为人诚恳，人望很高，老实说，他可能比怀特伯恩更有将才。不论拉普本身是否愿意转科，卡介伦认为这个结果算是歪打正着。顺带一提，转到战略研究科的另一个学生，就坐在卡介伦眼前。

"要是拉普因为患病退出，那可是同盟军的一大损失。如果只是感冒，我就放心了。"

杨的表情一下明亮起来。"你也这么想吗？"

杨和拉普关系很好。常人一旦加入军队，尤其是成为干部候补生，自然会产生竞争意识，从而无法坦诚面对彼此。可是杨看到拉普的成功，就像为自己的事情一样高兴。虽然说着"我不是干部候补生"，但是能真心诚意地为挚友感到高兴的性格，其实是杨的优点之一。

"话说回来，"杨瞪大眼睛，像是想起了什么，"有个家伙倒是精神过头了。"

"什么意思？"

"马茨·冯·克莱因斯泰格。"

"克莱因斯泰格？"卡介伦重复着那个名字，想起了高大的身材和赤土色的头发，"哦，你说点心师克莱因斯泰格啊。"

"就是他。"

自从银河帝国与自由行星同盟在达贡星域第一次会战，帝国就有许多亡命者逃到同盟。结果就是，在同盟也能碰到"一听就是"帝国姓氏的人。名字里带"冯"的都是贵族，由此可见马茨·冯·克莱因斯泰格乃是帝国贵族的后代。

且不说祖先,克莱因斯泰格从小就在同盟长大,不存在前途受限的问题。成为军人与帝国交战的士官学校里,也有不少亡命贵族的后代。克莱因斯泰格就是其中一人。

"克莱因斯泰格怎么了?你说他太有精神,该不会往坏的方向发展吧。"

"嗯,是这样的,"杨无奈地笑了笑,"他谈了个女朋友。"

"哦?"卡介伦吹了声口哨。士官学校乃全寄宿制学校,校规严明,不过学生们都有自由活动时间,也能到城里活动,因此无论男女,在校外谈恋爱的人并不罕见。"那不是挺好嘛。"

"嗯,是的。"

杨又说了差不多的话。他口头虽然肯定,但表情是否定的。不,并非否定这种强烈的情绪,只能说是无法老老实实为之高兴。

"你有什么想法吗?"

"倒也不是有什么想法。"杨喝了口啤酒,"只是我们帮了他不少忙。"

卡介伦眯起了眼睛。

"你还会帮别人谈恋爱?好稀奇啊。说吧,怎么帮的?"

"试吃。"

杨立刻回答。

"原来如此。"

士官学校的学生喜欢在闲暇时间培养兴趣爱好。正因为课程严格，他们都需要一些放松的活动。由于一旦进入士官学校就被视为军人，学生们都能领到不算很多的生活费，还另外给发工资。这就成了他们培养兴趣爱好的资金。

　　学生们有各种各样的兴趣爱好。多数是飞球这种体育项目，还有人喜欢地上车竞速和钓鱼。杨只喜欢读历史书，克莱因斯泰格则喜欢制作甜点。这在军人里算是很稀罕的爱好，所以他才有了"点心师"的绰号。

　　"你能派上什么用场？"

　　卡介伦不是在贬低杨。士官学校是培养军人的学校，饮食方面的宗旨是只要能摄取营养在战场上生存即可，所以学生们平时都习惯了粗糙的饮食。一直过着与美食无缘的生活，味觉自然也会变得麻木。

　　"正是如此。"杨爽快地承认了，"真正的试吃者是爱德华兹小姐，我和拉普负责装饰。"

　　"爱德华兹小姐。"卡介伦想起了那个表情清冽的少女，"爱德华兹事务长的女儿吗？"

　　士官学校的爱德华兹事务长去年还是卡介伦的上司。他有个女儿，跟杨他们同龄，记得好像叫洁西卡。

　　战史研究科被撤销时，杨和拉普发起过抗议撤销的运动。洁西卡积极提供了帮助（据说她的努力更有成效），从那以后，三人就成了好朋友。

"克莱因斯泰格想请味觉正常的爱德华兹小姐来试吃,但只请一个人,她也许不会答应,所以也请了我和拉普。说白了,我们就是掩体。"

"那……"卡介伦反射性地说,"那不是克莱因斯泰格想追求爱德华兹小姐吗?"

杨点了一下头,然后摇摇头。

"我一开始也是这么想的,但好像不是。他是想做出真女朋友喜欢的甜点,才请洁西卡帮忙。为了证明自己没有邪念,才叫上了我和拉普。"

"嗯,倒也不是不能理解。"虽不是百分百相信,但卡介伦还是被说服了,"味道怎么样?我知道那家伙喜欢做甜点,但从没听说过手艺如何。"

"很好吃。"杨简单地回答道,"不过我从来没吃过那种味道的东西。克莱因斯泰格说,那本来是帝国的甜点,用了同盟这边不怎么用的草药,叫什么瓦尔哈拉红花。那东西味道很奇特,习惯了就会爱得不行。"

"该不会含有精神活性药物成分吧?"

杨耸耸肩膀:"至少没有成瘾。"

那倒是。想到这里,他又意识到另一件事情。

"那个女朋友莫非也是亡命者?"

"好像是。"

见卡介伦猜到了,杨露出满意的笑容。

"我还知道女朋友的名字。或者说，我根本没有兴趣知道，是他非要说的。那姑娘叫吉尔·冯·罗伊波尔茨，也是亡命贵族的后代。说是比他大一两岁。"

士官学校的四年级学生，若是应届入学（有的年轻人会复读再战），现在应该是十九岁。那么，那位罗伊波尔茨女士就是二十岁或二十一岁。

"他们怎么认识的？"

"就是因为兴趣爱好。克莱因斯泰格喜欢做点心，但是宿舍没有厨房，又不能用学生食堂的厨房，所以只能去城里的烹饪工作室。烹饪工作室除了用作烹饪教室，也出租给需要用到专业烹调设备的人。"

"所以那女孩子要么是参加烹饪教室的人，要么是需要租工作室的爱好烹调之人。"

"据说是去参加烹饪教室的。"

在这个按按钮就能得到美味的时代，手工料理反倒变得更有价值。所以，无论男女都很喜欢报烹调课程。看来吉尔·冯·罗伊波尔茨也是其中一人。

"结果她在工作室看见一个身材高大的男人小心翼翼地做点心，就好奇地过去搭话了。那人就是克莱因斯泰格。"

"怎么，竟是女孩子先搭话吗？太没出息了。"

"克莱因斯泰格去那里也不是为了搭讪嘛。"

"那倒也是。"

二人同时举起酒杯,喝完了最后的啤酒。

"再来一杯?"

"好的。"

别看杨长得瘦弱,酒量却很惊人。卡介伦朝吧台喊了一声,又点了两杯啤酒。

"回到罗伊波尔茨小姐的话题吧。她在教室学有所成,手艺很不错。克莱因斯泰格还对我炫耀,'吉尔做的煎饼最好吃了。'那是发祥于帝国的料理,也许是罗伊波尔茨家家传的味道吧。"

啤酒送到,卡介伦付了钱。

"后来他们渐渐熟了,开始讲彼此的身世。因为都是亡命贵族的后代,自然也会说到亡命的时期和原因。罗伊波尔茨家是祖父小时候逃过来的,但原因并不在于思想。她祖父的父亲,也就是曾祖父在太太去世后一蹶不振,有人趁虚而入,让他当了贷款的保证人。后来就是经典情节,曾祖父背上了别人的债务,不得不逃亡过来。"

这种事很常见。正如杨所说,从帝国逃亡到同盟的原因不仅仅是对民主共和主义的支持。既有罗伊波尔茨家那样的经济原因,也有在帝国犯了罪的人选择同盟作为逃亡地点。当然,所有人在接受入国审查时,都会说"希望生活在实现了民主共和主义的同盟这边"。

"她祖父长大后跟同盟的女性结了婚,生下她父亲,父亲又跟同盟的女性结婚,生下了她。罗伊波尔茨小姐出生时,曾祖父已经去世了,但是祖父还健在。爷爷很怀念以前生活在帝国时母亲做给他吃的点心,还经常对孙女提起。"

"哦?"接下来就不难想象了,"她说'我也想尝尝看。'克莱因斯泰格就拍着胸脯说,'好,我做给你吃。'事情就是这样吧。"

"说对了。"

虽然很俗套,不过这是男生面对女生时的正确行动。或者说,必须这样才行。

"他又不知道那是什么样的点心,怎么做?"

"他请罗伊波尔茨小姐尽量复述爷爷说的话,而且花了很大工夫查资料。我也经常被拉去旧书店。很多人逃亡过来时会卖掉手上的书籍,所以旧书店有挺多帝国的书。"

卡介伦想起杨除了战史和战略,还有一门成绩很好的功课,那就是帝国语。他原本想成为历史学家,为了详细调查帝国的历史,才会积极学习敌国的语言。正因为这番努力,他可以毫无障碍地阅读帝国书籍,还可以无需字幕观看帝国立体TV的节目。不仅如此,他还听说杨具有很强的古代地球语解读能力,只是那并不包含在士官学校的课程中。

"他可能想找找有没有帝国那边的食谱书吧。虽然最后都没找到。历经千辛万苦,我们终于找到了一种行星奥丁的点心,名叫拉瓦布鲁宁。不过那也不是整个奥丁都流行,只在弗罗伊登山区有人制作,属于比较小众的乡土甜点。"

"拉瓦布鲁宁。"卡介伦用帝国语重复了一遍,"熔岩之泉。"

"没错。就是在半球形的巧克力蛋糕上挤很多鲜红的果酱。巧克力蛋糕是火山,果酱则是岩浆。因为真的要浇很多果酱,像泉水一样,所以不能用普通的蛋糕盘,而要用有深度的盘子。"

那种光景很容易想象。

"一旦知道那是什么东西,就觉得做起来不是很难了。虽然我肯定做不出来。"

"其实好像没有那么简单。"

杨美美地喝了一口啤酒,仿佛想说他喜欢这个胜过甜食。

"正如你所说,在我们这些外行人看来,做那种造型的甜品好像很简单。事实上,克莱因斯泰格真的根据他搞到的图片做了一模一样的甜点,还带到那位离开父母独自生活的罗伊波尔茨小姐的公寓去请她品尝。她非常高兴,吃了一口,然后露出了疑惑的表情,说这跟想象的不一样。"

"跟想象的不一样?"卡介伦感觉自己成了当事人,"这么说叫人怎么办嘛。"

"就是啊。"

杨苦笑道。

"罗伊波尔茨小姐和克莱因斯泰格一样,是在同盟出生长大的。同盟虽然也有提供帝国料理的店,但是菜单上不可能有克莱因斯泰格千辛万苦才能查到的甜点。而罗伊波尔茨小姐自己应该也没吃过。"

"也就是说，那只是罗伊波尔茨自己凭空想象出来的味道。"

"正是如此。哦，为了她的名誉，我需要补充一句——罗伊波尔茨小姐并没有因此不高兴，也没有责怪克莱因斯泰格。而是说'谢谢你为了我这么努力，真的很好吃'。"

"不过，克莱因斯泰格的点心师斗志被点燃了。"

他的表达可能恰如其分，杨忍不住笑了。

"克莱因斯泰格决心一定要做出让她满意的拉瓦布鲁宁。不过那太难了。罗伊波尔茨小姐对拉瓦布鲁宁的印象只存在她的脑子里，恐怕她自己都不知道真正的甜点是什么味道。要把那个味道再现出来，则是难上加难。"

"那又是一场焦灼的战斗啊。"

卡介伦半是感叹，半是无奈地发表了看法。"所以事情是这样的吧：克莱因斯泰格必须找到帝国的味道，但是她从小适应了同盟的味道。就算克莱因斯泰格真的做出了地道的风味，也可能不合她的口味。所以一边要凸显跟同盟甜点不太一样的帝国特色，又要让同盟的人觉得好吃——没错吧？"

他自己总结下来，都觉得眼前一黑。找到恰到好处的折衷点，口头说说当然容易，但真正要做起来，连不会做饭的他都能猜到肯定是困难重重。关键在于，这个难题根本不存在客观的判断标准。

杨用力点了一下头。

"克莱因斯泰格再怎么说也是未来的军人，绝不会逃避安排给自己的任务，虽然这次是他给自己下的命令。后来他继续深入研究拉瓦布鲁宁，发现了我刚才说的重要配料——瓦尔哈拉红花。"

杨停了下来，抓起薯条。这是同盟区域广为流行的垃圾食品，任何人都能放心食用。

"那东西虽然很稀罕，但是现在大多数帝国的物品都能经由费沙转运过来，要买到并不难。他还真在海尼森的大型食材店买到了那种配料，现在算是通过了第一道关卡。接着就要看他能用瓦尔哈拉红花做出什么样的味道了。这时候登场的，就是爱德华兹小姐。"

故事终于前后贯通了。

"我与爱德华兹事务长的女儿并非直接相识，不过她是个年轻女性，应该不会讨厌甜食吧。而且她没有接受军事训练，有普通人的味觉，又因为父亲在士官学校工作，她对那里的学生应该比较亲近。毕竟还参加过你们搞的反对战史研究科撤销的运动，肯定会毫不客气地说出自己的感想，的确是最合适的人。"

"就是这样。刚才我说，克莱因斯泰格没有只邀请她一个人，是担心那样她不会来。不过我猜，他其实是不愿意跟不是女朋友的女孩子单独相处。"

"确实，他在这方面应该很较真。"

士官学校的学生全都成绩优异，而且身体强壮、姿态挺拔。虽然毕业后要加入军队，有一定的战死风险，但怎么说也是个铁饭碗。说句不好听的话，就算战死了也能追赠两级晋升，给家属留下一大笔抚恤金。这么好的条件，只要本人愿意，就会特别受异性欢迎。但克莱因斯泰格不是那种拈花惹草的性格。

"他邀请我和拉普，一是因为我们俩一直跟爱德华兹小姐走得很近，而且纵观整个年级，也就我们俩会陪他做这种事情了。于是每逢休假，我们都被叫到烹饪工作室去试吃。而且，不只是试吃。"

"什么意思？"

"还要演戏。正如少校所说，克莱因斯泰格并非想要帝国的味道，而是有帝国特色的味道。如果一开始就送假货出去，罗伊波尔茨小姐肯定也提不起劲来，所以他打算以帝国的餐桌礼仪请她享用。这方面的信息太容易搞到了。"

卡介伦叹息着点了点头。

"毕竟两边都在互相做宣传工作，向敌国展示自己的文化多么优秀。要查到帝国的餐桌礼仪是很简单的。"

"不仅如此。乡土料理与当地的风土不可分割。拉瓦布鲁宁来自奥丁的弗罗伊登地区。那么，弗罗伊登是个什么样的地方，那里的气候如何，人们为何吃那样的甜点，克莱因斯泰格把这些都查出来了。据说那个地方冬天气温极低，夏天则很凉爽。拉瓦布鲁宁是夏季的甜点，所以试吃过程中，他还用空调再现了弗罗伊登地区的夏季气温。"

卡介伦闷哼了一声。投入兴趣爱好，关注细节并不是坏事。

可那家伙原来会做到这种地步吗？"

"不过那都只是消遣的范畴。问题是味道。爱德华兹小姐对作品的味道和口感做出评价，克莱因斯泰格在此基础上修正制作方法，下周再试吃新作品。最近我们一直在重复这个过程。"

"喂……"卡介伦插嘴道，"你们试吃了多少次？"

杨盯着空气想了好一会儿。"一共五次吧。"

"你们也就算了，爱德华兹小姐竟然被麻烦了这么多次？就算她是事务长的女儿，那也不太好吧。"

"克莱因斯泰格也觉得很不好意思。不过——"杨摆了摆手，"爱德华兹小姐本人并不在意，甚至因为有了周末进城的理由，还很高兴呢。"

"虽然那种话听着像是安慰，但也不是不能理解。毕竟事务长是个挺死板的人，难得的休息日还要跟父亲待在一起，她一定很憋屈吧。"

二人又笑了起来。

"克莱因斯泰格觉得麻烦了她这么多次，想送点礼物表示感谢，但爱德华兹小姐说，'你每次都请我吃好吃的点心，应该是我表示感谢才对'。所以坚决不答应。很显然，这句话是在安慰他。"

"真是个好姑娘啊。"

"我也有同感。"杨举起酒杯挡住了表情，"但也不能就这么回去了。离开烹饪工作室后，我跟拉普就想私下感谢她。虽然刚吃了点心不好邀请她吃饭，但还可以去看立体电影或是陪她逛街呀。我们和洁西卡认识挺久了，她应该会接受我们的感谢。然而洁西卡还是拒绝了，径直朝家里走。于是拉普决定回宿舍，我则转头去了旧书店。"

"哈，你没邀请她逛旧书店，还算是识相吧。"

"你这话说得。"杨不高兴地说，"旧书店也有不少女客呀。"

"问题是爱德华兹小姐会不会高兴。先不说那个，克莱因斯泰格后来结果如何？女朋友喜欢吗？"

"据说很成功。"

杨理所当然地说道："他准备了帝国特色的餐具，跟彩排时一样开了空调，把成品端到罗伊波尔茨小姐面前。她特别感动地说，'真好吃！难怪爷爷会念念不忘！'最后还握着克莱因斯泰格的手说，'谢谢你为了我这么努力'。"

"克莱因斯泰格也算保住面子了啊。"卡介伦早就预料到大团圆结局，不过真正听他说出来，还是松了口气，"他一定特高兴吧。"

"肯定是的，因为兴趣和恋爱两方面都有所收获。"

杨冷静地评价道。

"能让克莱因斯泰格这么着迷，罗伊波尔茨小姐肯定很有魅力吧。我真想看上一眼。"

"克莱因斯泰格是这么想的。而且他还提出，想把她介绍给士官学校的同学。在举办学园祭这类活动时，士官学校也对普通市民开放，他就想趁此机会介绍女朋友。但是罗伊波尔茨小姐拒绝了。"

"哦?"这可有点意外了,"为什么?"

"原来她也很在意拉瓦布鲁宁的事情,不想被人看作把男人耍得团团转的女人。再加上,她有点害怕士官学校的学生。"

那句奇怪的发言让卡介伦瞪大了眼睛。

"害怕?她不是在跟里面的学生交往吗?"

"她一开始上去搭话时,并不知道克莱因斯泰格是士官学校的学生。如果知道了,就不会这么做了。那位小姐说,军人本来就有点吓人,士官学校的学生又是军人中的精英,自己不学无术,有点不好意思凑过去。于是她请求克莱因斯泰格对二人的关系保密。所以现在知道这段关系的,在学校里只有我和拉普。"

卡介伦熟知士官学校的情况,因此知道罗伊波尔茨小姐只是杞人忧天。事实上,眼前这个学生虽然身在精英中的顶尖人物才能进入的战略研究科,但外表跟可怕毫不沾边。不过换作跟军队没有来往的民间人士,也许不会这么想。

"如此这般,克莱因斯泰格目前沉浸在幸福中。不过……"

杨喝干了第二杯啤酒。

"他下周也要参加部队实习,所以一直在抱怨见不到女朋友好伤心。"

"话说回来,他被分到哪里了?"

"离这里不远,在特鲁努森。"

行星特鲁努森是离行星海尼森最近的宜居行星,从宇宙规模来看，二者的确不远，但也不是抽空就能往返的距离。而且他参加的是部队实习，不可能抽得出时间。

"那只能忍耐一段时间了。反正毕业之后指不定被分配到什么地方，军人的超远距离恋爱并不少见，正好练习练习。"

卡介伦说完，杨漫不经心地问了一句：

"少佐也在谈远距离恋爱吗？"

"我不算远距离……"

说到这里，他意识到自己被套话了。

"小子，不准调侃前辈。"

他捶了一下杨的脑袋。

"下次介绍给我吧。"杨揉着脑袋笑了。

卡介伦也对他微笑一下："下次再说。"他也喝完了啤酒，接着说道，"快到门禁时间了吧。"

"是的，临近实习最好不要违反门禁，我得回去了。"

"有道理。"

二人走出餐吧，拦下一辆空车。卡介伦让杨上了车，用自己的卡提前支付，然后报出了目的地。车载电脑确认好地点后，提醒乘客系好安全带。

"部队实习加油啊。"

听了卡介伦的话，杨挠挠头："只能祈祷实习时帝国不要打过来了。"

"就算打过来了，你也得活下来。"

"我努力吧。我们不在的时候,海尼森就拜托你了。"

"交给我吧。"

"晚安。"

"晚安。"

计程车开走后,卡介伦又给自己拦了一辆空车,坐上去,报了单身宿舍的地址。不一会儿,车子也开走了。

"克莱因斯泰格啊……"

卡介伦兀自喃喃道。克莱因斯泰格高大强壮,完全有条件被编入"蔷薇骑士"连队。正因如此,他很容易给周围带来威压,内心却是个纯情的家伙。为喜欢的女孩子竭尽全力这种事,结合他的为人考虑,一点都不奇怪。杨和拉普也那么热心帮忙,的确是个好故事。

卡介伦脑中浮现出褐色的眸子和发丝。

他对杨说,这不是远距离恋爱。因为他的恋人就在海尼森。

她很擅长做饭,听说做点心的手艺也很好。

下次休息日,二人约好了见面。

可以跟她讲讲今晚听到的故事。如果是她面对同样的课题,会如何解决呢?

***

"再现别人想象中的味道啊……"

奥尔丹丝·米鲁伯尔呆呆地看着他。

"是的。"亚历克斯·卡介伦点点头,"是个难题,对吧?"

奥尔丹丝面朝着他,视线飘向高处。这是她思考时会做的动作。不过,她很快摇了摇头。"该怎么做,我也一点头绪都没有。"

看到她微微一笑的表情,卡介伦不禁觉得这女人真可爱。

现在,卡介伦正与奥尔丹丝交往。不过是一个年轻男子与一个年轻女子进入恋爱关系,这件事本身没什么特别。如果非要找出特别的地方,应该说她是卡介伦前上司的女儿。

立体 TV 的脚本创作者早在人类还被困在地球那个边境小行星的时代,就在重复同样的套路——跟朋友的妹妹或上司的女儿谈恋爱。

遗憾的是,这些虚构作品中的常态,在现实世界却很罕见。可以说,卡介伦是实现了脚本家美好梦想的人之一。

奥尔丹丝的父亲米鲁伯尔少校是卡介伦被分配的第一个部门的负责人。面对自己初出茅庐时的上司,他到现在都抬不起头来。

卡介伦与奥尔丹丝的相遇,也是因为这个上司。他回到海尼森担任士官学校事务次长时,米鲁伯尔少校已经退役,正在从事军事协会的事务。

"喂,卡介伦,过来帮帮忙。"

一个休息日,老上司突然联系了他。原来军事协会要主办一

81

场慈善活动，急需要人手。他本来可以不去，但在这种场合，过去的人际关系会死灰重燃。再加上老上司手把手教会了卡介伦很多工作，对他恩重如山，于是他就去帮忙了。就是在那里，他遇见了同样去帮忙的米鲁伯尔前少校的女儿。

她褐色的头发和眼眸都遗传自父亲，容貌也能划进美人的范畴，但最吸引卡介伦的并非她的外表，而是表情。她的笑容温婉又包容，让他深深着迷。

不仅如此，她在活动上干脆麻利的工作也让卡介伦感叹不已。在熟悉事务工作的卡介伦看来，她无疑是个擅长实务操作的有能女性。那一年，她刚从海尼森的私立大学毕业，进入了为军队提供水箱床的民间企业工作。然而她的举止看起来完全不像第一年参加工作的新人。

"卡介伦少校一定很忙吧，谢谢你答应了父亲任性的要求。"

她对卡介伦说话也彬彬有礼。不过后来再听她说，原来奥尔丹丝当时的反应是"比我大不了多少的少校肯定是很厉害的精英，所以我特别紧张"。士官学校出身的军官，会被普通人视作精英也不足为奇，然而并不至于感到紧张吧？他说出这句话时，奥尔丹丝为难地笑了笑。

"我以为军人要年纪大了才能当上少校。"

这下他理解了。米鲁伯尔少校并非出自士官学校，而是出自培养后勤人员的军事会计学校，并且从未直接参加过作战行动，而是一直在后方从事支援前线士兵的业务。由于不是士官学校的毕业生，他的晋升速度较慢，直到快退休了，才升上少校军衔。

与之相对，士官学校毕业的卡介伦年纪轻轻已是少校。二十多岁的年轻军官和退休的父亲竟是同级，也难怪她会特别在意。这么想来，她会担心对方是个摆着精英架子的傲慢之人也不奇怪了。

"不过来的人是卡介伦少校，我一下就放心了。"

说完，那个比自己小四岁的女性绽开了花儿一般的笑容。

卡介伦猜到她对自己印象不错，当天就约好了下次见面的时间。从那以后，二人就交往得很顺利。

今天，他们先去逛了街（奥尔丹丝想买一个胸针去参加朋友的婚礼），然后看了立体电影，最后到餐厅吃饭。她已经对父母说了自己跟卡介伦的关系，相当于得到了长辈的认可，只要别太晚回去，二人一直待到晚上也不会被说什么。

米鲁伯尔夫妇结婚多年才有了孩子，因此奥尔丹丝可谓他们的掌上明珠。故而，夫妻俩对女儿交往对象的要求非常严格，身为前下属的卡介伦能得到认可，自然高兴不已，并暗自发誓绝不辜负二老的期待。

二人来到预约好的"三月兔亭"餐厅落座。这家店的氛围远比店名给人的印象更安静，因此也许是最适合跟年轻女性约会的地方。不过奥尔丹丝无论走到哪里，都能很自然地融入周围的气氛。看着她在烛光映照下的面庞，卡介伦更加确信自己的选择一点没错。

"香煎龙利鱼套餐，还有餐厅推荐的白葡萄酒，一壶。"

他向服务生下了订单。奥尔丹丝并非不能喝酒，只是"脸红了太丢人"，不愿意喝很多。他不能独自豪饮，所以只点了量少的一壶，而不是一瓶。

前菜上了桌，白葡萄酒倒入杯中，二人轻轻碰杯。

"谢谢你今天来陪我。"

她的措辞依旧彬彬有礼，不过语气已经亲密许多。卡介伦笑了笑。

"自从调到宪兵队，就不是每个周末都能休息，一直约不上时间，真是抱歉。"

"宪兵就是军队里的警察吧。少校看起来不太像警官呢。"

"嗯，负责后勤的人经常四处调动，因为很多工作跟金钱有关，为了防止贪污，任期都不长。所以这次宪兵队的勤务应该也不会太长。"

奥尔丹丝点点头。

"父亲也是这样。他到远方基地赴任的时候，我还住在母亲的娘家上学呢。"

军人好辛苦啊——说到这里，奥尔丹丝似乎想起了什么。

"对了，父亲说少校你在士官学校写的论文得到关注，差点被大企业挖走了。但是你没有选择进企业，而是选择了从军。"

"是的。"他想起了企业人事负责人来找他的情景。

"那是同盟屈指可数的大企业，我承认自己动了心。而且那边给的待遇也更好。不过到最后，我还是觉得军队的工作更有吸引力。"

奥尔丹丝眨了眨眼睛，似乎不太理解。当然，只有这句话是不足够的。卡介伦继续道：

"从政治角度决定军队走向的是国防委员长，指定战略的是统合作战本部长，实际指挥战斗的是宇宙舰队司令长官。军方的最高官阶基本就是这些。说句不好听的话，他们只负责开口，然而开口说话并不能调动军队。"

卡介伦喝了一口酒。"要作战就得造战舰，造好战舰还要装配武器。除此之外，还要决定什么地方分配多少士兵，有了士兵就要让他们吃饱。涉及吃饭问题，就得决定从什么地方调集多少粮草。宇航服也不能出问题，所以要进行检查。你所在的公司生产的水箱床也是必备物资。有了如此庞大的后勤活动，军队才有了作战能力。管理这一切的就是后勤本部长。他相当于军队的经营者，不，应该是军队行政首长。无论多大的企业，也不会大过军队。所以我认为，留在军队管理庞大的组织更有意思。"

奥尔丹丝瞪大了眼睛。

"原来你有这样的志向啊，我头一次听说。"

其实也不是多值得感叹的事情。

"士官学校虽然不是我的第一志愿，但进去之后，我就发现了军队的乐趣。不过有的人明明不想从军却进了士官学校，到现在还是不想从军。"

说这句话时，卡介伦想起了那个黑发的后辈。一想到他，卡介伦又想起了之前在啤酒餐吧听到的故事，以及自己分享这个故事的想法。于是他问道："如果要再现别人脑中想象的味道，你会怎么做？"

奥尔丹丝给出了极为理所当然的"我也一点头绪都没有"的回答后，好奇地凝视着卡介伦。

"有人遇到这个难题了吗？"

"没错。他是士官学校的学生——哦，你边吃边听吧。"

如果不这么说，她就会一直不动刀叉。见卡介伦关心自己，奥尔丹丝高兴地开始品尝前菜——其实相比吃东西，更让她高兴的是恋人的关怀。

卡介伦把克莱因斯泰格的故事说了一遍。他对自己的记忆力很有信心，应该没漏掉种种细节。

"所以，克莱因斯泰格已经离开刚拉近了关系的女朋友，去参加部队实习了。"

卡介伦说到这里，喝了一口浓汤。三月兔亭的啫喱沙拉很有名，但他更喜欢这里的汤。

"原来还有这样的事情啊。"听完他的话，奥尔丹丝安静地说，"士官学校的学生能为这种事竭尽全力，我突然觉得很有亲切感了。"

"嗯，毕竟还是年轻人嘛。"

卡介伦笑了笑。奥尔丹丝则若有所思地点了点头。

"部队实习要多久啊？"

"半年。所以他们半年都见不到面。"

"这样啊。"奥尔丹丝喃喃道。她的表情很奇怪，似乎有点消沉。

"怎么了？"

卡介伦问了一句，奥尔丹丝略显悲伤地回答道：

"一想到克莱因斯泰格先生再也见不到女朋友，我就有点同情他。"

店内陷入了沉默。

这里本就不是很热闹的餐厅，但也并非寂静无声。尽管如此，卡介伦还是觉得周围的声音都消失了。

"什么意思？"

大约两三个瞬息之后，他才挤出一句话来。奥尔丹丝放下汤匙，看着他说：

"等到部队实习结束，克莱因斯泰格先生回到海尼森时，罗伊波尔茨小姐恐怕已经不在了。"

"……"

卡介伦一时不知说什么好，只能沉默了一会儿，然后才开口道：

"你是说，罗伊波尔茨小姐等不了半年之久，会跟别的男人好上吗？"

那她就不适合跟军人交往——说完这句话，奥尔丹丝摇了摇头。

"不，我认为罗伊波尔茨小姐会耐心等待。可是，别人会来阻挠。"

卡介伦越听越不明白了。他正不知如何回应时，服务生端来了主菜，并在旁边动作灵巧地剔去了鱼刺，把方便入口的餐品送到了桌上。

"趁热吃吧。"

他先应付了一句，自己拿起了刀叉。奥尔丹丝也开始动作优雅地进食。卡介伦吃了一口白身鱼肉，黄油的焦香堪称绝品，但他怎么都没心思享用美食，而是拿起白葡萄酒冲下了口中的黄油味。

奥尔丹丝暂时放下餐具，用餐巾擦了擦嘴角。

"听了你的话，我注意到一件事。"

她的表情很柔和，目光却异常认真。

"什么事？"

他条件反射地问道。自己应该没说很奇怪的话。

"罗伊波尔茨小姐是听爷爷说起了那种点心。"

没错。见卡介伦没反应，奥尔丹丝不满意地摇了摇头。

"可是，她为什么没有自己调查那种点心呢？"

啪——他就像被人打了一巴掌。当然，奥尔丹丝并没有真的动手。可是她的话造成了同样的效果。

"这……"卡介伦不知如何回答。自从二人开始交往,这是他第一次在奥尔丹丝面前语塞。"她可能没查到?"

"也许是的。"奥尔丹丝以肯定的形式做出了否定,"罗伊波尔茨小姐查了,但是没查到。克莱因斯泰格先生查到了。为什么会存在这个差异呢?"

"因为调查能力不一样吧。"这次他毫不犹豫地回答了。仅仅是检索这种单纯的工作,也存在能力之差。这是他在职场上每天亲身体会的事实。

但是,奥尔丹丝又摇了摇头。

"真的吗?他们二人掌握的调查工具应该差不多。硬要说的话,士官学校的学生可能拥有普通人接触不到的信息来源。"

"没有。"卡介伦摇摇头,"我们是有军方数据库,但士官学校的学生不能登录。而且就算是帝国的情报,那上面也不太可能记录了乡土甜点。"

卡介伦在解释的过程中明白了奥尔丹丝的疑问。想要得到信息,就得在电脑上检索,或是去城里的图书馆、书店、旧书店手动搜寻。在这方面,哪怕是士官学校的学生,起始条件都跟普通人一样。

当然,即使条件相同,检索能力也有个人之差。会不会正是因为这个差异呢?卡介伦正要说出自己的想法,奥尔丹丝又开口了。

"我认为,罗伊波尔茨小姐的条件更优越。因为她知道爷爷以前在帝国居住的地方。"

"行星奥丁,弗罗伊登地区。"

卡介伦说出了那个地名。"对啊,如果一开始能加入地名检索,找到答案的概率就会大幅提高。罗伊波尔茨小姐有这个条件,克莱因斯泰格却不得不把范围扩大到整个帝国领土。哪边更简单,就不用说了。"

"我也这么想。如果从小就听爷爷说,一直都很想试试,肯定会自己去查。并且那是可以查到的信息。但是罗伊波尔茨小姐没有查,或者其实查到了,却没有告诉克莱因斯泰格先生。我觉得奇怪应该很正常吧?"

"你说得没错。"

奥尔丹丝拿起餐叉,送了一片龙利鱼进嘴里,仔细咀嚼后咽了下去。

"这只是我的猜测:罗伊波尔茨小姐应该查过,并且查到了拉瓦布鲁宁。这么想的原因我后面会说明,这里先说一个疑点。克莱因斯泰格先生费了好大的工夫才查到这个信息。其实罗伊波尔茨小姐只要告诉他地名,就能省去很多工夫。然而,她并没有这么做。"

说着,奥尔丹丝皱起了眉。"难道是不小心忘了说?那也很奇怪。我听说,亡命贵族的子孙一旦熟悉起来,就会彼此透露家人逃亡过来的时期和原因。既然如此,应该会提到家人从帝国的'什么地方'逃命过来。但是他们并没有提起。综合起来推测,罗伊波尔茨小姐应该是故意隐瞒了家族出身,没有告诉克莱因斯泰格先生。"

"为……为什么?"卡介伦哽住了,"她为什么要隐瞒?"

奥尔丹丝微微歪着头说:

"单纯地想,就是希望克莱因斯泰格先生不依靠恋人的提示,自己找到答案。虽然会有点辛苦,但她还是希望看到这样的努力。"

"嗯……"卡介伦抱着胳膊想了想,"罗伊波尔茨小姐好像说了自己是'把男人耍得团团转的女人',莫非这是真的吗。"

奥尔丹丝笑了笑:"每个女人都有那样的倾向。"

卡介伦忍不住微笑起来。因为说这句话的人最不符合这种印象。

"也许她也考虑了克莱因斯泰格先生的心情。恋人拿着一张制作方法叫他'做出来看看',或是自己寻找信息,自己构思方法,哪一种对爱好制作点心的人来说更快乐呢?"

想都不用想。"当然是后者。"

"对吧。所以她完全有可能为了不影响克莱因斯泰格先生的乐趣,才故意隐瞒了信息。这种行为有点像长辈,不过罗伊波尔茨小姐比他年长,倒也不算奇怪。但是,接下来就有点奇怪了。"

奥尔丹丝露出为难的表情。

"男朋友辛辛苦苦做了调查,好不容易研究出来的点心,她只要说一句真好吃就行了。她却说'跟想象的不一样',这太令人费解了。"

"那也没办法吧。"卡介伦回答道。因为他们已经说到了话题的核心,"她只听爷爷说起过,没有实际吃过。而且同盟的餐厅没有那种点心。如此一来,罗伊波尔茨小姐可能在脑中高度美化了它。真正吃到后,心里会觉得'哎,就这样吗?'那也不太奇怪。"

奥尔丹丝摆了摆手。

"叫别人再现自己脑中的味道,再怎么说也太荒唐了。罗伊波尔茨小姐是个成年人,如果真心这么想,那就是纯粹的任性了。克莱因斯泰格先生搞不好会生气。尽管如此,罗伊波尔茨小姐还是否定了。我猜那并不是毫无根据的否定,而是她其实知道克莱因斯泰格先生做的点心跟真的不一样。"

"真的拉瓦布鲁宁用了瓦尔哈拉红花……"

卡介伦说出了答案。奥尔丹丝眯起眼睛。

"没错。所以我才认为罗伊波尔茨小姐已经查过,并且知道了答案。因为她知道真正的拉瓦布鲁宁应该是什么味道,所以没有用到瓦尔哈拉红花的拉瓦布鲁宁对她而言毫无意义。不过,克莱因斯泰格已经查到了这么多,只需再努力一点就会发现瓦尔哈拉红花这种配料,于是她希望对方能自己查到。正因为如此,罗伊波尔茨小姐才会坦言跟想象的不一样之后,连忙对他道了谢。用少校的话来说,那是为了激发点心师的灵魂之火。"

说到这里,她举起矿泉水杯润了润喉。白皙的喉咙轻轻颤动。

"我猜，只要克莱因斯泰格先生用到了瓦尔哈拉红花，不管最后是什么味道，她都会认同。当然，她很清楚对方的手艺，因此确信他做的点心一定不会难吃。"

"努力奖啊。"卡介伦皱起了眉，"那不就是把男人耍得团团转的女人嘛。"

奥尔丹丝没有马上接话，而是叉起配餐的芦笋沾了焦黄油酱吃下去，再喝了一口白葡萄酒。

"如此看来，拉瓦布鲁宁是绝妙的选择。"

卡介伦不明所以，奥尔丹丝却煞有介事地点了点头。

"如果是边境行星的甜点，恐怕怎么查都查不到。若换成奥丁中央地区的食品，只消几秒钟就能查到。可是，奥丁农村的乡土甜点一时半会儿查不出来，但只要稍作努力，并非不可能。"

眼前这个女性感慨地继续道：

"那种点心的外表也很有特色。摆在深盘里的半球形巧克力蛋糕，上面浇满红色的果酱，宛如潺潺泉水。就算资料的图片很模糊，也能轻易想象出来。而且那种点心的结构和做法并不难。最关键的一点，就是决定味道的配料。同盟几乎不会使用瓦尔哈拉红花，但并不是买不到。只要有了这味材料，就能做出比较接近的味道。换言之，只要稍加努力，就能获得及格分数。这种说法可能很奇怪，但可以说，那是最适合出给学生的家庭作业。"

她说的意思卡介伦都懂，只是背后的意图不甚明了。于是他试探道：

"你怀疑那不是罗伊波尔茨听爷爷说起的点心？"

"没错。"

奥尔丹丝干脆地回答道。

"还有别的疑点。你说罗伊波尔茨小姐很擅长做煎饼。同盟虽然也有人吃那种东西，但它其实是帝国的料理。罗伊波尔茨家是帝国贵族，因此自然会联想到那是她们家代代相传的味道。"

奥尔丹丝如此肯定后，又摇了摇头。"可是请仔细想想。罗伊波尔茨小姐的曾祖父在夫人去世后心灰意冷，间接促使他亡命到同盟。也就是说，老先生逃亡过来时，夫人已经不在了。虽然同盟和帝国都重视父系血统，家庭料理却保持着母系传承。我也是跟母亲学的料理。她爷爷逃亡过来时还是孩子，又跟同盟的女性结了婚，为何会传承到罗伊波尔茨家族的手艺呢？"

"啊……"

奥尔丹丝安静地说。

"名叫吉尔·冯·罗伊波尔茨的女性，真的存在吗？"

咻——卡介伦倒吸一口冷气，喉咙发出了尖厉的声音。奥尔丹丝充耳不闻，继续说道：

"克莱因斯泰格先生在这件事中采取了什么样的行动？他花了很大的工夫调查帝国的点心，查到后又花费心思再现那种味道。得知第一号成品不如人意后，他又进一步调查，甚至买到了帝国的草药。除此之外，他还准备了相似的餐具，学习了相应的餐桌礼仪，调查了原产地的气候，调整室温与之匹配。可以说，他身为同盟士官学校的学生，却过上了彻头彻尾的帝国人的生活。"

奥尔丹丝喝了一口葡萄酒。

"听说帝国跟同盟都在开展宣传工作，宣扬自己的文化有多好，对吧。"

"你是说，罗伊波尔茨小姐在做那个宣传……"

卡介伦闷哼一声。奥尔丹丝点了点头。

"士官学校好像会举办一些对外开放的活动吧。我猜，罗伊波尔茨小姐就是在那些日子潜入士官学校，物色合适的学生。最好是优秀的、亡命贵族的子孙。"

卡介伦接过话头："记下他们的名字、长相，日后假装自然地接近。克莱因斯泰格是在厨房工作室被搭话，跟她认识的。他长得人高马大，却在认真做甜点，罗伊波尔茨小姐会接近他显得很自然。"

"他们逐渐亲密起来，开始谈论自己的身世，她因此知道了克莱因斯泰格先生的背景，得以判断此人是否值得策反。罗伊波尔茨小姐不需要亲自劝说，因为此举的关键在于让克莱因斯泰格先生主动接近帝国。我猜想，罗伊波尔茨小姐可能同时接近了好几个学生。她通过甜点制作接近了克莱因斯泰格先生，那么也有可能利用其他学生的性格和爱好与之接近。"

卡介伦咽了口唾沫。他想起了杨说过的话。

"克莱因斯泰格提出要把罗伊波尔茨小姐介绍给学校的朋友，但是她拒绝了，理由是害怕士官学校的学生。这也许是假的。真相是她确实同时接近了其他学生，担心被认出来，所以不能以克莱因斯泰格的女友身份出现在学生面前。是这样吗？"

他感到身体越来越紧绷。这件事背后存在着可能由帝国亡命贵族子孙组成的、由帝国操纵的反政府组织。他们专门以军方候补干部，也就是士官学校的学生为目标，不断从事策反工作。

"假设是这样，就不能听之任之。"

卡介伦恨不得马上就展开行动，但奥尔丹丝用温和的目光制止了他。

"是啊，杨先生可能也希望你做出行动。"

"啊？"

她突然提到杨，卡介伦一时反应不过来。这时，奥尔丹丝眨了眨眼睛。

"他跟少校说起这件事，就是因为你在宪兵队，希望你在他和克莱因斯泰格先生外出实习时处理好这件事吧。"

他想起自己跟杨道别时的情景。杨坐上无人驾驶计程车，对卡介伦说："我们不在的时候，海尼森就拜托你了。"原来那是让他履行宪兵的职责，清扫海尼森吗？

同时，他又想起了一件事，不由得长叹一声。

"你刚才说'我认为罗伊波尔茨小姐会耐心等待。可是，别人会来阻挠。'那个别人，说的就是我吧。"

"是的。"

她爽快地回答道。的确如此。现在对吉尔·冯·罗伊波尔茨展开秘密调查，摸清反政府组织的整体构造，然后一锅端。半年时间完全足够了。等克莱因斯泰格完成部队实习返回海尼森时，那个自称吉尔·冯·罗伊波尔茨的女性已经身陷牢笼，再也无法跟他见面。

他已经掌握了这件事的全貌，但还有一个不明之处。

主菜撤掉后，服务生端来了甜点和咖啡。

"照你的说法，杨应该察觉了罗伊波尔茨小姐的真实身份。那他为何不自己行动？他虽然还不是正式的军人，但也可以告知教官。"

奥尔丹丝露出了惊讶的表情，还停下了吃甜点的动作。

"少校，你真是个榆木脑袋。"

她摇着头继续说道。

"当然是因为杨先生喜欢爱德华兹小姐啊。"

"什么？"

他忍不住提高了音量。被服务生瞪了一眼后，他慌忙压低了声音："这到底是……"

虽然用了疑问的形式，但他并非完全没有头绪。杨虽然习惯称呼她为"爱德华兹小姐"，但有时会叫她"洁西卡"。那是借着酒劲不小心用了内心的称呼吗？

奥尔丹丝看着虚空，似乎在回想不在场的杨。

"杨先生是个优秀的人才，因为他只听同学的叙述就看穿了背后的阴谋。可是，他一旦揭露真相，克莱因斯泰格先生跟可疑女性交往的事情就会传遍整个学校。士官学校的老师得知这件事，会有什么反应呢？"

"肯定会闹得很大吧。"卡介伦回答，"全体学生都要接受身体检查，会被深入调查异性关系，寻找类似案例。"

"对吧。到时候拉普先生和爱德华兹小姐正在交往的事情就会曝光。杨先生并不想承认那个事实。"

"拉普和爱德华兹小姐……"

奥尔丹丝恢复了温和的表情。

"我猜，杨先生已经有所察觉了。他们相约去为克莱因斯泰格先生试吃时，爱德华兹小姐不是很高兴有了进城的理由吗？虽然不知道她是多么深居简出的姑娘，但如果她跟杨先生年龄相仿，应该不需要每次都向父母汇报外出的理由才对。尽管如此，她却这样说了，那么想必是不想让父母知道真正的理由。试吃结束后，他们三个是如何行动的？杨先生去了旧书店，爱德华兹小姐和拉普先生则分别回去了。"

"后来他们两个又碰头了吗？"

卡介伦又叹了口气。拉普和爱德华兹小姐肯定都没有把杨视作阻碍，因为他知道拉普和杨的友情是货真价实的。可是友情跟恋爱不一样。拉普一定是怀着内疚的心情，偷偷跟爱德华兹小姐约会。

"所以杨先生才没有自己行动，而是交给了少校。现在只有杨先生和拉普先生知道克莱因斯泰格先生和罗伊波尔茨小姐的关系。少校应该有办法在处理这件事的同时掩盖克莱因斯泰格先生和她之间的接触点。"

奥尔丹丝说完了自己的想法。

卡介伦不禁感叹。杨敏锐地察觉了军方面临的危机，并告知了隶属宪兵队的他，奥尔丹丝发挥惊人的洞察力，准确理解了杨的意图。而他却什么都没发现。

卡介伦暗自擦了把汗。好险啊。虽然晚了一些，但好歹是把握了情况，接下来只需展开行动。

他看向正在吃甜点的女子。她为何能够察觉自己浑然不知的谜题呢？

也许是因为她也擅长制作甜点，才会在听完故事后疑惑罗伊波尔茨小姐为何不自己制作拉瓦布鲁宁。

然后，她从那里展开了思考。要制作那种甜点，必须调查资料。然而故事的发展跟她的设想并不一样。于是她又开始思索想象与事实为何存在差异，最后发现了真相。

可是，卡介伦并不认为这是聪明伶俐的产物。他知道奥尔丹丝很优秀，但始终感觉不到她身上带着贤明的气质，因为她属于温润柔和的性格。

这么说也许很奇怪，他总觉得奥尔丹丝用了魔法。只需轻轻一挥魔杖，真相就飞了过来。不知为何，这样想反而更像这么回事。用温柔的微笑驯服真相——宛如白色魔女。连他也被她的魔法深深吸引了。

奥尔丹丝吃完甜点，轻轻放下了叉子。

"杨先生的恋情虽然没有结果，但也不必悲观。"

她的语气异常温和，就像在谈论弟弟。

"杨先生是四年级学生，今年才十九岁。少校比我大四岁，如果放到杨先生身上，他的对象才十五岁。我的父母相差七岁，那么杨先生的对象可能才十二岁。也许在这片广袤的宇宙中，有个十二岁的女孩正在等着她与杨先生的邂逅。"

说完，奥尔丹丝露出了魔女般的微笑。

一年后，亚历克斯·卡介伦因为捣毁了海尼森反政府组织的功绩，被破格晋升为中校，同时调离宪兵队，就任统合作战本部的参事。二十六岁就晋升为中校，这在士官学校的毕业生里也属于极为惊人的速度。

又过了两年，奥尔丹丝·米鲁伯尔成为卡介伦夫人。而杨威利与小七岁的菲列特利加·格林希尔结婚，还要再过十年。

蒂埃里·伯纳尔的最后一战
小前亮

小前亮（Komae Ryo）

一九七六年出生在日本岛根县。东京大学硕士。二〇〇五年凭借《李世民》出道，主要活动在历史小说领域。其他著作有《三国志》《真田十勇士》《新选组战记》《加班税》系列小说，另有《贤君与逆臣》《刘裕》《星之旅人》《乘务员请注意》等作品。

1

空荡荡的食堂里回响着敌袭警报，刺耳的声音宛如利爪，无情地抓挠听觉神经，忽高忽低，无休无止。

尽管如此，正在用餐的士兵却毫无紧迫感。

"嗯？咱们有训练预定吗？"

"没听说啊，是不是故障了。"

"之前不是刚修过，就算是老化也太过分了。"

"那总比关键时刻不响好吧。"

士兵们苦笑起来，继续用餐。上个月训练时，警报系统还真的始终保持沉默。无奈远离前线的补给基地分不到多少预算，坏掉的东西只能修修补补继续用。

"这警报怎么这么长啊。"

由于警报声一直不停歇，士兵们开始面面相觑，每个人脸上都闪过了隐约的不安。就在那时，扩音器传出了急迫的话语。

"敌影确定为帝国舰队，全员立即……"

那个瞬间，爆炸声响起，一股热浪同时扑来，视野陷入黑暗。士兵们浑然不知，他们已经被对地导弹击中了。

……

宇宙历七九一年、帝国历四八二年，宇宙在一片混沌中获得了奇妙的安宁。这种状态也许应该称为"停滞"。自由行星同盟与高登巴姆王朝银河帝国平均每年会交战两次，但至今未能决出胜负。战场主要集中在伊谢尔伦回廊的同盟宙域，同盟军处在优势时，控制周边宙域向伊谢尔伦要塞发起过四次攻击，但全部被帝国军击退。相反，帝国军处在优势时，也曾占领过艾尔·法西尔等同盟星系，然而未能持续很久。近年，帝国军似乎只满足于对同盟军的战术胜利，自从寇尔涅尼亚斯一世亲征以来，帝国就未发动过剿灭叛军（也就是同盟）、统一宇宙的远征。两国只是定期进行不痛不痒的战斗，白白浪费生命和能源。

这一年，莱因哈特·冯·缪杰尔预备从幼年学校毕业。杨威利正处在占军人生活时间最长的少校军衔。宇宙尚未得见常胜的天才，也并不知晓不败的魔术师真正的价值。

在这种情况下，业已传达到首都海尼森的消息，让同盟军首脑大为震撼。

"那是真的吗？不是误报？"

统合作战本部长已经是第六个发出这个疑问的人。为此，同样的回答也重复了六次。

"H5基地的确传来了'帝国军来袭'的报告，此后就陷入沉默。目前尚未掌握更多消息。"

"就算传来了'帝国军来袭'的报告是事实，也不代表'帝国军来袭'就是事实。没错吧？"

"您说得没错。"

向他汇报的副官即使内心不胜其烦，也没有流露出来。

"总之在判明真伪之前，绝对不要泄露这个消息。不，就算判明了也别说。"

"要向国防委员长报告吗？"

统合作战本部长眉头紧蹙。他想起了国防委员长的口头禅——

"当权者能否接受啊。"

……不能接受的并非当权者，而是国防委员长本人。

"现阶段报过去只会让那边陷入混乱。虽然不能瞒报，但还是先收集到更多情报再说。至少要确认H5基地的现状。已经派附近的部队过去查看了吧？什么时候到达？"

"两天后。"

太慢了——统合作战本部长喃喃着，无力地垂下肩膀。他本来两天后就开始休假，现在肯定休不成了。

H5基地是开设在哈卡维茨星系第三行星第二卫星上的补给基地，主要储藏军需粮食、燃料和机器部件。那里是同盟全境八十六个补给基地之一，没什么重要性。然而，基地的位置很成问题。若从伊谢尔伦回廊的同盟出口出发，要经过好几次曲速跃迁，飞跃数个同盟领星系才能到达那里。换言之，那应该是帝国舰队不可能出现的地方。

难道帝国军已经实装了长距离曲速跃迁的技术？还是开发出了能够绕过一切探测系统，在敌军领内航行的舰船？不管怎么说，那都意味着同盟的存亡危机。因为保不准哪天，敌军舰队就会出现在首都行星所在的巴拉特星系。

一日半过去，紧急前往哈卡维茨星系探查的近邻守备部队传来了消息。哈卡维茨星系没有发现帝国军的踪影，H5基地被破坏殆尽，应该不存在生还者。虽然无法断定是否为帝国军的攻击，但从破坏的规模考虑，很难有除此以外的可能性。然而，从伊谢尔伦回廊到哈卡维茨星系的路线上并没有其他遭到攻击的星系，更没有发现帝国舰队的报告。

统合作战本部长秘密召集了宇宙舰队司令长官和总参谋长等干部。本来处在熟年的本部长由于胃痛和缺乏睡眠，看起来老了整整十岁。

"假设真的是帝国军破坏了H5基地，那我们的航路情报很可能泄露了。"

本部长严肃地说道。

他已经向技术部门咨询过短时间内能否研发出长距离曲速跃迁和探测无效化技术，得到了明确的否定答复。帝国与同盟的科技水平相差不大，基本不用考虑那边突然开发出新技术的可能性。若是能完成长距离曲速跃迁技术，同盟军就能一举突破长年停滞不前的伊谢尔伦回廊。为此，这边的军方和民间都在大力研发，但远远没有达到实装的水平。

航路情报泄露虽然是噩梦，但并非不可能。这个时代的宇宙船只都是通过短距离跃迁完成长距离航行，因此前往远方需要花费一定时间，并且必须有每一次跃迁的目的地坐标。只要有了航路情报，即使在敌军领地也能航行。因此，帝国与同盟双方都严格管理着自己的航路情报，个体舰船上只保存了必要的数据，并且被多重密码封锁，就算陷入投降或逃亡的困境，情报基本上不会落入敌方手中。然而，若是有人故意泄露，并非没有办法。

另外，依靠交易繁荣起来的费沙自治领同时掌握了帝国同盟两方的所有航路情报。如果是从费沙泄露出去的，同盟便无计可施。不过对费沙来说，航路情报是与其经济实力同为重要的牵制力量，应该不会轻易拱手让给别人。

在毫无成果的会议途中，又传来了确切的消息。

"我们对时空扭曲的观测数据进行分析，发现了跃迁的痕迹。帝国舰队应该是从伊谢尔伦回廊反复跃迁，到达了哈卡维茨星系。"

会议室顿时充满了活力。只要知道究竟发生了什么，就能研究出对策。统合作战本部长问道：

"路径查清楚了吗？"

"还没有，因为不是实时观测整个星系，只得到了一部分信息。"

"敌军经过的星系没有任何人察觉吗？"

"至少没有得到报告。"

统合作战本部长闷哼一声。但也不能怪他们，因为同盟只在靠近前线的星系布下了监控网络。

宇宙舰队司令长官苦涩地说道：

"那么可以认为航路情报泄露到了敌军手上。有必要派舰队前往当地，同时调查情报泄露的途径。"

"泄露的源头应该是费沙。"

"既然如此，就不是我们能解决的事情。要么通过正式外交渠道，要么私下打听，这都是政府的工作。"

统合作战本部长不得不承认他说得对。这不是只靠军方就能解决的问题。就算要被冷嘲热讽，他们也得拉上政府分担责任。

"第二波、第三波攻击的可能性呢？"

"当然存在，所以必须防备。"

"但是敌军的攻击无法预测，又不可能给所有补给基地配备舰队。"

"只要能查到什么地方泄露了多少情报，自然就能缩小目标。在此之前只能提高伊谢尔伦回廊邻近星系的警戒了。"

会议决定按下实情，仅提高局部的警戒水平。另外还列出了调查队成员名单。他们通过非正式途径对常驻同盟的辩务官提出了质询。如果费沙没有泄露情报，这么做等同于主动暴露问题，但现状是整个宇宙的情报都会集中在费沙，他们不太可能不知情。

费沙辩务官的反应没有超出预料。他先否定了泄露的事实，然后补充道：

"我们考虑的都是长期利益，绝不会为眼前的蝇头小利交出宝贵的情报。如果真的很为难，请告诉我详情，我也许能帮上一点忙。"

就算自治领主府没有参与，个人也有可能泄露情报。对此，辩务官也做了否定的回答。费沙对机密情报的泄露，尤其是关乎自治领存亡的机密泄露制定了严厉的惩罚条例。辩务官还暗示，如果有人敢以身试法，在计划阶段就会小命不保。

"万一真的存在犯罪事实，我方会立即告知，请放心吧。"

会谈最后，辩务官又问了一句。

"不过这也太奇怪了。如果帝国军袭击成功，应该会大肆宣传自己的胜利。但是那边的报道丝毫没有提及这件事。贵国的报道管制不可能影响到帝国，所以这到底是怎么回事呢？"

同盟方也无言以对。同盟军的情报部门自然也掌握了这个信息，可见此次事件并不单纯，可能存在很多不可告人的情况。目前军方干部都希望能根据现场调查的结果找到切入点。

2

被委派去调查哈卡维茨星系的人，是统率第九舰队的英格·佩特森中将。上层并不是看中他的调查能力，而是第九舰队碰巧离开了巴拉特星系进行军事演习，能以最快速度到达现场。若从海尼森派遣别的舰队，到达哈卡维茨星系需要四周以上。第九舰队赶赴那里只需两周，时间差可谓巨大。

佩特森中将年届六十，是一位老资格的提督。他虽然没有显赫的战功，却凭借扎实的指挥积累了不少战果。但是据他本人分析，自己属于猛将型人才。因为最擅长新兵教育，反而导致舰队四分之一的成员都是不熟练的士兵，只能采取谨慎的战略。

中将外表非凡，身高超过两米，在同盟军的提督中无人能及，唯独有望成为下一任宇宙舰队司令长官的席特列大将能让他仰视。同时，中将身材瘦削，因此被口无遮拦的人戏称为"铅笔中将"。

佩特森中将现在很困惑。立即前去哈卡维茨星系调查H5基地的命令过于含糊，他只知道航路情报遭到泄露，帝国军袭击了那个基地，但规模、目的和前后动向一概不知。正因为不知道才要调查，但究竟该从何下手？不仅如此，一旦接到新的遇袭警报，他还要立即前去支援。他平时最不擅长的就是需要高度灵活性和灵机应变的任务。尽管如此，生性认真的佩特森还是列出了自己应该做的事情。

佩特森中将手下有乌朗夫和伯纳尔两位少将。他们正好参加了训练，因此被直接安排到调查队伍中。二人虽不受上层的喜爱，但早已证明了自己作为指挥官的实力，所以佩特森也很信赖他们。

乌朗夫年近四十，体格健壮，历经磨炼的身体散发着年轻的气息。他皮肤颜色略深，留着一头黑色短发，坚毅的眸子也黑得深邃。据说他是地球时代征服了半个世界的游牧民族的后代。现在骏马换成了宇宙船，依旧不能阻挡他的剽悍，然而乌朗夫并非一味猛攻的指挥官。他能以广阔的视野把握战局，是个进退有度的将领。

提埃里·伯纳尔比乌朗夫年轻一些，体型也小上一圈，似乎更适合穿西装打领带。不过那一头卷曲的枯叶色头发和灵动的褐色眸子给人一种调皮小鬼直接变成了大人的印象。他本人也与印象相符，在战场上凭借果敢而灵活的用兵立下了许多功绩，同时还深受士兵喜爱。

二人都是士官学校出身，但无论学生时代还是任职以后，几乎都没有接触。本来只在训练会议上有一些工作上的谈话，但在训练过程中目睹了对方的实力，彼此认可之后慢慢就熟悉起来了。

听到这次的任务内容时，伯纳尔夸张地耸了耸肩膀。

"唉，太倒霉了。本来训练只有一个月，现在不知道啥时候才能回海尼森。"

"这可是很重要的任务。"

乌朗夫皱着眉说。

"如果帝国军已经掌握了所有航路情报，事态就会异常严重。那意味着我们必须从头开始制定防御策略。"

"那都是领好多军饷的人才需要思考的问题，我们只需要应付眼前的敌人就好。当然，前提是能见到敌人……"

"他们恐怕已经离开哈卡维茨星系了。不过，如果这次是试探性攻击，肯定还会有第二波、第三波袭击。"

伯纳尔认真地凝视着伙伴。

"没想到阁下竟是个劳碌命。只顾着思考假设的情况，会没完没了哦。"

"面对即将爆发的战斗，必须设想一切可能的事态。"

乌朗夫面不改色地回答道。伯纳尔则露出了坦率的笑容：

"嗯，有你这样认真的同事真是太好了。不过长官太认真可不好。总之，请多关照啦。"

什么请多关照……乌朗夫嘀咕了一句，同时想起了伯纳尔为人吊儿郎当的传闻。看来那不是什么毫无根据的谣传，这次任务怕是够呛了。

那位认真的长官佩特森中将每两天就要在旗舰开一次会。就算没有新情报也要照例集合，伯纳尔开完第三次会已经不胜其烦了。

"为什么要专门凑在一起啊,线上通知一下不就好了。真是浪费时间精力。"

"的确有点不合理。"

乌朗夫表情凝重地点了点头。伯纳尔听到这句话,不由得瞪大了眼睛。

"哦,你竟然赞同吗?"

"当然。一切冗余行动都应该简化。我跟中将说说吧。"

乌朗夫提意见从来不顾虑对象,因此很多长官都不喜欢他,导致他虽然战功赫赫,晋升的速度却很慢。伯纳尔同样属于战功得不到认可的类型,不过他是因为太过懒惰。

佩特森中将不是那种抗拒下属进言的上官。

"嗯,我很欢迎你们提意见,但我也有自己的想法。这次的事情不能否定是间谍所为,因此我想尽量避免远程交流。"

"这我很明白,可是没有新情报的时候,大可以不用担心吧?"

"没有新情报也是重要的情报。"

佩特森很顽固。他对下属的进言的确不会摆出厌恶的表情,但也不会轻易接受。

第四次会议依旧没有成果。当天,伯纳尔不知为何心情很好。乌朗夫实在按捺不住,只好问了一句。

"有什么好事吗?"

"问得好。"

伯纳尔摘下贝雷帽转了起来。他这种动作与其说在表达喜悦,更像是害羞。

"我女儿考上士官学校了。"

"哦?那真是恭喜了。原来令嫒跟你选了同样的职业……"

乌朗夫先是笑了笑,继而瞪大了小眼睛。

"你已经有十五六岁的女儿了?结婚真早啊。"

"嗯?哦,我有三个孩子,考上士官学校的是小女儿,上面两个都是儿子。他们说不想参军,都考了大学或专业学校,所以这次我特别高兴。"

"等等。"

乌朗夫抬手打断了伯纳尔。

"怎么算都不太对吧。你比我小这么多,究竟几岁有了孩子……不,抱歉,你肯定不想说吧。"

见乌朗夫急着结束话题,伯纳尔笑了笑。

"没关系,我特喜欢看别人惊讶的表情。而且本来就因为这个才在学校结了婚。"

"在士官学校结婚……"

乌朗夫一脸茫然,伯纳尔则打开了话匣。

"我们家代代都是军人,到祖父那一代时,已经足足五代人没有见过孙辈的面孔。因为大家都死得早。为了打断这个传统,我毅然挺身而出了。老爸抱到孙子那一刻的表情,真是太绝了。

他甚至像古代的武将那样说，'这下我死而无憾了，下次战斗定要身先士卒，打下功勋'。当时老爸是巡洋舰的舰长，在那样的舰长手下作战，船员肯定受不了。不过事实证明他那句话是在扯淡，因为没过多久，他就早早退役，说要'照顾孙子'了。"

等到他停下来换气，乌朗夫才插上了一句话。

"你家的人都那么特别，夫人肯定很累吧。"

"嗯，我特别感谢她。她比我大五岁，是个好妻子。"

见他还想继续说，乌朗夫连忙开口道：

"我们得回去了，下属还在等待指示呢。"

"你没听完就想跑？算了，下次给我讲讲你家的事情吧。"

"没什么好讲的。"

说完，乌朗夫就加快了脚步。一直走到上了摆渡船，他心里都疑惑不已。伯纳尔的生活真是太奇特了。军人是随时面临着生命危险的职业，乌朗夫正是考虑到这点，才迟迟没有结婚。现在虽然结婚了，也没有亲生的儿子，只有一个根据《托拉巴斯法》领养的孩子。成为将领之后，就算战死沙场，遗属也能衣食无忧。当然，前提是只要同盟还在。假如这次的事情迎来最可怕的结局，连这个前提条件恐怕都会摇摇欲坠。

其后，在到达哈卡维茨星系之前，佩特森中将又召开了三次会议。没有收获关于事件的线索，乌朗夫倒是知道了同事与妻子相识的过程，还有第一个孩子出生的情景。

3

哈卡维茨星系由一颗恒星及三颗行星组成，行星各自具备卫星。当中并不存在有人行星，H5基地开设在第三行星的第二卫星上。气态的第三行星具有硕大的星环，第一卫星虽然氧气浓度很低，但具备大气层，经过地景改造后应该能够居住。但如果只是开设补给基地，反倒是没有大气层、重力也很小的第二卫星更为适宜。

佩特森中将把乌朗夫和伯纳尔两位少将叫到旗舰，一同查看了无人侦察机送回的影像。基地所在地赫然出现了层层叠叠的撞击坑，布满瓦砾和金属碎片，破坏相当彻底，建筑物无一幸存。当然也没有任何生命反应。驻扎基地的四十名士兵和正在调查第一卫星的民间研究队伍肯定是全军覆没了。

"这可真够彻底的。"

伯纳尔差点要吹口哨，但及时阻止了自己。面对此情此景，吹口哨委实有点不妥。

"敌方唯一的目的就是破坏吗？"

乌朗夫提出了疑问。既然是攻击补给基地，若有余力应该会顺便掠夺物资。然而现场并没有发现那样的痕迹。

"已经派出调查船了，检查过基地的残留物，应该能掌握破坏的大致情况。另外，我个人认为物资应该遭到了掠夺。"

先破坏司令部和炮塔，让基地失去抵抗力，然后掠夺必要的物资，最后彻底破坏。这也许就是敌军的行动顺序。

室内突然发出电子音，操作电脑的副官转头过来。

"佩特森提督，海尼森发来了紧急通信。"

"转过来吧。"

佩特森手上的终端传出了声音。

"发生了第二次袭击，被破坏对象是卡夫拉星系的K1基地，请接收数据。"

3D屏幕显示出同盟领的立体图，卡夫拉星系的位置闪烁着橙色光芒。那也是不与帝国领接壤的星系，但因为相对靠近伊谢尔伦回廊，已经强化了警戒，因此无人侦察艇探测到了帝国舰队接近的行动。舰船约有一万艘，不足一个舰队的配置。K1基地的士兵试图乘坐运输船逃生，但是被捕捉后击沉了。基地方面的通信已中断，应该是遭到了破坏。

"同样的手段，看来也是同一个凶手啊。"

听到伯纳尔的声音，佩特森瞪了他一眼，但并未理会。

"从这里前往卡夫拉星系大约要五天，就算现在过去，帝国军也已经离开了。不过上面应该会要求我们过去。"

"那这边的调查不就半途而废了？"

乌朗夫提出担忧，佩特森点了点头。

"我也这么想，但统合作战本部应该会有别的想法。有句老话说得好,急事来了爹妈也照用。"

佩特森提督紧蹙的眉头已经流露出断念。一个小时后,他的预言成了现实。

第九舰队在哈卡维茨星系留下一个调查小队,转头向卡夫拉星系开拔。移动过程中,佩特森中将每天都在旗舰召开会议。不过每次会议都有新情报传递过来,伯纳尔也没什么怨言。首先,哈卡维茨星系的调查小队发来报告,推测除了食物和水,其他物资和燃料被夺走的可能性很高。这是预料之中的结果。

接着,海尼森又发来了引人深思的情报。行星帕拉斯的航路管制中心有一名职员失踪了。航路管制中心是负责管理舰船交通的部门,原则上所有官民舰船都要向中心提交航行计划,并接受其指示。一旦跃迁发生冲突,将会酿成重大事故,所以需要统一管理。通常情况下,海尼森的管制中心管辖全同盟领,帕拉斯的管制中心则是在发生事故或进行维护时代行工作的预备部门。尽管只是预备,那里依旧拥有所有数据。

"那家伙偷走了航路情报吗?"

伯纳尔马上断言道。下一刻,他就被乌朗夫驳斥了。

"你这样太想当然了。不过我也很好奇那究竟是个什么样的人物。"

佩特森的副官整理好信息后作了说明。正在展开调查的情报部可谓秘密主义的化身,不过佩特森中将与之谈判,得到了情报共享。作为前线指挥官,他自然要尽量避免与未知的敌人战斗。

"失踪的职员是二十六岁的女性，名叫阿曼达·吉梅内斯。她的工作态度没有出现过问题，但是在第一次袭击的三天后突然申请了一个星期的带薪休假，从此再也联系不上。她对共同生活的父母说要去海尼森旅行，但并未发现她离开行星帕拉斯的记录。"

"你瞧，越来越可疑了。她有动机吗？男人或者债务？"

"没有发现她欠债的痕迹。有证词证明她有男朋友，但无法确定具体身份。"

"这下没跑了，那男人就是间谍，用美男计骗她盗取情报，女人发现真相后迎来悲痛的结局。'啊，亲爱的，你对我的甜言蜜语原来都是谎言吗？'太老套了。"

乌朗夫没有理睬紧紧拥着贝雷帽作悲痛状的伯纳尔，提出了自己的疑问。

"普通职员有机会盗取航路情报吗？"

"根据情报部门的说法，虽然很困难，但并非不可能。只不过使用航路情报需要密钥，第一次袭击后有关部门已经更改了密钥的形式，所以应该无法继续使用。"

如果她还盗走了密钥，就能解释第一次袭击。可是前不久发生了第二次袭击。若不是破解密码提取出原本的数据，那只能解释为同盟以外的地方泄露了航路情报。

"密码能在短时间内破解吗？"

"情报部门的说法是破解密码极为困难，但不能断定完全不可能。"

乌朗夫抱着胳膊叹了口气。

"再怎么想也是浪费时间。这件事只能交给情报部门,我们做自己力所能及的事情。"

"力所能及的事情是什么啊?追在敌人屁股后面跑什么都做不了,要是能先发制人就好了。"

伯纳尔重新戴上贝雷帽,乌朗夫则皱起了眉。

"光是补给基地就有八十多个。两个星系的共同之处恐怕只有都是无人星系,以及距离伊谢尔伦回廊相对较近。光用这个条件筛选,候补依旧很多,更何况这些条件都不是绝对的。"

"不如扔骰子预测一下吧。"

听完毫无责任感的发言,乌朗夫忍不住瞪了伯纳尔一眼。就在火药味渐浓的时刻,一直不出声的佩特森站了起来。

"先这样吧,下一次会议在明天同一时刻。"

第二天的会上又公开了新情报。

"首先是关于失踪的女性吉梅内斯。目前依旧没有发现她的行踪,但是经查证,大约一个月前,她参加过某新兴宗教的集会。目前正在进行相关调查。"

"宗教啊。我觉得那就是敛钱的工具,然而还是有数不清的人被骗。人心太软弱了。"

今天的伯纳尔颇有哲学家的气质。

"莫非是地球教？"

乌郎夫问道，副官点了点头。他没想到自己竟猜对了，表情变得严肃起来。伯纳尔凑过来问他知道些什么，乌朗夫一脸厌恶地说了起来。

"我有个下属迷上那个宗教，最后辞去了军职。他还来拉拢过我，可我完全无法理解。重振地球的荣光，对我们有什么好处吗？"

"而且地球在帝国领内啊。"

没抓住焦点的台词让乌朗夫露出了苦笑。他们没有再谈论地球教。目前掌握到的信息还太少了。

"总之先把那个职员列为嫌疑人。宗教也可能成为动机。"

"不，动机是男人更有故事性。"

乌朗夫盯着同事，让他闭上了嘴。伯纳尔肯定是觉得会议无聊才故意搞事情。真拿他没办法。

佩特森中将挺直身体，抱着双臂坐在座位上。他几乎没有发言，但也并非在打瞌睡。相反，他像是在用严肃的目光一一打量着部下。因为坐高优势，他几乎是居高临下地看着乌朗夫和伯纳尔，但伯纳尔不为所动。

副官清了清嗓子，开口道：

"还有一个情报。目前发现了新的嫌疑人，由于姓名尚未公开，我们姑且称他为 A 中校。"

A 中校负责补给基地的出纳业务，先后在 H5 和 K1 基地工作过。情报部门怀疑他在工作岗位上参与过侵吞物资，甚至试图湮灭证据。

"为了隐瞒侵吞的事实，刻意向敌军泄露机密情报，引诱其攻击基地吗？利用帝国军消灭证据，这计划的规模这么大，未免有点夸张了吧。"

伯纳尔闷哼道。乌朗夫则冷静地提出了问题。

"他们找到侵吞物资的证据了吗？还是仅仅因为两个基地的共通之处只有那位中校？"

"应该是后者，因为这是在梳理两星系共通之处时发现的线索。"

Ａ中校目前在有人行星帕尔梅伦德就职。此次调岗之前，他在霍朱利亚星系的补给基地工作，情报部门怀疑那里可能是下一个目标。目前他们采取了第一级警戒，同时让嫌疑人自由行动，以调查侵吞事实的有无。

"假设那家伙是真凶，那也还有密钥的问题。第二次袭击按理说应该很困难吧。"

"是的。而且这次的嫌疑人本来就没什么机会接触航路情报。如果是他干的，就要怀疑背后存在着大规模的犯罪网络。"

"哦？那家伙跟女人是一伙的，还牵扯到费沙和宗教。这下越来越有意思了。"

伯纳尔满脸喜色地说。

现实不是推理小说。乌朗夫心里虽然这样想，但是觉得太过荒谬，就没有开口。只要查清信息泄露的源头，就能预测第三个目标。这很有道理，但他们自己再怎么想也没用。

佩特森开口了。

"伯纳尔少将，这里是军事会议的场合，请你不要单纯根据感觉和一厢情愿地思考说话，而是依据逻辑进行分析。"

"经过逻辑思考，我觉得这故事很有意思。不，不仅是有意思，而且也并非不可能。爱欲、金钱、宗教，这是宇宙间一切犯罪的动机。将它们联系在一起再自然不过了。"

之所以能这样反驳，恐怕只能说伯纳尔不愧为伯纳尔了。就算乌朗夫再怎么直言不讳，也不会在与职务无关的场合贸然发言。

"联系在一起的依据是什么？"

"依据就是故事变得更简单。"

"简单的故事都是人们为了逃避真相而编造出来的吧。费沙那边的人也许会有同样的想法。"

乌朗夫很想抱头不语。佩特森也在发表毫无根据的推论。伯纳尔咧嘴一笑，似乎也发现了这点。

"长官，请恕我直言，事实有时比小说更像小说。"

佩特森对他微微一笑。

"那我们来打个赌吧？我出一瓶七五〇年的麦斯吉德威士忌。"

"好呀，我赌上身为军人的前途。"

乌朗夫高高耸起了眉毛。这人究竟在说什么呢？当然，佩特森也很奇怪。他知道军中很多人爱好赌博，但这未免过于轻率了。

"要是我输了，就退役。"

伯纳尔发出挑衅的话语，佩特森略显困惑地躲开了他的目光。乌朗夫见上司转过来，无声地摇了摇头。这本来就是佩特森提出的赌局，必须由他自己来收拾。

"你可别反悔。"

"当然不反悔。如果我的直觉出错了，以后在战场上肯定活不下去，还不如趁早退出。"

听到这里，佩特森做出了决定。

"那就随你吧。"

赌局成立。假如航路管制中心的吉梅内斯或A中校，或者双方都是泄露情报的真凶，就是伯纳尔获胜。如果不是，则算佩特森获胜。佩特森的赢面看起来更大，而伯纳尔下的赌注更大。尽管如此，伯纳尔还是满脸笑容。与之相对，佩特森则眉头紧锁，乌朗夫无奈地转开了目光。

翌日，第九舰队到达卡夫拉星系，途中并未接到关于嫌疑人的后续情报。这里跟哈卡维茨星系一样，没有发现帝国舰队的踪影。基地遭到破坏的情况也和H5基地相似。海尼森发过来的观测分析结果显示，疑似帝国舰队的质量体两天前跃迁到了这个星系，跃迁路径不明。这次事件尘埃落定之后，同盟领也许不得不在所有星系导入实时观测跃迁痕迹的系统。那将是一笔庞大的花费，财务部门恐怕要头痛很久了。

"感觉好像打地鼠啊。"

伯纳尔嘀咕道。其实情况比那个更糟糕，毕竟打地鼠还能打到，帝国舰队却会在触不可及的地方钻出来。

"完成必要的调查后，立即赶往霍朱利亚星系。"

接到统合作战本部的指令，佩特森叹了口气。既然没有别的选项，他们只能抓住唯一的线索。可是照现在这个情况，他反倒觉得埋伏在伊谢尔伦回廊附近更靠谱。

"总之，命令必须执行。"

佩特森沉重地下令准备启航。

4

自治领主辅佐官安德烈·鲁宾斯基瞥了一眼天花板上的监控摄像头。机器无声地扫描了他的全身，检查他是否携带电子器械。五秒后，鲁宾斯基将右半身转向正门。白墙闪了一下，他极为自然地迈开脚步，消失在墙后。

"自治领主阁下，报告发过来了。"

第四代自治领主瓦伦科夫冷冷地扫了一眼毕恭毕敬的鲁宾斯基。这位辅佐官身材高大、五官开阔，现在却弓背垂目，丝毫没有强悍的印象。就算他有着费沙商人式的伶俐，也没有表现出来。

上司的目光仿佛在测试他的忠诚度，鲁宾斯基则无声地接受了。二人之间的沉默持续了将近一分钟。

瓦伦科夫总算开了口。

"同盟那边有动静了吗？"

"舰队已向霍朱利亚启航。他们就像我们掌心上的小丑，阁下的深谋远虑实在令人敬佩不已。"

"少说漂亮话。"

瓦伦科夫劈头盖脑地说。

"若是有外人在场也就罢了，在这里无需浪费口舌。我知道你的本性，所以才会重用你。千万别忘了。"

"明白了。"

鲁宾斯基低下了一头黑色的鬈发，全身散发着没有恶意的气息。尽管如此，瓦伦科夫的目光中还是找不到一丝信任。

瓦伦科夫是个小个子的熟年男人，灰发略显稀疏，双眼深深凹陷，鼻子又高又挺，底下是一张小嘴。乍一看他有点像疲惫的学者，但是交谈起来就会发现这人的狡诈胜过知性。在商业国家费沙，自治领主不会自然而然地获得尊重。主动选择为官，甚至会遭到费沙人的轻视。凡是见过瓦伦科夫的人，恐怕都会坚定那个想法。当然，瓦伦科夫也从不要求他人的尊重。平平无奇的外表反倒是他的武器之一。

听完鲁宾斯基的报告，瓦伦科夫问道：

"第一个棋子……那个吉梅内斯怎么样了？同盟上钩了吗？"

A中校和吉梅内斯都是他们将同盟的注意力导向内部的圈套。A中校只是被利用了就职经历，本人与费沙毫无关系。

"女人已经被送过来了，但是药效太强，人已经疯了。现在暂时留着她，说不定以后还有用处。"

"跟帝国的交涉进展如何？"

鲁宾斯基有意换上了不确定的语气。

"老师说，现在的三位长官缺乏野心和冒险心，反应不太理想。但是连续两次的成功似乎让他们稍微改变了想法，如果能再花些时间，应该能得到好消息。"

"中将级别没有野心勃勃的人吗？"

"仔细找找也许会有，但破坏秩序很花时间。"

瓦伦科夫钢针一般的目光刺向辅佐官的额头。

"加快交涉速度。拖得越晚越可能被发现。"

"是。"

鲁宾斯基正要离开，却被瓦伦科夫叫住了。

"若你有二心，就别想有命。明白了吗。"

"当然明白。经过计算，我知道跟随阁下能获得更多利益。换言之，我是出于一己私利跟随阁下，这恐怕比口头宣誓忠诚更值得信任吧。当然，这都是因为我坚信阁下会对下属的工作给予相应的回报。"

费沙人信任逐利之人，鲁宾斯基知道瓦伦科夫也并非例外。此时，他的上司露出了微笑。

"你叫我回报你的算计，而不是忠诚？"

"正是如此。我也是费沙人，追求的是丰厚的现实利益，愿意把商品卖给出价最高的人。"

"刚才说过了，我知道你的价值，所以不会吝惜金钱。"

鲁宾斯基咧嘴一笑。见到那小人得志似的笑容，瓦伦科夫的表情也缓和下来，点了点头。

六个小时后，鲁宾斯基来到一座大楼的地下六层。这座大楼只有地下三层和地面七十层，因此这里是表面上不存在的楼层。他走进一个十米见方的小房间，这里的墙壁和地板都被涂成了黑色，宛如包裹在暗夜之中。房间里没多少家具，只有一张操作台安放在前方墙边。操作台上显示着蓝色行星的影像。

鲁宾斯基按下操作台上的粉红色按钮。

"总大主教冕下忠实的仆人前来汇报。"

鲁宾斯基用上了敬畏而恭顺的语气，这与他面对瓦伦科夫的态度明显不同。虽然是假装的，但应该没有人能听出来。

他垂着头等了二十多分钟，其间一动未动。

通信装置前方出现了一个人。

"鲁宾斯基吗？说吧。"

"瓦伦科夫的计划进展顺利。若他与帝国达成协议，局面就会变得很难收拾。小的认为，现在应该是时候出面阻止了。"

"你肯定希望越早越好吧。"

那个声音发出了冷笑的波动。

"不过我已经从别的渠道得到了瓦伦科夫背叛的情报，无需再放任他行动。把下一个目标告诉同盟，破坏他们的计划吧。"

"遵命。请问瓦伦科夫要如何处置？"

"这轮不到你来想。"

通信毫无征兆地断开了。鲁宾斯基低着头掩饰表情，一路退到了电梯轿厢里。

只有极少数人知道，费沙自创建以来就受到了地球教的控制。瓦伦科夫试图脱离教会的控制，而这次计划的目的就是与帝国联手掌握霸权，破坏地球并捣毁地球教。一旦帝国出现有野心的人，立志统一宇宙，费沙就会变得岌岌可危。因此，他要先发制人，协助统一。他掌握的武器就是情报。经过这次测试，费沙展示了手上情报的价值，就能以有利的条件跟帝国联手。鲁宾斯基表面上参与这个计划，完全是出于自己的野心。他捧着瓦伦科夫促使他推进计划，同时向地球教传递信息。只要能排除瓦伦科夫，鲁宾斯基就能进一步实现自己的野心。他当然也想摆脱地球教的支配，然而以二把手的地位完成这件事毫无意义。瓦伦科夫难道没考虑过这一点吗？

总而言之，即将破灭的不是地球教，而是瓦伦科夫。地球教会掌握着很多一次性的杀手，那个人绝对无法躲过他们的凶刃。事成之后，自治领主的宝座就是鲁宾斯基的掌中之物。等他得到了约定的地位，再发挥瓦伦科夫自以为了解的本性也不迟。

几天后，极少数人收到了费沙自治领主的讣告。明面上的死因是心脏病发作，但得到消息的人都知道实际发生了什么。因为瓦伦科夫踏足了禁区。

同日，鲁宾斯基向同盟驻费沙辩务官办公室发送了匿名通信。

"这边抓住了帝国的间谍，是他偷走了贵国的航路情报。我等看在两国友谊的分上，为了尽早向贵国通知此事，不得不采取了这样的形式。"

同盟辩务官一时间不知作何反应。这人虽然是个不合格的外交官，但他本来就不是凭借能力得到了现在的地位。

"请放心，间谍盗走的只是一小部分情报。这边已经破解了间谍的通信，并查出了下一个目标。是奥尔图姆星系。"

"你、你叫我如何相信一个不露脸的人？"

"如果你不信，那就算了。不管怎么说，间谍由我这边处置，保证不会走漏风声。"

"不，把间谍交出来。既然是在我国犯的罪，应该由我国裁决。"

"这边与贵国没有缔结政治犯引渡条约啊。"

"间谍是什么人？如何盗取的情报？"

"不能告诉你。"

通信就此中断。同盟辩务官愣了一会儿，回过神后慌忙上报了此事。

接到消息后,国防委员会召开了紧急会议。尽管不能尽信费沙提供的情报,同盟军还是决定向奥尔图姆星系派兵。

同盟国内虽然列出了嫌疑人,但至今未发现情报泄露的痕迹。有人怀疑帝国间谍并不存在,一切只是费沙自导自演的闹剧。假设如此,他们又能得到什么好处呢?也许间谍是从费沙那里盗取了情报?两个推论之中,后者显然更具魅力,因为如此一来,同盟就是单纯的受害者,不需要重新审视情报管理体制。

会议讨论了很长时间,最终没有得出结论。既然是匿名提供情报,想必费沙并非完全清白。但是就算责任在于他们,没有确凿的证据也无法追究。同盟被费沙抓住了财政命脉,因此也强硬不起来。

只要敌人出现在奥尔图姆星系,同盟将其击退,这件事就算告一段落。真相恐怕会永远埋葬在黑暗中。同盟军还面临强化领域内监控措施的课题,但受到预算限制,短时间内恐怕无法解决。

鲁宾斯基把握了同盟的所有动向,这一切都如他所料。如果所有人这么容易操纵,地球教统治宇宙的未来也许并非不可能。只不过,鲁宾斯基无法接受那个结局。

"能否出几个能够打破这种僵局的人才啊。"

他暗自感叹道。

5

银河帝国宇宙舰队副司令长官缪肯贝尔卡上级大将自从以首席的成绩从士官学校毕业，已经在军中效力三十多年。他来自高级将领辈出的名门伯爵家族，无论是本领还是血统，都可谓帝国顶级的武将。虽然帝国军仍有几个地位高于他的将领（譬如三长官），但他才是实际控制帝国军的人。

然而，缪肯贝尔卡并非事事如意。只要是上面下达的命令，就算再不合理也得遵从。这次的事情就是统帅本部总长施泰因霍夫元帅提出的非正式要求。

"他是我老朋友的儿子。又不会动用正规军，绝不会给你添很多麻烦，你就照看他一下吧。"

什么不会添很多麻烦。让不属于正规军的贵族私人部队进入伊谢尔伦要塞，还要提供补给，他不知道这有多麻烦，要耗费多少人手和金钱吗？当然，高级贵族不在乎人手和金钱。但军队不一样，不盯着成本打不了仗。

贝森哈尔特伯爵家并非历史悠久的名家。他们在边境拥有领地，三代前的家主通过开采和交易宝石积累了家财，才开始在帝都奥丁的社交界露脸。那个伯爵号也是用钱买来的。然而，暴发户的荣华不会持久。在众多贵族私底下的冷嘲热讽中，贝森哈尔特家族的庞大财产被坐吃山空。现任家主沃尔科继承家业时，甚至交不起遗产继承的税费。帝国对新兴贵族的管理十分苛刻，财务省与典礼省意图撤销贝森哈尔特家的头衔，把尚有开发潜力的矿山收归国库。沃尔科·冯·贝森哈尔特上下找人打点，总算获得了一年的宽限时间。只要在此期间缴纳足额费用，他就能正式继承伯爵头衔。精于交易的贝森哈尔特家与费沙关系密切。沃尔科向费沙请求贷款时，对方提出了奇怪的条件。

"这边不能再给您融资，但可以提供叛徒的信息。伯爵阁下不是有舰队吗？您可以进攻叛军基地获取战利品，我方则出资收购。如此一来，继承税费很快就能凑齐了。"

"真的可以吗？"

贝森哈尔特家手下有接近一个舰队编制的私人部队。作为领地位于边境的贵族，拥有私人部队并不罕见，再加上每一代家主都格外重视，这支部队无论从软件方面还是硬件方面都无可挑剔。沃尔科·冯·贝森哈尔特有过半年军务经验，对指挥舰队有着毫无根据的自信。他顾不上考虑费沙的意图，一口就答应了那个条件。其实就算考虑了，他也没有选择的余地。

缪肯贝尔卡当然不同意。与叛军交战是正规军的任务。如果需要钱，大可以卖掉私人部队。一万多条舰船卖出去就是一笔可观的财富，顺便还能省去维护费用和人员支出。然而贝森哈尔特不愿意这么做，他也许摆脱不了心中的被害妄想，觉得没有部队护身就要挨别人的打。

"我不能纵容打乱军队秩序的行为。"

缪肯贝尔卡拒绝了那个要求。然而，为贝森哈尔特说话的施泰因霍夫也有自己的道理。

"费沙那帮贪婪的商人不值得信任。他们单方面提供航路情报，你会出动正规军去试探吗？"

缪肯贝尔卡摇头表示不会，施泰因霍夫点了点头。

"我猜也是。所以你可以让贝森哈尔特去呀。要是成功了，证明费沙那边的情报可靠，接下来就能轮到你们出场。要是失败了，贝森哈尔特家被撤除头衔，一切就当没有发生过，不会有损失。"

于是就有了第一次和第二次袭击。让缪肯贝尔卡意外的是，贝森哈尔特的计划竟然成功了。就算得到了准确情报，在地方领内反复跃迁，破坏基地后平安返回也绝非易事。看来贝森哈尔特或他的手下具备一定的勇气和统率能力。

不过，叛军——自由行星同盟军当然也会思考对策，这个计划不可能一直成功下去。再加上费沙的意图依旧不明确，此时完全有可能做出落井下石的举动。第三次远征的目标定在奥尔图姆星系。费沙提供的航路情报并没有共享给帝国军，所以缪肯贝尔卡不知道那个星系的位置。费沙的秘密主义实在太令人恼火，施泰因霍夫的沉默也同样令人恼火。难道不应该对费沙更强硬一些吗？

尽管心中满是怨气，缪肯贝尔卡还是下令给贝森哈尔特的舰队提供补给。

"真希望再也不用看到他们了。"

身为帝国军人,他自然不会希望叛军胜利。最好能发生点什么事故。就这样,缪肯贝尔卡带着复杂的心情,目送舰队出发了。

沃尔科·冯·贝森哈尔特对自己强壮的肉体很是自豪。他已经进入中年,肌肉结实的身体依旧充满年轻的活力。淡金色的头发剪得很短,给人以肉搏战教官的印象。他并没有穿着黑色与银色为基调的帝国军制服,而是自己定做的迷彩军服。

连续两次的成功让他颇为得意。最开始虽是半信半疑,但费沙似乎真的给了他有用的情报。假如这次远征顺利,他就能凑够继承头衔所需的钱财,但也可以跟费沙继续合作下去。他可以率领自己的舰队,替没有军事实力的费沙作战。这种关系对双方都有利,甚至可能在费沙的支持下构筑起半独立的地位。他已经受够了古板的帝国,总想着有一天能跟那些只注重门第而非实力的人一刀两断。

"顺利完成跃迁,接下来将在敌方领内航行。"

幕僚前来报告道。最开始接到这个报告时,整个舰队都陷入了紧张的情绪,不过现在已经不会了。贝森哈尔特满意地看着冷静的士兵。

这次的目标奥尔图姆星系同样是无人星系,由壮年期的恒星和两颗行星,以及无数小行星组成。补给基地位于第二行星,那里与火山活动频繁的第一行星不同,是颗冰冷安静的星球。不过它的轨道两侧都有小行星带,若不谨慎选择路线,恐怕很难接近。

"既然小行星碍事,打碎不就好了。"

听到贝森哈尔特的想法,幕僚们面面相觑。这时,代理司令官马文·胡特站出来回答道:

"用激光或导弹击碎小行星都涉及庞大的费用,而且这里是敌军领内,打草惊蛇恐怕不好。"

"嗯,要花很多钱可不行。"

贝森哈尔特在指挥官的座椅上落了座。

"再说每次都这么轻松,那就太没意思了。难得全军出击,我也想敌人多抵抗一下啊。"

他的声音很响亮,但没有人回应,都把那当作了自言自语。贝森哈尔特要喝红酒,一名幕僚转身跑向餐厅。

舰队继续在敌方领内大摇大摆地航行。第四次跃迁顺利结束,前方就是奥尔图姆星系。为了保险起见,他们派出了哨戒艇,并未发现敌舰的踪影。于是舰队一边破坏监视卫星,一边向第二行星的 A8 基地进发。

先从宇宙空间发动攻击破坏基地司令部,使炮塔等防御武器失效。接着派出地面部队,控制仓库夺取物资。步骤很简单,无需担心出错。不过,这次有点不太一样。

"基地内部没有生物反应，好像一个人都没有。"

跑了？贝森哈尔特嘀咕着，脸色阴沉下来。

"物资呢？"

"根据目测，未发现搬离的痕迹。现在马上派人确认。"

看来仓库里的物资没被动过。如果确定物资会落入敌方手中，基地可以用放射性物质将其污染，让那些东西失去价值。贝森哈尔特不知不觉啃起了指甲。好不容易来到这里，他可不想空手而归。

很快，他又收到了物资没有异常的报告。看来叛军只是撤走了士兵。上一次，贝森哈尔特的舰队把正要逃走的叛军运输船炸成了宇宙的尘埃。这次他们得到消息的速度可能更快了。那一瞬间，贝森哈尔特内心闪过了不安。

"叛军舰队可能会出现，我叫他们加快动作。"

听完代理司令官平淡的阐述，贝森哈尔特瞪了他一眼。

"你瞎指挥什么，我才是司令官。"

半日后，舱内响起了发现敌舰的警报。

6

自由行星同盟第九舰队朝着奥尔图姆星系全速进发。由于抛下了航行速度较慢的舰艇和运输舰，队伍规模已经缩减到一万二千艘。

"好明显的恶意啊。"

看到费沙提供的情报，伯纳尔这样嘀咕道。结合舰队的现在位置和到达奥尔图姆星系的时间距离，拼尽全力才勉强能赶在敌军舰队出现的时间赶到。这对绝不勤奋的伯纳尔来说无疑是最糟糕的事态。而且，伯纳尔还是奉命行事的立场，只要司令官一声令下，他就不得不行动。

第一次跃迁顺利结束，乌朗夫出现在通信屏幕上。看来死板如佩特森，也找不到时间专门在旗舰开会了。

"这个赌局是你输了。战斗结束后我会帮你说好话的，你可别自暴自弃。"

乌朗夫的表情异常严肃，显然并无揶揄的意图，只是在纯粹表示关心。伯纳尔笑着回答道：

"你就别多管闲事了，再说现在还不能分出输赢呢。那费沙给的情报能信吗？等我们到了奥尔图姆星系，肯定是一个敌人都见不到，反而传来别的基地遇袭的消息。"

"不是没有这个可能性，可海尼森那帮人已经彻底相信了。佩特森提督说，他们之间已经完成了某种暗中交易。"

乌朗夫接着告诉他，被怀疑侵吞物资的 A 中校最后证实是清白的。情报部门对他进行了彻底的调查，并未发现侵吞的证据。如此一来，霍朱利亚星系的线索就算是断掉了。第九舰队之所以接到命令变更目的地，也是鉴于这个情况。伯纳尔的赢面是越来越窄了。

"反正到那边就知道了。就算这是我的最后一战,也不会太过偷懒,你就放心吧。"

乌朗夫在通信屏幕上皱起了眉。他深色脸庞上的忧虑并非为了自己。伯纳尔不禁想,这个人虽然有才,但是会吃性格的亏啊。将来肯定要不停地为无能的上司和同级擦屁股。他虽是个能够相处甚欢又值得尊重的军人,但照这样下去恐怕不会长寿。伯纳尔的祖父就是这种性格,他父亲时常为此感叹。

"提埃里,你听好了。如果想长寿,就不能活得太认真。打仗这种事,一认真就输了。"

考上士官学校时、毕业赴任时、升为少校时……父亲每次都会用同样的话叮嘱他。这个教诲已经深深刻在伯纳尔的脑海里,所以他一直以来都在随随便便战斗,随随便便建功。哪怕这是最后一战,他也不打算认真起来。

最后的跃迁刚结束,前方就发来了急报。

"奥尔图姆星系发现敌军舰队。A8基地正在受到攻击。"

通信官的声音有些震颤,想必是难以抑制总算能投入战斗的心情。舰桥也弥漫着恰到好处的兴奋和紧张,斗志随着每一次呼吸逐渐高涨。伯纳尔脱下贝雷帽,对着脸颊扇了起来。

"唉,这下真变成最后一战了。"

我还以为肯定没错呢——他最后喃喃道。

"马上赶往A8基地,稍后将传达阵型和作战策略。"

佩特森中将下达了命令。伯纳尔命令麾下的两千艘舰船全速前进，事已至此，可不能让敌人跑了。

半日后，两军已形成对峙的态势，帝国军也选择了正面迎击。同盟军舰艇数约为一万二千，帝国军约一万，同盟军稍占优势。然而他们所在的战场并不能依靠数量取胜。帝国军在第二行星轨道附近布下了阵型。那里位于两个小行星带中间，隔开两军的外围小行星带不仅幅员辽阔，而且密度很高，强行突破极为困难。

"这有点像古代的渡河战啊。"

伯纳尔看着佩特森的作战计划，低声说道。两军隔河相望时，渡河进攻的一方更为不利，因为我动而敌不动，一旦过去了就很难撤退。在不同的地区和不同的时代，还存在着兵力多者先渡河的不成文规矩。目前敌军早早摆好了球形阵，采取死守的态势。一旦我方开始"渡河"，他们的火力一定会集中在那一点。

乌朗夫好像对佩特森提出了打持久战的建议。只要第九舰队能拖住敌军就好。毕竟这里是同盟领，敌军据点距离遥远，因此舰队得不到补给和增援。我方只需耐心等待援军到来，就能轻松取胜。敌军自然也明白这点，若我方按兵不动，他们定会主动出击。只要敌军先动，我军就能利用小行星带，以有利的态势迎击。

"乌朗夫少将的提议很有道理。"

佩特森点头称赞了他，却没有接纳那个建议。

"可是面对处在弱势的敌军，若我方消极迎战，恐怕会得到不好的评价。我们接到的命令是'讨伐敌军'，遵从命令是军人的职责。"

说白了，他想为了战功出击。伯纳尔并不反对佩特森的想法。乌朗夫可能不认同，但无法违抗长官的命令。

"我早已听闻阁下的英名，让我在战场上亲眼目睹你的英姿吧。"

佩特森对乌朗夫说完，转过头来对伯纳尔说了不一样的话。

"如果我们赢了，就当赌局不存在。你不必有任何顾虑。"

"谢谢长官。"

伯纳尔假惺惺地道了谢，对佩特森敬了一礼。

同盟军摆出了与小行星带垂直相交的阵型。往横向看，佩特森的主力坐镇中央，左翼的伯纳尔分队在天顶方向布阵，右翼的乌朗夫分队则在天底方向布阵。二人准备从上下两端迂回包抄。

同盟军主力首先发起了行动。战舰前进，主炮齐射。光芒的长枪贯穿小行星带，引发了多处小型爆炸。待到暴风平息，舰队开始顺着开出的道路谨慎前进。体型较小的小行星可以直接破坏，但遇到较大型的只能绕行。此时若是乱了阵脚，就会正中迎击方的下怀。

佩特森选了两条路穿过小行星带。其中一条较宽敞，可供全舰队通过，另一条只有二分之一的规模。若能实现两翼包抄，只走大路便足够了。不过，若是乌朗夫和伯纳尔陷入苦战，他也打算通过小路派一支别动队前去支援。

同盟军主力开始前进后，帝国军改变了阵型。球形阵向内凹陷，变成了戴帽阵。这是打算对"渡河"后的同盟军进行半包围攻击。

伯纳尔遥望着敌军舰阵，轻吹一声口哨。

"还挺能干啊。"

敌军似乎早有计划，行动流畅而精确。看来对手不可小觑。

只不过，同盟军直到现在都没有判明敌军的真实身份。虽然一眼就能看出对方是帝国的舰艇，但好像并非正规军。莫非是专门为这个计划编成的队伍？

伯纳尔根据最初制定的作战计划，率领麾下部队向天顶方向移动。他要擦着小行星带上方迂回前进，攻击敌军头顶。但是这边已有动作，敌军就分出了一个小队。不用怀疑，当然是被对方看穿了意图。假设敌军分出同样兵力阻挡上下分队，主力部队就是八千对六千。然而，帝国军坐拥地利，能够超常发挥战斗力。可以说，敌军的战略更为合理。

先锋舰艇正在互射光炮时，他接到了报告。

"干扰电波增强，无法与主力部队取得联系。"

看来敌军事先在周围散布了干扰电波发生器。伯纳尔皱着眉轻抚下巴。到目前为止，每一步战略都被敌方事先预料到了。他很不爽。

"停止前进。观察敌军的反应,谨慎应对。"

伯纳尔一声令下,麾下的舰艇同时接到信号,舰队的动作基本停顿下来。战舰主炮在空出距离的两军之间架起了光桥,能量中和磁场激起白光,光炮被无效化。双方都未能造成打击,也没有发生损伤。毫无精彩可言的战斗就这样持续了一段时间。

"真的不需要进攻吗?"

副官困惑地看着他。伯纳尔烦躁地回答:

"你仔细看敌军的编队,就差没在舰身上写着严防死守了。只有笨蛋才会正面进攻。"

"可是佩特森中将制定的作战策略不是从两翼突破,完成包围吗?"

"既然已经被发现,肯定无法突破。能拖住同等数量的敌人已经足够了。"

副官还要争论,伯纳尔朝他挤了挤眼睛。

"放心吧,最后肯定能托我们的福大获全胜。"

说完,伯纳尔就没再理睬依旧未被说服的副官,专心看着大屏幕。敌军迟早会有动静,他要寻找制胜的时机。

"乌朗夫那家伙肯定在认真作战吧,希望他别太逞能了。"

若乌朗夫能听见他的想法,定会皱眉表示不满。

与此同时,乌朗夫的分队也已经进入战斗状态。约两千艘的小舰队正在互相展开正面攻击。

激光水爆导弹与中子光束炮交错,迎头撞上能量中和磁场,激起一片炫目的光点。无声的宇宙空间顿时充满灼烧视网膜的强光和单以破坏为目的的能量，瞬间达到饱和状态。导弹集中攻击的巡洋舰被炸得四分五裂，被光束直接命中动力炉的战舰发生大规模爆炸，将周围的舰船卷入其中。

数千条生命眨眼间消逝，战斗本身却可谓平静。帝国军的舰艇将大部分能量消耗在防御系统上，硬扛着同盟军的攻势。乌朗夫已经冷静地把握了现在的战况。

"这样就好，用不间断攻击令敌军疲敝，最先受不了的肯定是他们。"

乌朗夫完全掌控着麾下的两千艘舰船，一旦发现敌军的弱势部分就集中火力攻击，扩大防御空洞。尽管如此，帝国军也表现出了强大的韧劲，用基础防御力较高的舰船加强防御，渐渐填满空洞。对方一定认为，只要能在这里争取时间，主力部队就会更有利。虽然敌我殊途，但他还是不得不佩服那目标明确的作战方式，同时也恨得牙痒。

"伯纳尔那边也在苦战吧。"

乌朗夫指挥作战之余兀自担忧道。要是伯纳尔被击溃，他有可能腹背受敌。他觉得那人应该没有他平时表现的那样吊儿郎当，但很难说能在这种逆境中坚持多久。话虽如此，目前最应该关注的，还是眼前的敌人。

乌朗夫一直保留着部分战斗力，打算在最佳时机一击制胜。他凝视战场的目光如同鹰隼，颇有上古祖先的风采。

7

沃尔科·冯·贝森哈尔特回到了舰桥。他留下一串焦躁的脚步声，重重地坐在指挥椅上。咬紧牙关紧盯屏幕的模样可谓狰狞，但也给人留下笼中困兽的印象。

"我们真的占优势吗？这样打下去真的能赢吗？"

不知重复了几次的提问只得到同样的回答。

"请放心，叛军的动向完全如我们所料。"

代替贝森哈尔特指挥作战的马文·胡特早在他祖父那一代就担任代理司令官。此人是个富有才干的军人，但苦于平民出身，一直未能在正规军出人头地，最后被当时的贝森哈尔特伯爵看中，将他纳入麾下。现在胡特已经年届七十，虽然头发不剩多少，但身姿挺拔，嗓音也很洪亮。

不仅是胡特，贝森哈尔特的舰队还汇集了很多人才。这都是他的祖父和父亲两代人苦心经营的成果。虽然正因为这样才濒临破产，若这次能托他们的福摆脱危机，不知能否把账算平。

一开始，贝森哈尔特还在亲自指挥，因为喝了红酒肚子痛，才不得不交给了胡特。直到现在，他每隔三十分钟还要上一次厕所。每次他一离开，幕僚们都会交换意味深长的目光。

"敌人这么弱，换成我早就把他们歼灭了。"

贝森哈尔特皱着眉头抱怨不停。他感到下腹部像针刺一样疼痛。

正前方的同盟军尚未完全开出小行星带，而是停留在出口附近发动试探性攻击。贝森哈尔特的舰队始终没有放松半包围的态势，过半舰船都在射程之外。同盟军也许在等待两翼的迂回，但他们派往天底方向进行防御的部队正在死死咬住敌人，天顶方向则仍在进行互相试探的炮战。最让他担心的是前方左侧小行星带空出的另一条路。敌军究竟有什么企图？

"敌军肯定会派出别动队，我们已经准备好了对策。"

胡特冷静的口吻带着高度的自信。舰桥的士兵似乎一致认为，只要贝森哈尔特不添乱，这场战斗就能胜利。胡特虽然没有那么乐观，但他同样不想把指挥权交给没有作战经验的雇主。

"有准备是好事，可光顾着防守打不了胜仗吧。"

"您说得没错。但是本来只需防守就能稳赢的叛军主动发起了攻击，显然已经急不可耐了。只要坚持下去，他们迟早会露出破绽。到时候，我们再发起攻击也不迟。"

"太迂缓了。"

贝森哈尔特骂道。

"他们不用那条路，我们自己用。派三千艘奇袭部队突破过去。"

胡特平静的表情瞬间松动了。

"阁下，您的战略很好，可是此时分出三千艘，主战场就撑不下去了。"

"没关系。我来指挥奇袭部队。"

言下之意，就是只要他不在场，打输了也不要紧。若是情况不妙，贝森哈尔特也许打算自己直接逃走。

就在那一刻，叛军的一个小队突然飞出了小行星带。佯攻？胡特抱着怀疑，集中火线将其击退。敌军也许在试探他们的应对能力。

贝森哈尔特注视战场的面色很差。胡特提醒道：

"奇袭部队是以少数兵力突进敌军主力的部队，那是最危险的地方，您一定要亲自指挥吗？"

"那当然。大敌当前怎么能怕。天底方向快要被突破了吧？我怎么都不觉得事情能像你说的那样发展。这种时候就该赌一把。好了，快给我编队。"

胡特犹豫了两秒钟。贝森哈尔特在强人所难。在这种情况下把六千艘舰艇分出去一半，简直是最愚蠢的举动。剩余部队恐怕瞬间就会被击溃。然而，若是以贝森哈尔特的生还为最优先事项，这的确可说是一招妙棋。至少能出乎敌方的意料。若对方是欠缺临机应变能力的将领，搞不好会犯致命的错误。不，再怎么想也没用，他不能违背雇主的命令。

"明白了，阁下。"

一旦决定下来，胡特的行动就非常快。他挑选高速战舰组编了三千艘规模的奇袭部队。这样一来，主力阵营就变得极为稀薄，但也没有办法。总之要在叛军察觉这边的情况之前抓紧行动。

贝森哈尔特从厕所回来后发出号令。

"突袭！"

奇袭部队毅然突进了狭窄的星道，光芒的长枪直刺小行星带。

佩特森早已准备好两千艘别动队，正在等待投放的时机。他把旗舰编入了别动队，打算亲自完成最危险的任务，不愧为自称"猛将"的人物。

"乌朗夫分队已经恢复联系，战况对我方有利。"

大屏幕上映出天底方向的情况，佩特森点了点头。

"虽然比预期晚了一些，但是算了。"

乌朗夫加强了对敌军右翼的攻势，趁敌军的注意力集中在舰艇右侧时，向左翼方向派出了少量游击队。此举奏效，敌军陷入恐慌，被行动奔放的游击队打乱了阵脚。那一刻，乌朗夫下令炮火集中攻击正面，效果如同大炮轰击砖墙，敌军的防御阵型静静地垮塌了。

乌朗夫正在逐步完成自己的任务。如此一来，原本五五分的战况就变得对同盟军有利了。但是另一边……根据侦察艇的报告，伯纳尔还在持续一进一退的攻防，没有突破的希望。

"我还以为他不止这点本事啊。"

佩特森此前很后悔自己提出了如此无聊的赌局，但是现在想来，其实也挺好。他带了这么多新兵新将，从未遇到过如此奇怪的人。他辞去军职，说不定对同盟军更有好处。

先不管战后的人事，佩特森必须现在做出决断，是向小路派出别动队，还是仅靠乌朗夫和主力部队制敌。佩特森觉得乌朗夫也靠不住。按照他的计算，那边早就应该突破出去了。那支分队看似没什么损失，但毕竟苦战了这么久，实际可能受到了不小的打击。

"为了切实的胜利，我也出一把力吧。别动队，出动。"

佩特森一声令下。从结果来说，这个时机的这个判断可谓致命。敌军明显看穿了他们的作战策略，应该更谨慎一些为好。就算不派出别动队，只要主力部队与乌朗夫遥相呼应，也不会陷入混战的局面。只需使用机雷封闭小路，或是留下一支小队阻挡即可。事前做好的准备无需全部用上。可是佩特森既没有乌朗夫的刚勇，也不具备伯纳尔的灵活。他过于恪守策略，做了最坏的选择。

别动队突入小路的同时，他们也发现了敌军奇袭部队的突击。

"敌军正在突击，数量不明。"

"什么？！"

佩特森怀疑自己听错了。他万万没想到敌军竟会利用他们开出的道路。这是要干什么？若敌军没有隐藏兵力，能派过来的顶多只有一千艘左右。被那种规模的部队奇袭，主力根本不痛不痒。然而若是迎击，那就不一样了。

"迎击！"

佩特森下了命令，却没能扫清心中的迷茫。他应该暂时撤退重整态势吗？不，没等他们退出小路，敌军就要追上来了。那样会导致单方面受袭的结果。与其这样，还不如站稳脚跟迎击。

狭窄的空间顿时充满了光纤。交错的光束打在中和磁场上四散开来。由于来不及调低光量，旗舰的屏幕上溢满了七色光斑。佩特森紧闭双眼吼道：

"操作员在干什么！连基础工作都做不好吗！"

道歉的声音被惨叫一般的报告遮盖了。

"敌军数量已经判明，大约三千！"

怎么可能！？佩特森闷哼一声。敌小队比我方多了近千艘。对方能分出如此多的兵力，莫非最开始的敌军数量判断有错？可是战场如此狭窄，双方能够交战的舰船顶多只有一千，其余都是游兵，起不了多大作用。

佩特森重新振作，下了指令。

"冷静迎敌。只要坚持一会儿，乌朗夫就能从背后包抄。"

但是眼前展开的光景超出了佩特森的想象。

帝国军溢出道路向两边散开，展开了数量占优的攻击。他们或是用导弹炸毁小行星，或是直接将其撞飞，或是迂回躲避，硬挤进了没有路的地方。有的巡洋舰船体严重破损，还在坚持攻击。有的驱逐舰从小行星背后飞出，一边攻击敌舰，一边狠狠撞上别的小行星变得四分五裂。有的战舰躲开小行星后，竟与己方舰艇相撞爆炸。帝国舰队在战场上化作一朵朵赤红的花朵，但几乎并非同盟军攻击所致。尽管如此，同盟军遭受的损伤更甚。因为帝国军的攻击完全压制了同盟军。

"仗还能这样打的吗？"

佩特森猛地站了起来。舰桥天花板其实很高，但好几个幕僚还是感觉他的脑袋要撞上去，忍不住缩起了脖子。中将那高大的身躯正散发着熊熊怒火。

邻舰遇袭爆炸，冲击波扑向旗舰，宛如狂涛翻弄树叶。佩特森卧倒在地。对帝国军而言，这是一场殊死搏斗。他们深入敌领，没有援军，不胜利就只有死。事到如今，佩特森才领悟到这一点。敌军堪称狂乱的战斗，正是背水一战的态势。然而此时此刻，四面楚歌的却是佩特森自己。

"快撑不住了，请下令撤退！"

副官用沙哑的声音进言道。同盟军刚才还在稳步区的圣霖，现在却因为敌军脱离常规的作战陷入危机。两翼各二千，中央三千，这些都成了敌军的诱饵甚至弃子，眼前这支部队以凶猛的势头冲了过来，并不顾一切地发起攻击。这样下去无论如何都支撑不住。如果敌军稍微正常一些，这场战斗明明是他们胜券在握。

佩特森咬紧了牙关。他点头赞同副官的进言，但是下了相反的命令。

"撤退就是失败,拼死前进!"

就在那一刻,旗舰被导弹击中。

伯纳尔注视着敌军部队的动向。只靠随随便便的应付,他可得不到今天这个地位。他有判断决胜时机的才能,只在时机成熟时全力以赴。这次,他打算等到敌军出现回撤的迹象时立即追击。对方也许会在回撤前发起佯攻,届时他就给予超出预料的强烈反击。

不过最后立了大功的并非伯纳尔的双眼,而是舰队的耳朵。

"这边截获到敌军通信,正在解析。"

听了通信官的报告,伯纳尔扬起了眉毛。

"内容如下:向中央阵地紧急集结。"

敌军开始谨慎回撤。

"这可是个大好机会,我们追击吧!"

副官兴奋地说道。众多目光集中在伯纳尔身上,等待追击的命令。可是他没有马上下令。

"有问题。"

伯纳尔嘀咕道。听到消息的一瞬,他突然觉得这可能是陷阱。敌人可能利用虚假通信和佯装撤退吸引我军深入。再看一眼大屏幕上的中央战场,他发现了奇怪的事情。虽然隔着小行星带的障碍,又有一定距离,导致无法分辨战况,但他发现那里的光点数量太少了。那不是短时间战斗能够导致的减少量，肯定是敌军发生了移动。可是他们要移动到什么地方？做什么？敌军为何会发出集结指令？此时后撤必然会受到追击，若想守住中央，这么做显然会造成反效果。敌将有能力彻底看穿我军的作战策略，不太可能下达如此愚蠢的命令。

"对啊！"

脑中灵光闪现。通信和回撤可能都是真的，但敌将的目的依旧是吸引伯纳尔的部队深入。为了让他远离发生移动的主战场。

眼前的敌人开始回撤了。现在还来得及。只要发起追击，就能获得丰硕战果。可是伯纳尔虽然输了赌局，却不是个轻易陷入消极的男人。他相信自己，做出了决断。

"我们也回撤。大部队有危险。"

……我猜。他在心中补充道。

这时，乌朗夫已经粉碎了敌军的防御，正向中央逼近。他像发现了猎物的苍鹰一般划过长空。这次会战也许只有他和麾下按照事先制定的策略行动，并充分发挥了实力。假如佩特森的策略进行得顺利，乌朗夫的部队应该直击正在中央对抗佩特森主力部队的敌军侧面，并顺利制敌。

然而，舰队行进到能够目视中央战况的地点时，乌朗夫精悍的面孔上闪过了困惑。两军确实在交战，战况对己方有利，敌军正在被驱逐，甚至顺利到了不需要侧面进攻的程度。然而，眼前的战斗很难称得上激烈。即使加上正从天顶方向集结的部队，敌军的数量也太少了。这恐怕不是唯一的原因。无论怎么看，敌军的作战都有点犹豫不决。

也许敌军指挥官牺牲了。要不要劝降？乌朗夫正在思索时，通信官高声喊道：

"大部队发来平文通信，要求立即支援！"

通信内容堪称绝望的惨叫。佩特森的本队正在面临破灭的危机。

乌朗夫再度看向战场，立刻恍然大悟。敌军可能从佩特森开辟的小路向主力部队发起了奇袭，而佩特森则被打了个措手不及，陷入窘境。不过话说回来，一个身经百战的提督为何会中计？难道敌军指挥官真的如此优秀吗？现在不是猜测的时候，必须顺着敌军突击的路线赶过去增援。

"加快速度！"

乌朗夫身先士卒，突进了狭窄的星道，额头已渗出了冷汗。包含分队在内，同盟军大部分位于小行星带内侧。佩特森的主力部队一旦被突破，奇袭部队就能来去自由，有可能就此逃离。不论佩特森是死是活，万一事情变成那样，便是我军败北了。

"看见敌军尾部了，咬上去！"

乌朗夫一边鼓舞士气，一边不断思索。伯纳尔在哪里？他完全可以追击返回中央的敌军，但天顶方向并未发现我方舰影。难道他被打败了？那人应该不至于如此无能……那么他也返回了大部队，阻挡敌军前进吗？这会不会期待过高了？如果在接到救援要求时返回，肯定来不及。

乌朗夫分队向帝国军尾部发起攻击。主炮齐射过后，部队扔下受损的敌舰继续突进。现在不是贪图小功的时候。

要求救援的信号中断了，佩特森的旗舰不响应呼叫。也许是顾不上响应，或者……最糟糕的可能性正在变作事实，败北二字在脑中忽明忽暗地闪烁。乌朗夫已经站了起来，双手紧握成拳，死死盯着光点逐渐增多的屏幕。追上了吗？

旗舰开启炮门，释放狞猛的咆哮。光芒瞬间贯穿小行星的碎片。敌舰的火力集中在前方，并不应战。

他在路旁看见几艘佩特森小队的舰艇，它们都伤痕累累，试图脱离战场，却失去了动力。如此看来，佩特森小队可能被突破了，敌军前锋正在无人的宇宙中驰骋。

"我方人马落后了，是否需要调整速度？"

舰长征求意见时，乌朗夫摇了摇头。哪怕亲身化作诱饵，他也要死死咬住敌人，将其拖入混战，等待己方增援。

"为将者进则身先士卒，退则压轴殿后。"

就在他自言自语时，情况突然发生了变化。

前方光点迅速变大，舰体逼近到了几乎可以目视的距离。

敌军停止了前进。他们被堵在狭窄通道的出口了。莫非……

"放慢速度。"

乌朗夫一声令下，重新确认大屏幕和显示器。两千艘几乎毫发无伤的己方舰艇横亘在敌军前方。那一定是伯纳尔的部队。那个怪人没有追击,而是撤回来援助主力部队了。

"挺能干啊。"

乌朗夫出了一身冷汗,面露微笑。

"前后夹击的阵型已定,冷静讨伐眼前的敌人。"

敌军已经无路可逃。乌朗夫胜券在握,但还没有坐下来。极度疲敝的麾下仍在奋战。在发出劝降通告,确认到佩特森的情况,并且收拾完战局之前,他不打算坐下来休息。

贝森哈尔特空洞地注视着劝降的信号。只差一步,他只差一步就能抓住胜利了。哪怕这一战形成收支赤字,也至少能平安回家。

"该怎么办?"

胡特并不是在提问,而是在要求。快投降吧。十几个幕僚和操作员全都盯着雇主。他们是私人军队,而非帝国军人。如果每个人都有选择权,这些人恐怕都会选择作为不自由的俘虏存活下来。他是在场唯一的贵族。哪怕只是靠钱上位的新兴贵族,他也不愿意投降。

"跃迁。立即跃迁。返回伊谢尔伦!"

贝森哈尔特的眼中满是疯狂的神色。胡特并未表现出惊讶,而是耐心解释道:

"这片空间的质量过于密集,跃迁失败的可能性极高。搞不好会拖着周围的舰艇,永远迷失在亚空间中。"

"又不是百分之百会失败。就算成功率很低,我也不放弃。

我人生的宗旨就是挑战。"

胡特瞥了一眼下属们。

"可我不能让大家冒险……"

贝森哈尔特并不理解集中在身上的视线意味着什么，还在满腔激情地下令。

"剩余舰船同时跃迁，这样就能控制风险。理论上是可行的，现在还来得及。先用平文发送消息，敌军可能会被吓跑。"

胡特想象不出他依据的是什么理论。此时应该立即杀死贝森哈尔特然后投降。周围已经有己方舰船接受劝告停止了动力。他正要下令，突然闪过一个疑问。贝森哈尔特为何如此游刃有余，他就这么信任手下的军队吗？还是出于贵族的自大？不……

贝森哈尔特周围的空间出现了微妙的扭曲，淡淡的光膜笼罩着指挥桌。他已经张开了个人防御屏障，足以防御手枪的攻击。

"没时间了，快点。"

胡特暗中对下属道了歉。若要牺牲，那就牺牲旗舰吧。他带着沉痛的表情下了命令。

"准备跃迁。打开通信开始倒数。坐标是……"

8

奥尔图姆星系的战斗最终以同盟军的胜利告终。己方完全损毁的舰艇不足五百艘，部分损毁的舰艇数量不多。与之相对，敌军的损耗率远远超过了百分之五十，三成舰艇选择了投降。以旗舰为首的失踪舰艇数量极少。可以说，这是同盟军的绝对胜利。然而官兵并未因此感到喜悦，因为总司令官佩特森中将已经被确认牺牲。根据俘虏的证词，那支军队并非帝国的正规军。

"这算什么，讨伐海盗吗？如果是这样，立的功可就要打折扣了。"

伯纳尔并非为自己担心。他打赢了最后一战，心情正好得很。与之相对，乌朗夫则为长官的战死深感内疚。

"如果我能早点驱逐敌军小队，也许能避免这个结局。"

"总后悔已经过去的事情，迟早要秃头哦。佩特森提督只是不走运。反正我们打赢了，你就别想了。"

伯纳尔希望乌朗夫振作起来，主要是想把战后处理全都推给他，所以起劲地说着鼓励的话语。

"你干得很不错。我本来就没认真打，所以早点赶过去。而你是先打倒了眼前的敌人，然后再赶过去的，光是移动距离就比我长多了。只有你才能完成如此多的任务。实际跟你并肩作战之后，我深深意识到了这点。"

"好了，你别说了，怪不好意思的。"

乌朗夫冷冷地说完，切断了通信。

他做好战后处理，踏上返回海尼森的星途时，重新呼叫了伯纳尔。

"你真的要辞职吗？现在那个赌约应该算无效了。"

伯纳尔平淡地回答：

"一言既出驷马难追，我要是反悔，就对不起佩特森提督了。"

听了那番全然不像他风格的话，乌朗夫愣住了。伯纳尔咧嘴一笑。

"其实我早就想辞职了。儿媳妇刚怀上孩子，我打算回去开个农场，一边务农一边照顾孙辈。"

"孙辈……"

"这下我家就连续两代都抱上孙辈了，伯纳尔家的恶性循环就此终结。"

说完，伯纳尔骄傲地挺起了胸膛。

返回后，乌朗夫和伯纳尔都被晋升为中将。但正式任命书发出后，伯纳尔第二天就提交了辞呈。人事部门十分惊讶，但并没有挽留。

整理好行装后，伯纳尔拜访了乌朗夫。

"最后能跟你搭档，真是太好了。这下我的养老金也升了一个档次。"

乌朗夫用力握住了他递过来的手。

"祝你的第二人生一帆风顺。"

"你也听我一声劝，做事别太认真了。你这个性格啊，将来肯定要吃亏的。"

"你少管我。"

"我可不是为了你才说这句话，是为了同盟军。"

乌朗夫有点气愤，伯纳尔的表情却异常严肃。

"那我努力吧。"

听到这个回答，伯纳尔苦笑着拍了拍前同事的肩膀。

自治领领主辅佐官安德烈·鲁宾斯基对通信设施另一端的人低下了头。根据报告，同盟军如他所愿击溃了贝森哈尔特的舰队，贝森哈尔特本人行踪不明。他事先派刺客潜入了贝森哈尔特的旗舰，而那个暴发户贵族似乎选择了逃亡亚空间。同盟军审讯了俘虏，但没有得到任何情报泄露的线索。上层最终决定秘密处理此次事件，将其解释为帝国间谍盗取了费沙的情报。他们也许会对费沙发出形式上的谴责，但费沙只会矢口否认。毕竟本来就不存在那样的事实，甚至没必要撒谎。此外，瓦伦科夫的帮手要么消失无踪，要么成了废人躺在医院病床上，安插在同盟那边的棋子也被他处理掉了几个。看到鲁宾斯基的手段，这个真正的雇主一定很满意。就像他曾经形式上的雇主那样。

"这次你做得很好。"

庄重的赞赏落在鲁宾斯基头上。他绷紧身体，仿佛受到了斥责。直到现在他仍不习惯跟这个主子说话。

"您过誉了。"

"允许你参加自治领领主选举。"

那个瞬间，鲁宾斯基已经坐稳了第五代自治领领主的宝座。无论还有谁参加选举，结果都显而易见。

通信结束后，鲁宾斯基返回办公室，长出了一口气。现在他还只能任凭对方压倒，所以首先要成为自治领领主积攒实力，绝不能重蹈上一任的覆辙。他对自己的忍耐力和头脑同样有自信。时机到来之前，绝不会露出马脚。

现下的工作是准备自治领领主选举，不如先去理个发吧。鲁宾斯基微微一笑。他希望别人把他当成一个必须刻意营造气场以试图给人留下强烈印象的胆小之人。

……

宇宙历七九一年、帝国历四八二年，宇宙一片宁静，等待变化发生。传说即将上演。

雷娜特的故事

太田忠司

太田忠司（Ohta Tadashi）

一九五九年出生于日本爱知县。毕业于名古屋工业大学。一九八一年，《归乡》入选星新一超短篇比赛优秀作品。二〇〇四年发表的《一枚黄金蝶》获得第二十一届宇都宫儿童奖。著有以长篇出道作《我的杀人》为首的《杀人三部曲》《少年侦探狩野俊介》《侦探藤森凉子》《二人推理》《名古屋车站西口乌特里罗咖啡厅》等系列作品，另有《奇谈收集家》《星町物语》《遗物博物馆》《猿神》等众多著作。

时隔两年，雷娜特再次踏上了行星奥丁的土地。

宇宙港大厅跟她记忆中的模样有些不太一样了。以前这里还挤满了军人和普通市民，现在却变得异常安静。

哦，对了，雷娜特想，这里已经不是宇宙的中心。短短三年间极尽繁华的高登巴姆王朝首都，如今已被人遗忘。

雷娜特感慨万千，但她干咳一声将思绪抛到脑后，坐上了无人计程车。

目的地比她料想得更远。下车后，一阵微风带着植物的清香拂面而来。眼前是一片广阔的农田，中间点缀着小小的人家，可谓典型的田园风景。虽说有点远，但换个角度想，离奥丁中心仅两小时路程的地方竟有这样的风景，反倒更不可思议。

她向正在附近干活的农夫问了路，得知从这里还要再走三十分钟。

"车开不过去，只能走过去。"

得到农夫的忠告，她决定认命，咬咬牙抱着行囊走了起来。

好在脚下的道路还算平坦，毕竟她穿的鞋子不适合长时间走山路。在这个季节少有的阵阵凉风中走了一会儿，雷娜特总算看见了自己的目的地。那是一座散发着田园气息的红顶小房子。

她知道家里的人这个时间都在地里干活，所以径直走向了旁边的农田。肥沃的土壤散发着充满生命力的气息，宽阔的田野上栽种了多种蔬菜。一个身穿连体工作服的老人独自蹲在田地中央。

"您好，打扰了。"雷娜特喊了一声，老人回过头来，"请问您是拉贝纳特先生吗？我是雷娜特·翁德里希。"

"哦，是你啊，你来啦。"

老人——拉贝纳特拍拍手上的泥土站起来，对她露出了笑容。

"实在抱歉，没能去迎接你。旅程还算顺利吧？"

"是的，很顺利。那就是您家吗？"

"没错，是我养老的地方。"

拉贝纳特挺直了腰杆。

"我曾经说过以后退休了想回到乡间务农，没想到他还记得。"

"您是说那位大人吗？"

"是的。"

拉贝纳特点点头。

"那位大人——奥贝斯坦大人在遗书中把这座房子和这片土地留给了我。"

"莫非这里原来是奥贝斯坦上校……不，元帅阁下的土地？"

她重新打量了一下周围。

"你觉得很意外吗？"拉贝纳特说，"其实我也很意外。老实说，我怎么都想不到奥贝斯坦大人竟对这种乡村感兴趣。但这对我和他来说，都是最好的结果。"

"他？"

"过后再介绍给你吧。长途旅行一定很辛苦，到屋里坐坐吧。"

雷娜特与拉贝纳特在简朴但整洁的屋子里相对而坐，面前摆着香气袭人的红茶和烤制的点心。

"这里住的都是老家伙，没什么可款待你的。"

"哪里哪里，我从来没吃过这么好吃的水果蛋糕。"

"那真是太好了，我妻子听了一定很高兴。"

"这是您夫人做的吗？"

"是啊，奥贝斯坦大人爱吃这个，她以前经常做。"

"那位大人爱吃点心？"

雷娜特瞪大了眼睛，似乎难以相信。

"只是偶尔罢了。"

拉贝纳特喝了一口自己泡的红茶，然后问道：

"翁德里希小姐……"

"请叫我雷娜特吧。"

"抱歉。雷娜特小姐在奥贝斯坦大人手下工作过吗？"

"是的，元帅阁下还是上校时，我在他手下的情报处理课工作。拉贝纳特先生，请问这是真的吗？"

"什么？"

"元帅阁下在遗书里提到了我，这是真的吗？"

"当然是真的，所以才请你过来了。"

"真是难以置信。"雷娜特摇着头说，"我只为阁下工作过一小段时间，完全没有私下的交流。他不仅记得我，还在遗书里提到我……请问，阁下写了什么？"

"如果我不说，你会担心吗？"

"会啊。其实我一路上都坐立难安，毕竟那可是奥贝斯坦元帅。也许他一直在生我的气呢。"

"你做过让他生气的事吗？"

"应该做过不少，"雷娜特微微笑道，"因为我从来不是个听话的下属。"

"原来如此。"拉贝纳特了然地点点头，离开了座位，"请稍等片刻。"

他离开房间后，雷娜特无所事事地四处张望，间或喝一口红茶、吃一小块点心。

不久之后，拉贝纳特走了回来，手上还捧着一个小木盒。

"奥贝斯坦大人在遗书中吩咐我，将这个交给你。"

雷娜特盯着它看了一会儿。那是个没有任何装饰、随处可见的盒子。

她轻轻打开了盒盖。

"哦……"

感叹脱口而出。

"你知道它的意义吗？"

"知道。原来是这样啊。"

雷娜特缓缓点了一下头，看向重新落座的拉贝纳特。

"您要听听我的故事吗？"

"是关于它的故事吗？你愿意说给我听？"

"我一直想说这个故事，务必请您当我的听众。"

雷娜特放下木盒，转向老人。

"那是六年前的事情……原来只过了六年啊。当时我刚被分配到情报处理课，只工作了一年多……"

※

1

"雷娜特，你有空吗？"

同事耶西卡叫她时，雷娜特正在清点整理完毕的资料。

"等等，我数不清……"

话还没说完，默数的数字已经被忘了个干净。雷娜特叹了口气,放下资料。

"那是今天的会议资料?"

"对,我得准备好相应的份数,三十分钟内放到会议桌上。真是的,都什么年代了还要用打印出来的资料开会,太麻烦了。这里的领导只相信纸张吗?"

"雷娜特……"

耶西卡有点胆怯地看着她,也许想提醒她说话声音太大了。雷娜特猛地抬起头,看向右前方的办公桌。

一名男性笔直地坐在那里,正忙着写东西。那是去年调过来的顶头上司。不知是没听见下属说话,还是有意不理睬,总之那位上司一句话都没说。他有点早生华发,看不出具体年龄,但感觉不算很老,可能只有三十出头。

看到巴尔·冯·奥贝斯坦的第一眼,雷娜特就对他没什么好感。此人无论表情还是声音都缺乏人情味,再配上苍白的肤色,更给人一种冷酷的印象。最可怕的是他的眼睛。光被盯着就……

"找我有啥事?"

为了将那些想法抛开,雷娜特转移了话题。

"哦,那个,明天我有点事……你能帮我值班吗?"

耶西卡不等雷娜特开口,就一脸抱歉地合掌恳求道:

"拜托了,我明天真的有事。"

"怎么了?约会吗?"

雷娜特只是随口一问,耶西卡却猛地涨红了脸。

"不是……我没有……"

向来一本正经的耶西卡少见地出现了动摇。

"真拿你没办法。看在我们住同一座公寓的分上,就答应你吧。"

雷娜特苦笑着回答道。说是值班,其实只需从下午六点待到晚上十点。而且巧得很,她明天没什么事。

"谢谢你,我一定会报答你的。"

耶西卡很严肃地说。

"这个人情可是很贵的,你做好准备吧。"

雷娜特调侃道。

"翁德里希伍长。"

突如其来的点名吓得雷娜特绷紧了脸蛋。她忙不迭地站起来,走到上司面前。

"是,上校。您找我有事?"

"资料出错了。"

上校的口吻异常平静,不带任何感情。他递过来的文件已经做了更改,是拼写错误。两处同样的语句出现了同样的错误。

"很抱歉,我一下没注意——"

"二十五分钟。"

奥贝斯坦上校打断了她的辩解。

"会议开始前做好修正,完成配发。"

二人对上了目光。淡褐色的瞳孔反射着人工的光芒,雷娜特顿时僵住了。为了掩饰自己的失态，她挺直身子对上司敬礼，然后回到了座位上。随后，上校站起来走出了办公室。

"没事吧？"

耶西卡问道。

"嗯，就是被那眼睛看着，我总感觉自己像沐浴在车大灯下受惊的小鹿，一动都动不了。"

雷娜特抱怨道。

"没办法呀，那不是真的眼睛。上校好可怜呀。"

"可怜？"

没想到耶西卡对上校的印象还蛮好。那个上校可怜？为什么？

"你不知道吗？上校原本是缪肯贝尔卡元帅的次席副官，因为激怒了元帅，被下放到这里来了。"

"激怒了元帅？他做了什么呀？"

"我也不知道。我猜啊，他肯定是说了别人不敢说的话。因为上校给人的感觉是只要觉得自己正确，就决不会让步的人。"

"就是太耿直了吧，虽然耿直不一定是对的。也许元帅才是对的呢。"

雷娜特说道。

"那可不会。其实缪肯贝尔卡元帅啊……"

耶西卡突然停了下来。

"其实什么啊？"

"啊，没什么，抱歉。"

她打了个圆场，匆匆回到了自己的座位。雷娜特觉得有点奇怪，但现在得抓紧修改资料，于是没有多问。

后来，雷娜特无数次忆起过这次对话。

2

第二天，雷娜特帮耶西卡值完班，走出情报处理课的办公楼时已经十点多了。

她下了无人巴士，穿过空荡荡的公园，回到自己的公寓。这里的住户都是跟她一样的军方职员，早上出勤时在电梯里遇到的都是穿军装的人。那天晚上电梯门打开时，也有一个身穿士官军装的人走了出来。雷娜特与之擦肩而过，乘电梯到了三楼，打开自己的房间门，立刻有一团雪白的毛球朝她冲了过来。

"香草，我回来啦。"

雷娜特蹲下来喊了一声，白色贵宾犬扑进她怀里，起劲地舔着她的手和脸蛋。

"对不起，今天回来晚了。我这就给你准备晚饭哦。"

换下军装后，她就装了一碗狗粮拿给香草，然后在小狗咀嚼干粮的清脆响声中冲了一壶红茶。刚喝下一口茶，她想起了耶西卡。那姑娘差不多回到家了吧？她有点工作上的事情想在上班前问清楚。

雷娜特想了想,放下茶杯走出房间。

耶西卡也住在三楼。她在深蓝色的木门前犹豫了一会儿,还是按下了门铃。等了一会儿,里面无人应答。她又按了一次门铃,还是没有反应。于是雷娜特试着转了一下门把,随即心中一惊。

门没锁,竟然吱呀一声打开了。

"耶西卡?你在吗?"

她喊了一声,依旧没有反应。雷娜特突然有种不好的预感。

耶西卡的公寓跟她的公寓布局一样,但是相比自己公寓的朴素,这个房间里充满了颜色。桌上的花瓶装饰着红色鲜花,墙上也挂着颜色鲜艳的抽象画。然而,现在她顾不上观察这些差别。

"耶西卡?你在不在呀?"

她一边喊一边打开房间寻找。这里加上厨房只有三个房间,不一会儿就能找完。雷娜特有点犹豫要不要走进卧室,但刚才那种不好的预感迟迟没有消散,于是她咬咬牙打开了房门。

卧室里摆着一张小床,上面铺着淡粉色的床单。一个女性斜斜地倒在了床上。

"耶西卡?!你没事吧?"

无论她怎么叫,耶西卡都没有动弹。雷娜特战战兢兢地把手搭在她的肩膀上。微妙的平衡被破坏,她的身体软倒下来,怀里还滑出了一个东西。

雷娜特不禁发出惨叫。

3

急救队员赶来检查了耶西卡的情况,告诉她万事休矣。接着,换成警察上门来了。

雷娜特在厨房向警察报告了情况,内心却尚未接受这个现实。究竟出什么事了?这是什么地方?我在干什么?种种疑问宛如水波,不断拍打着她的意识。

"你见过这东西吗?"

雷娜特看向警察手上的东西,一时间没有认出来。这是什么?瓶了……对,这是瓶子。我是否见过……

"我发现耶西卡的时候,看见这东西从她手里滑下来了。"

回想起耶西卡软倒的瞬间,雷娜特不禁浑身震颤。

"你知道耶西卡小姐平时有服药的习惯吗?"

貌似现场指挥的警官询问道。

"服药……我不知道。药怎么了?"

"这是安眠药的瓶子。她似乎服用了里面的东西。"

"安眠药……耶西卡吃了安眠药吗?"

"假如把一瓶全吃了,可能会导致死亡。"

耶西卡吃了安眠药。为什么……

"她最近是否透露过自己有什么烦恼?"

雷娜特不太懂这个问题的意思。

"什么意思啊？"

"我在问，她是否有自杀的动机？"

"自杀……"

耶西卡自杀？这怎么可能。

"那种事……不可能……"

雷娜特不住地摇头，警官同情地看着她。

"她也可能有不希望同事知道的秘密吧。除了你以外，耶西卡小姐还有关系亲密的朋友吗？她的家人呢？"

"我听说她的家人都住在敦克，她也在那里长大。朋友关系不太清楚。"

"可你们不是住在同一座公寓里吗？"

雷娜特感到警官怀疑的语气，猛地抬起头来。但对方的表情倒是很平静。这个警官有一头整齐的枯草色头发，胡髭打理得一丝不苟，看起来像个温和的人。但警官毕竟是警官，他的工作就是怀疑别人。若是被误解就不好了。

尽管她还没适应现状，还是准备反驳警官的话语保护自己。就在那时，一个人走进了室内。雷娜特顿时咽下了将要出口的话。

"你是……？"

正在质询她的警官似乎也奇怪为何会有将校出现在这里。对方面无表情地说：

"我叫巴尔·冯·奥贝斯坦，是耶西卡·布鲁梅和雷娜特·翁德里希的上司。"

奥贝斯坦上校一如往常的平板声调把雷娜特迅速拉回了现实。

"上校……你怎么……？"

上校没有理睬她的疑问，而是对警官说：

"请告诉我发现遗体的经过和目前已经判明的事实。"

警官面露困惑，绷着脸说：

"恕我失礼，请先告诉我为何要向你汇报这些事情？这里是警方管辖的——"

"科恩·豪瑟警官，请不要为一些琐事浪费时间。"

"你怎么知道我？"

"劳伦茨·海因茨·布兰德斯局长告诉我这个现场由你负责。你还需要更详细的解释吗？"

"局长亲自……不，我明白了。"

豪瑟警官擦了一把额头的汗水，说明了案情内容。其中也包括了雷娜特刚才说的那些。

"警官先生，你有什么看法？"

听了上校的提问，豪瑟皱着眉说：

"自杀的可能性应该很大。我想，您的部下因为厌世情绪，服用安眠药做了自我了断。"

雷娜特想要反驳，可是上校抢先开了口。

"明白了,请照常侦办。"

警官似乎明白了他的话外之意,露出了然的笑容。

"好的,我照常侦办。"

警察撤走后,耶西卡的房间里只剩下奥贝斯坦上校和雷娜特。

"上校,我无法接受。"

她勇敢地对上司直言。

"耶西卡不可能自杀,因为——"

上校似乎没听见部下的话语,兀自走出了厨房。

"上校?"

雷娜特慌忙跟了上去。上校走进耶西卡倒下的卧室,戴上自己带来的手套,开始四处检查。

"您在做什么?不能随便——"

"你要是有话要说,就赶紧说。我很忙。"

上校逐个打开床边书桌和梳妆台的抽屉,一边检查一边说道。雷娜特重新鼓起了勇气开口道:

"耶西卡不可能自杀。我不觉得她有什么值得寻死的烦恼,今天上班时也没有不正常。这太奇怪了。"

上校并没有回答他,只顾着逐个查看抽屉里的护肤品。紧接着,他突然拿起了一个紫色的香水瓶,对着光打量了一会儿,塞进了口袋里。

"那是什么?您要把它带走吗?"

"翁德里希伍长,你了解布鲁梅伍长吗?"

"……啊?"

突如其来的反问让雷娜特一时语塞。

"你对布鲁梅伍长的了解有那么深,足以肯定她不是自杀吗?"

"那……"

"人的生命很脆弱。有的人会因为别人无法理解的原因寻死。你能断言布鲁梅伍长不是那种人吗?"

"那……可是……"

她很想反驳,却说不出话来。她跟耶西卡的关系还算亲密,但也不能说自己了解她的一切。耶西卡从未提过自己的父母、离开故乡的理由,还有参军的动机。可是……

"可是,我不认为耶西卡会自杀。"

"凭什么?"

"她今天请我代班,肯定是有原因的。但我不认为是为了自杀。人不会为了自杀请同事代班。"

"你考虑过她不惜请你代班都要去做的事情,有可能是她自杀的导火索吗?"

"这……"

雷娜特又一次词穷了。

"你好像很喜欢说'可是''这''那',但不知道的时候,就应该坦率地说'不知道'。那样只会浪费时间。"

听了上司的话,尽管心里有些愤恨,她还是低下了头。

"对不起,我的确不知道。可是……"

她抬起了头。

"上校难道能够接受自杀的说法吗?"

"不。"

奥贝斯坦上校毫不犹豫地回答道。

"我不认为布鲁梅伍长会自杀。她是被杀害的。"

4

耶西卡的遗体接受完司法解剖、做了冷冻保存处理后,被送回了故乡敦克。这边没有举行葬礼,只有几个跟她关系亲密的人聚在一起,办了个"告别会"。雷娜特负责组织这次聚会。

参加聚会的人不过三十名,几乎都是情报处理课的同事,再就是同一所公寓的住户,以及耶西卡常光顾的美发师和咖啡店店长。鉴于告别会的性质和耶西卡的死因,所有人的表情都很沉重。

"今天劳烦大家百忙之中来到这里,实在是非常感谢。"

雷娜特先做了问候。

"这次聚会是为了悼念亡故的耶西卡·布鲁梅小姐,缅怀她的一生。但是希望大家能放松闲谈,不使气氛过于低沉。"

红酒开了瓶，注入每个人的酒杯里。为耶西卡敬上一杯后，饭菜端了上来。

"这餐厅是你安排的吗？"

说话的人是情报处理课职位仅次于奥贝斯坦上校的吉斯特拉准尉。他才三十多岁，却剃了光头。外表虽然可怕，但性格温厚，属于很好接近的同事。

"呃……嗯。"

尽管如此，雷娜特还是没有明确回答。

"是嘛。这里的酒菜都不错，是个合适的选择。"

"谢谢您。准尉跟耶西卡很亲近吗？"

"跟异性亲近这种话，可不能乱说。"

"对不起，是我没说好。您跟耶西卡经常交谈，请问您对她有什么印象呢？"

"这个嘛……用一个词来形容，就是'死板认真'。她忠于职守，完全服从上司的指示，工作起来踏实肯干，因此获得了很大的成果。你读过布鲁梅伍长写的报告吗？"

"读过，比我写的报告翔实多了。我每次都很惊讶，不知她从哪里找到了那么多信息。"

"的确如此。她作为谍报人员的能力也非常优秀。若是安排她从事侦察工作，说不定能获得更大的成果。尽管我并不知道她本人是否愿意做那些。"

"只要是上头下达的命令，她肯定都会全力完成。我觉得她十分重视派给自己的任务。可正因为这样,她会不会在工作上遇到什么烦恼呢?"

"单说我的印象,她不太像有烦恼的样子。不过……"

"不过什么?"

"没什么……我不希望你想太多。"

准尉压低了声音。

"我觉得布鲁梅和课长之间有矛盾……不对,好像也没有到矛盾的程度。"

"课长……您是说奥贝斯坦上校吗?您为什么这么想?"

"大约一个月前,我路过会议室门前,布鲁梅伍长正好开门走了出来。当时她的脸色很阴沉。我不经意间瞥了一眼会议室,发现课长坐在里面。"

"她跟上校单独待在会议室里?"

"我没看到别人。虽然不知道他们在说什么,但至少不像男欢女爱的事情。当然,我们课长跟那种事情也扯不上关系。"

吉斯特拉意味深长地扬起了眉毛。雷娜特感到心中一阵骚乱。

他听到这番话,究竟作何感想?

"被杀?耶西卡吗?"

听到那突如其来的话语,雷娜特惊呆了。

"请等一等。您怎么知道她是被杀的?"

"很明显。"

奥贝斯坦上校短促地回答。

"很明显？哪里明显了？我一点都看不出来。耶西卡怎么会被杀……"

"你不是想否定布鲁梅伍长自杀的说法吗？但我提出她不是自杀后，你也要否定？"

"因为我搞不懂！您凭什么说她是被杀的？请解释给我听！"

雷娜特死咬住上司不松口。奥贝斯坦面对部下僭越的态度，面不改色地说：

"因为杯子。"

"杯子？"

"服用如此大量的安眠药需要很多水，但这里没有喝水的杯子。"

"没有杯子……"

雷娜特环视四周。

"的确没有杯子……可是，她也许在服药之后收起来了？"

"主动寻死的人还会收拾杯子吗？"

"这……她也许想在死前整理好身边的东西……"

她刚才还否定了自杀，现在却拼命为自杀辩护。雷娜特当然察觉到了自己的矛盾，但还是没有退却。然而，她的反驳被上校一举颠覆了。

"假如布鲁梅伍长临死还发挥了一丝不苟的性格，那她为何抓着安眠药的瓶子？你不是看见药瓶从她手中滑落了吗？"

"是的。"

"那么，布鲁梅伍长为何临死时还抓着药瓶？"

"这我——"

——这我怎么知道。她还没说出口，就被打断了。

"这不可能。吃完安眠药，瓶子已经没用了。她没理由抓着不放。如果是别人让她抓着的，那就不一样了。凶手可能用枪威胁布鲁梅伍长，强迫她服用了安眠药。在她失去意识之后，又把药瓶塞进她手里，然后离开了。"

"没错……的确有道理。耶西卡不是自杀，是他杀。"

她总算领悟到了。可是，下一个疑问很快就冒了出来。

"是谁杀了她？为什么？"

"这要由我们来调查。"

"我们……哎，还包括我吗？"

面对意想不到的转折，雷娜特惊呆了。

"这种事不是应该交给警方调查吗？"

"警方已经将案件定性为自杀。"

"可是只要说出刚才上校的推理……"

"他们是专业人士，不可能没注意到我发现的疑点。"

"那为什么？"

"因为从一开始就定好了按照自杀处理。"

"这……为什么啊？"

"目前我们不能信任警方，只能靠自己调查。你要做好觉悟。"

觉悟。那个词宛如冰冷的刀锋，架在雷娜特脖子上。与此同时，她心中也涌出了强烈的感情。耶西卡被杀了。她不能原谅凶手。绝对不能。

她看向上司说：

"明白了。请告诉我，我应该做什么？"

"翁德里希伍长。"

她回过头，发现叫她的人是佩戴军曹军衔的年轻下士官。那人个子很高，军装包裹的身体十分健硕，有一头土黄色的头发和一双淡蓝色的眸子，五官长得颇为端正。

"你是……"

"克里斯塔德·科赫。我跟你住在同一座公寓里。"

"哦，这样啊。你好像是宪兵队的？"

"原来你认得我啊。"

自称科赫的年轻人露出了温和的笑容。

"科赫军曹也跟耶西卡关系亲密吗？"

"那倒不是，我只是跟朋友一起出席的。就是那边的克鲁哈德军曹。"

顺着科赫的目光看去，一名男子正在跟情报处理课的古登准尉交谈。他一头黑发，身形圆润，雷娜特只能看见那个人的侧脸，还是感到他散发着一股阴险的气质。

"那个人认识耶西卡吗？"

"其实是这样的……"

科赫弯下身子，凑到雷娜特耳边。她强忍住了躲闪的冲动。

"听说他跟布鲁梅伍长是一对。"

"啊……"

"但他俩的关系是秘密，因为克鲁哈德军曹有老婆。"

"耶西卡……当了第三者？"

她忍住提高音量的冲动，小声询问道。

"我不想损害已故之人的名誉，还有这件事你别说是我说的。他说想保密来着。"

"那也太过分了。"

雷娜特气愤地要去找克鲁哈德，却被科赫拉住了。

"你正面质问他，他肯定不承认。"

"但他不是告诉你了吗？"

"男人之间会倾诉这种秘密，因为有出轨对象似乎是一件值得炫耀的事情。"

"我无法接受。"

雷娜特依旧愤愤不平。

"我也是。老实说，听到这件事，我心里很不舒服。我跟他的伦理观相差太大了。"

"你不会炫耀自己出轨吗？"

"我很看不起那种人。"

科赫一脸严肃地回答道。听到他的话，雷娜特的表情稍微缓和了一些。

"那么科赫军曹，你能介绍我跟克鲁哈德军曹认识吗？我保证不会质问他。"

5

翌日，雷娜特在情报处理课的会议室单独与上司"开会"。

"我跟克鲁哈德军曹的会谈失败了。"

"我知道。看来你没有掌握审讯的技巧。"

听完部下的汇报，奥贝斯坦上校简短地评价道。雷娜特听了很不服气，却无法反驳。

"这是我意料之中的事。只要数据到手，那就足够了。"

"告别会"的会场设置了很多摄像头，雷娜特的衣服里也安装了小型麦克风。当天聚会人员的行动和对话全都被记录下来了。雷娜特避开正题，委婉地询问克鲁哈德军曹："你认识耶西卡吗？"对方只是冷冷地回答："我跟她不熟。"这些上校都已经知道了。

"但我觉得他很可疑。如果'跟她不熟'，为什么还要参加那个聚会？这也太奇怪了吧。后来我想起来了，耶西卡找我代班时，我问了一句是不是约会，当时只是调侃，她却很明显吃了一惊。也许被我说中了。那么她的约会对象必然是克鲁哈德军曹。也许他们在约会时闹了什么矛盾。"

"我有点怀疑那个军曹。"

上校回答。

"对吧，他果真很可疑。能不能再给克鲁哈德军曹施加一点压力，逼他开口说话呀。"

"康拉德·克鲁哈德，三十四岁，隶属于宪兵队总部，已婚，没什么值得一提的经历，但是两年前在酒吧与人互殴，被警察拘留了一晚。"

"您已经查过了呀。"

"我已经掌握了所有聚会出席者的信息。这种时候在情报处理课工作就很方便了。"

上校满不在乎地说。

"您是在内部资料库查到的？原来课长权限能查到这么多资料啊。"

"课长没有那么高的权限，但办法有很多。这些你都不必知道。"

雷娜特不禁有点害怕。眼前这个人难不成能查到帝国内每一个人的信息？

她开始害怕奥贝斯坦上校，几乎不亚于害怕杀害耶西卡的凶手，应该说更胜于那个人。

"上校……您跟耶西卡说了什么？"

"我不明白你的意思。"

"有人看见您在这个会议室跟耶西卡单独谈话了。"

"吉斯特拉准尉吗？布鲁梅伍长离开会议室时，我发现他在门外了。"

"您承认您跟耶西卡曾单独待在会议室里吗？"

"我承认。"

上校干脆地答道。

"但我不打算公开任何与布鲁梅伍长的谈话内容。"

"为什么？"

"因为没有必要。"

雷娜特再也无法忍耐，瞪着上司说：

"那我也无法协助您了。这件事情超出了情报处理课的职务范围，就算是上校的命令，我也没理由服从。"

上校神色淡然地接住了雷娜特恨不得穿透对手的目光。

"很好，那调查到此为止。你就接受警方的说法，认定布鲁梅伍长是自杀吧。"

"那……可是……"

她的气势瞬间萎蔫了。

"又是'这''那'和'可是'了。跟你打交道太浪费时间。"

奥贝斯坦上校站起来，准备离开会议室。

"上校，请等一等！"

雷娜特忍不住叫住了他。

"您也要停止调查吗？"

"我有什么打算并不需要告诉你。如果你选择合作，我可以共享情报，既然你不合作，那我就不必再透露任何事情。"

"我不要。"

雷娜特摇着头说。

"我想知道真相，想知道是谁杀了耶西卡，又为什么要做这种事。"

雷娜特不知道她现在用什么样的目光盯着上校，因为上校面不改色。他说：

"翁德里希伍长，你继续在克鲁哈特军曹身边侦察。也许能找到我们没有掌握的信息。"

"在他身边侦察？可我该怎么……"

"你应该找到切入点了。"上校漠然答道，"可以自由行动。"

6

"他叫我自由行动，你说我该怎么做啊？"

雷娜特对着正在自己的碗里埋头吃狗粮的香草抱怨道。

"上校真是太讨厌了。什么'你应该找到切入点了'，干吗摆出一副看穿一切的样子嘛。我到底找到什么切入点了？"

香草并不理会主人的气愤，吃完狗粮后哼哼唧唧地讨要更多。

"不行，你再吃就该长胖了。你瞧瞧你，最近肚子都垂下来了。听说犬类肥胖会造成性命之忧，所以——"

雷娜特的说教被敲门声打断了。

这种时候会是谁啊？她走向大门，对着猫眼向外窥视。走廊上站着一个年轻男子。她愣了愣，随即认出了那头土黄色的头发，接着轻轻开了门。

"你果然回来了，太好了。"

男子朝她咧嘴一笑，露出雪白的牙齿。他已经换下军服，身上穿着浅蓝色的衬衫。

"我刚回来。科赫军曹，你找我有事吗？"

"是的，关于上次在聚会谈到的事情。请问你有时间吗？"

"嗯，可是……"

"这里不方便说话，不如我们找个咖啡馆坐坐吧？"

雷娜特接受了邀请，来到公寓不远处的咖啡馆。

"你要跟我谈什么？"

刚一落座，雷娜特就开口问道。科赫苦笑着说：

"如果你不赶时间，先喝杯茶吧？"

"啊……不好意思。"

雷娜特意识到自己确实有点心急，就点了一杯红茶。服务生离开后，她又开始犹豫该如何打开话题。

"我想跟你谈谈康拉德。"

科赫主动开口了。

"康拉德……哦,你是说克鲁哈德军曹对吧。他怎么了?"

"那次聚会结束后,我跟他都没喝够,就去了经常光顾的酒馆,在里面边喝边聊天。当时康拉德有点喝多了,不知为何突然哭了起来。我一直以为他是个男儿有泪不轻弹的人,所以感到很意外。没想到他又哭着开始道歉,我就更吃惊了。"

"对你道歉吗?"

"一开始他不停地跟我说'对不起,对不起',我就问他'你做了什么事必须向我道歉?'但他只说'我做了无可挽回的事情。我罪孽深重。'后来他就醉倒睡过去了。实在没办法,我就把他送回了家。路上他像说胡话一样说'耶西卡,我太软弱了。我是个没用的男人'。"

"耶西卡……克鲁哈德军曹说了耶西卡的名字?"

"是的,所以我猜他不是对我道歉,而是对布鲁梅伍长道歉。也许康拉德认为她是因为自己自杀的。"

"因为他……"

果真如此吗?雷娜特不禁愤慨。耶西卡因为克鲁哈德死了,而且还不是自杀。

"我想知道克鲁哈德军曹对耶西卡做了什么。"

"难道不是跟布鲁梅伍长发生不正当关系,把她逼上了绝路?"

"我认为不止是这样。恐怕发生了不能让耶西卡活命……不，让她进一步坠入绝望深渊的事情。"

"这话听起来可有点吓人啊。不过假设是这样，我就能理解他的失态了。"

服务生端来了红茶。雷娜特喝了一口热茶，然后说：

"科赫军曹，你能帮帮我吗？我想从克鲁哈德军曹口中打探到真相。"

"这个嘛……"

科赫抱起胳膊，犹豫了一会儿。

"我跟他在宪兵队里算比较亲近的，要是背叛他——"

"这不是背叛。我只想知道真相。难道科赫军曹不想吗？那你为什么要告诉我这件事呢？"

"被你这么一说，我还真无法反驳。"

科赫苦笑着说。

"我确实对康拉德抱有怀疑。如果他真的做了对不起布鲁梅伍长的事，应该付出代价。就这么置身事外不对，所以我才向你告密了。"

"'告密'……"

"我来找你就是带着告密的决心，认为你会做正确的事。"

听了科赫的话，雷娜特吃了一惊。

"正确的事？"

"最对得起布鲁梅伍长的选择。为了这个，我会无条件配合。"

"即使会背叛朋友吗?"

"纠正错误也是朋友的职责。"

科赫斩钉截铁地说。

——你应该找到切入点了。

雷娜特想起奥贝斯坦上校说的话。对啊,这就是切入点。

"我明白了。那么请你帮助我,查清这件事。"

"好的。我该做什么?"

"我想知道耶西卡去世时,克鲁哈德军曹在哪里,在做什么。"

"就是调查不在场证据吗?"

"是的。那天耶西卡请我帮她值了下午六点到晚上十点的班,应该是有事出去。当我下班回到公寓时,她已经死了。"

"你要查康拉德那段时间在哪里做什么对吧?我现在就能告诉你。他跟我在一起。"

"啊?真的吗?"

意外的回答让雷娜特瞪大了眼睛。

"是的。那段时间我跟他二人正在市内巡逻。那是安排好的任务。"

"在哪里巡逻呀?"

科赫回答了详细路线。她翻开记事本上的地图一一确认了位置。

"离我们住的公寓很远呢,开车都要四五十分钟。"

"是要这么久。"

"巡逻期间,你们一直待在一起吗?"

"基本上是的,不过……"

科赫欲言又止。

"接下来的话能请你保密吗?那天巡逻途中,我有段时间是单独行动。"

"发生什么事了吗?"

"没什么事……其实是我养的狗不太舒服。"

"狗?科赫军曹也养狗了吗?"

"是的,因为公寓允许养狗。"

"是什么品种的狗?"

"贵宾犬。"

"哇,跟我一样!"

雷娜特忍不住提高了音量。

"我也养了贵宾犬。"

"是吗?刚才我在屋外稍微看到了一点。是条白狗对吧?"

"对呀,它叫香草,是女孩子。科赫军曹家的呢?"

"我家的是公狗,叫拉尔夫。"

"这名字真好,下次让我见见它吧。"

"当然可以,不过现在先不说那个吧。"

"啊,对。不好意思。然后呢?"

"我把狗托给的那家宠物医院刚好在巡逻路上,于是我就斗胆离队去看它了。因为康拉德说'你要是不放心,就去看看吧'。"

"那么科赫军曹去宠物医院期间,没有跟克鲁哈德军曹在一起,对吧?请问持续了多长时间?"

"从七点半到八点,大约三十分钟。"

"三十分钟……"

雷娜特皱起了眉头。

"三十分钟无法从在那个地方和公寓之间往返吧。"

"是来不及。"

科赫赞同道。

"我认为康拉德没有直接关系到布鲁梅伍长的自杀。"

"也许吧,可是……"雷娜特顿了顿,"可是……那耶西卡为什么找我代班?她应该有事才对。"

"会不会那件事跟康拉德无关?"

"那件事应该跟耶西卡的死有关,因此肯定很严重。不过那究竟……不行,我想不出来。"雷娜特摇着头说。

"抱歉,是我说了多余的话,让你伤脑筋了。"

"没有没有,科赫军曹不需要道歉。当时肯定是发生了什么事,让耶西卡失去生命的事情。"

"布鲁梅伍长会不会一直都想了结自己的生命啊。她也许厌倦了一切、厌倦了整个世界,所以找你代班,自己出去散心了。

然而散心也没用，于是她就回家自杀了。"

"怎么会……耶西卡绝对不会那样。"

"只是你看不出来。毕竟谁也不了解她的真实心情。"

被科赫这么一说，雷娜特也不太确定了。接着，科赫又问她：

"我再请教一遍，布鲁梅伍长是什么样的人？"

"她很有能力。在收集情报方面，没有人能比得过她。"雷娜特想起了她跟吉斯特拉准尉的对话，这样回答道。

"最近她在做什么工作？"

"据我所知，她以前一直在调查伊谢尔伦要塞的电力使用量推移情况。"

"好枯燥的主题啊。"

"其实不会。精算要塞各个区域的用电量能够获得许多情报。耶西卡查到一个用电量急速变化的区域，上报之后派人搜查，发现那里成了走私组织的大本营，因此破了大案呢。"

"那太厉害了，布鲁梅伍长立了大功啊。"

"嗯……"

其实是奥贝斯坦上校从耶西卡提交的数据中看出异常，并报给了宪兵队。但雷娜特并没有详细解释。

"她最近在做什么呢？"

"最近的工作啊……"

被问到这个，雷娜特想起了她跟吉斯特拉的对话。

——我觉得布鲁梅和课长之间有矛盾……不对,好像也没有到矛盾的程度。

说不定……

"说不定奥贝斯坦上校给她下了什么命令。"

"为什么……"

为什么你知道我在想什么?雷娜特险些反问。

"哦,我是觉得那位长官可能会做这种事。"

科赫可能误会了雷娜特的疑问,连忙辩解道。

"你知道吗?自从奥贝斯坦上校调去情报处理课,统帅本部就发生了混乱。"

"混乱?"

"情报处理课本来是为决策层收集必要的情报,辅助战略决策的部门。可是我听说,奥贝斯坦上校试图跳出那个范畴,集中管理整个帝国的所有情报。"

这么说来,自从上校赴任,他们处理的情报种类就发生了变化。此前只会接触到战略相关的情报,现在还多出了行政和国民生活方面的东西。课员的工作相应增多,还开始考虑要增加人手。

"我不知道上校有什么目的,但不少人都觉得他的行动很可疑。"

"难道这件事跟耶西卡的死有关系?"

"不不不,我不是那个意思,只是担心工作负担过重,布鲁梅伍长会不会疲劳过度，导致了情绪上的问题。你觉得呢？她有没有可能被奥贝斯坦上校安排了什么任务？"

"我不知道。"雷娜特摇着头说，"我知道耶西卡得到了上校的命令，但不知道具体内容。"说着说着，她感到心中的疑念不断膨胀。

耶西卡的死也许并不是因为她跟克鲁哈德军曹的不正当关系，而可能跟奥贝斯坦上校有关。所以上校才会在她发现耶西卡的尸体并报案后马上赶到现场，还支开警方独自展开了调查。他可能想打探是否存在牵扯到自己的证据。

"对了，香水瓶。"

"啊？"

"上校走进耶西卡的房间时，从她的梳妆台抽屉里拿出一个香水瓶放进了自己的口袋。我一直很奇怪他为什么要拿那个。"

"香水瓶里可能有东西吧。"

"不是香水吗？"

"那上校就没有理由拿走它。就算那是上校买给她的也一样。"

奥贝斯坦上校给女性送香水？不可能。雷娜特当场否定道。

不可能。可是……

"我还是有点在意。"

"是啊，我也一样。不过……我猜他肯定已经把香水瓶处理掉了吧。"科赫喃喃道。

"不，没有处理掉。"雷娜特说，"上校还保留着那个瓶子。"

"真的吗？"

"他把东西放在自己座位的抽屉里了。上次我跟上校交谈，瞥见抽屉里的香水瓶了，不会有错。就是那个紫色的香水瓶。"

"那——"

科赫正要开口，却被她抢了先。

"我去看看。"

7

工作中，奥贝斯坦上校的表情和姿势都毫无变化，而且一句话都不说。他坐在桌旁的身影，仿佛一座雕像。

"怎么了？"

"啊，不，没什么。"

旁边的戈鲁特曼兵长叫了她一声，雷娜特慌忙移开了目光。

上校一上午都没有离开座位，但是休息时间，她终于等到了机会。办公室里只剩她一个人了。

她立即展开行动，走向上校的座位拉开抽屉。果然跟上次一样，紫色的玻璃小瓶就在里面。

她拿起来对着光打量，发现里面装的不是液体，好像是一团揉皱的纸。雷娜特又看了看四周，确认没有人后，打开了瓶盖。将瓶子倒过来轻轻一晃，纸团就落到了掌心里。她展开一看，里面是手写的字母和数字，共有九个字符。雷娜特牢牢记住了那些字符，再把纸片放回原处，收进了抽屉里。

"哎，你不去休息吗？"

雷娜特刚离开上校的座位，吉斯特拉准尉就回来了。

"啊，我有点工作还没做完。"

雷娜特强压内心的慌乱编了个借口。吉斯特拉并没有怀疑。

"布鲁梅伍长走了实在让人痛心，可你也不要勉强自己。休息的时候好好休息。"

他关心了一句。

"谢谢你。"

雷娜特施礼道谢，回到座位上，忍不住松了口气。

那天晚上，雷娜特跟科赫军曹走进了上次的咖啡馆。

"瓶子里是这东西？"

科赫看着雷娜特凭记忆写下的字符，抱起胳膊陷入了沉思。

"按照常理来猜测，应该是什么密码吧……"

"我也这么想。可它是什么密码呢？"

"不知道。既然是布鲁梅伍长藏起来的东西，应该跟她有关系……"

他想了想，把纸片塞进了口袋。

"那个瓶子的事情，你没告诉别人吧？"

"当然没有。除了军曹，我也没别人可说。"

说完，雷娜特意识到自己的话可能会引起误会，不禁涨红了脸。

"啊，那个，我没别的意思。"

"我知道。谢谢你相信我。"

科赫微微一笑，但很快就绷紧了表情。

"其实我也有事情要告诉你，而且不是什么好事。"

"什么？"

"康拉德死了。"

雷娜特一时没反应过来。

"啊？死了？克鲁哈德军曹死了？"

"今早有人在他家附近的公园发现了尸体。据说是用自己的手枪击穿了头部。"

"用自己的……难道是自杀？"

"很遗憾，应该是的。"

"可是为什么？"

"康拉德没留下遗书，但是听夫人说，他最近特别烦恼。"

"跟耶西卡有关吗？"

"他都对我哭诉了，恐怕确实受了很大的影响。我现在很后悔，早知道应该多关心他一些。"

科赫痛苦地摇了摇头，雷娜特也感到心痛不已。与此同时，她也意识到自己无法从克鲁哈德口中问出事情的真相了，于是陷入了强烈的沮丧中。他究竟对耶西卡的死有没有责任？是克鲁哈德杀死了她吗？雷娜特永远都得不到答案了。

剩下的线索只有奥贝斯坦上校拿走的香水瓶。难道上校为了那个瓶子杀了耶西卡？

不，如果他是凶手，肯定不会告诉雷娜特是他杀。尽管如此，雷娜特还是对上校的行动持有怀疑，无法完全相信他。

她究竟该相信什么？

"我要回去了，对不起。"

雷娜特离开了席位。

"是吗？我还有点事，办完再回去。你一个人没问题吧？"

"没关系，我每天都走这条路。而且我也打算先买点东西。"

雷娜特努力挤出笑脸，离开了咖啡馆。

她在食材店买了面包和果酱，快步走向公寓。她很烦恼。克鲁哈德的死讯让她无比震惊，抱着对上司的怀疑而自由行动又让她感到内疚，两种心情交织在一起，使雷娜特的情绪异常沉重。她像平时那样走在无人的公园里，沉浸于内心的矛盾。

走到被树木包围、路灯照不进来的区域，雷娜特感到背后有什么东西。她正要回头，一双手臂已经抱住了她。

！

她没来得及发出声音，嘴巴就被堵住了。那只手戴着手套。雷娜特拼命挣扎，但对方力气太大，一点都不管用。她就这样被拖进了树丛里。

她听见对方的呼吸声。急切而短促。慌乱和恐惧让她几乎失去意识。她想呼救，但被堵住的口中只能发出含糊的呻吟。

雷娜特被按倒在地，堵嘴的手转移到了咽喉。

"不要……"

她发不出清楚的声音，只感觉很痛苦，无法呼吸。不要，我不想死——她拼命挣扎抵抗，可是施加在脖子上的力气越来越重。眼角渗出了泪水。即使在黑暗中，她也能看见袭击者的影子。我要被这个人杀了吗？可是，为什么？

意识渐渐远去。雷娜特脑中闪过了香草的模样。它摇着尾巴、吐着舌头向自己跑来。对不起，我再也不能喂你了。对不起……

脖子上的手突然松开了。下一刻，身上的影子也骤然消失。受到压迫的气管猛地灌入空气，雷娜特剧烈咳嗽起来。

她抬起头，发现黑暗中有两个人在打斗。那两个人都没有发出声音。雷娜特艰难地喘着气，想起身离开。

瞬间，光芒撕裂了黑暗。她很快意识到那是手枪的火光。扑通——一个人倒在了地上。

制造光芒的人朝她走了过来。

"不要……别过来……！"

雷娜特爬不起来，只能双手撑着身体向后退缩。那个人影来到雷娜特面前蹲了下来，开口说道：

"没关系了，请放心吧。"

黑暗中出现了一点亮光，雷娜特尖叫起来。光照亮了那个人的脸。

"真的没关系了。"

那个男人再次说道。这时，她总算认出了那张脸。

"豪瑟警官？"

"你还记得我啊。"

"是的，我们在耶西卡的家里见过一次。可是为什么……"

说着，她转向了黑暗深处。

"你杀了那个人？"

"不，只是麻醉了。那毕竟是重要嫌疑人。"

"嫌疑人？"

"试图对你行凶的现行犯。以及——"

豪瑟将手电筒转向了他。

"耶西卡·布鲁梅谋杀案的嫌疑人。"

雷娜特定定地看着被手电光照着的人。

"果然……"

"你发现了吗？"

"不，我是刚才被袭击才明白过来的。可他为什么要做那种事？"雷娜特问道。

"科赫军曹为什么要杀死耶西卡？"

8

两天后,雷娜特到情报处理课正常上班了。

"你没事吧?"

戈鲁特曼兵长关心地问了一句。她笑着回答:

"没什么事,都没住院。"

"是吗?那就好……"

兵长露出了复杂的微笑。雷娜特知道,他正盯着自己的脖子。今天她为了遮掩脖子上的瘀痕,特意系了一条丝巾。

接着,雷娜特走向上司的座位,对他敬了个礼。

"我回来了。"

然后她又说:

"请问您有时间吗?我有事想跟您谈谈。"

奥贝斯坦上校无声地注视着部下,然后站起来,走出了办公室。雷娜特也跟了上去。

"说吧。"上校关上会议室大门,转头说道。

雷娜特深吸一口气,然后开口了:

"上校知道多少?"

"那是提问。你不是有话要对我说吗?"

"的确有,所以我在问您。上校知道科赫军曹是杀死耶西卡的凶手吗？"

"知道。"上校回应道，"而且我应该对你说过了。"

"我可没听您说过。"

"你忘了吗？我的确说过'我有点怀疑那个军曹'。"

"那……不是指克鲁哈德军曹吗？"

"不，是科赫军曹。从他接近你的那一刻，我就知道了。"

"为什么？"

"因为他知道翁德里希伍长召集相关人士举办告别会，其实是为了调查布鲁梅伍长之死的真相。"

"他怎么会……"

说到一半，雷娜特恍然大悟。因为只有两个人知道聚会的真正目的。一个是她，还有一个是……

"是上校泄露出去的吗？"

"我故意让参加者都有所猜测。最后主动上钩的人，就是科赫。"

"我是你的诱饵？这也太……"

"我还让你发起行动，让他咬得更死。"

奥贝斯坦没有理睬雷娜特的不满，继续说道：

"后来证实科赫与你发生了进一步接触。一切都如我所料。"

"上校叫我'自由行动'，原来是这个意思吗？太过分了。"

"他与你接触的行为，相当于给自己挖了墓穴。我得到了想要的东西，并且查出他试图销毁证据。所以才能如此轻易地抓到现行。"

"我一直很奇怪,为什么豪瑟警官会在那里。"

雷娜特强压怒火说。

"后来我一直纠缠他,总算得到了答案。原来他得到了我上司的指令。上校,你早就预料到科赫军曹会袭击我了,对不对?"

她难以压抑强烈的感情,几乎要哭出来了。尽管如此,她还是拼命忍耐,对上司发出质问。

"请把所有真相告诉我。然后我会自愿接受军事法庭的审判。"

"因为什么罪名?"

"抽上司耳光的罪名。"

面对部下的唇枪舌剑,奥贝斯坦面不改色。

"那我就破例告诉你吧。我对布鲁梅伍长下了命令,让她调查军方合作商的变更,并得到了预料之中的结果。那就是缪肯贝尔卡元帅中饱私囊的证据。"

"缪肯贝尔卡元帅?"

"我以前在他手下做事时,早已对此有所耳闻。这次借着被调到情报处理课的机会,我展开了详细调查。元帅与几个合作商私通,从中获取了巨额好处费。他的手段虽然很巧妙,但是在布鲁梅伍长的能力加持下,我还是掌握了证据。"

——其实缪肯贝尔卡元帅啊……

雷娜特突然想起耶西卡没有说完的话。

"可是，布鲁梅伍长犯了致命的错误。她把自己正在进行的调查告诉了恋人。"

"克鲁哈德军曹吗？"

听了雷娜特的反问，上校摇摇头。

"你还没明白过来吗？布鲁梅伍长的恋人不是克鲁哈德，而是科赫。"

"科赫军曹……怎么会……"

奥贝斯坦没有理睬雷娜特的惊愕，继续说道：

"更不幸的是，科赫跟缪肯贝尔卡元帅有联系。准确地说，他与元帅的指挥系统终端有联系。于是，他很快将此事告诉了元帅，并从对方那里接到指令，打探我们究竟查到了多少东西。科赫按照命令去问了布鲁梅伍长，可她拒绝透露任何内容。于是科赫执行了另一个命令，也就是尽可能掐断情报源头。"

"于是他就把耶西卡……啊，可是他怎么做到的？他怎么杀死了耶西卡？案发时科赫军曹跟克鲁哈德军曹在一起，应该没时间去我们住的公寓。"

雷娜特问道。

"你的报告不是说，那两个人没有始终待在一起吗？"

奥贝斯坦上校反问。

"啊，是的。科赫军曹离开正在执行的任务，去宠物医院看他的狗了。"

"科赫告诉你这件事，仿佛是为了证明克鲁哈德军曹的不在场证据，实际是为了主张自己的不在场证据。他根本没去宠物医院。"

"原来是这样啊。"

雷娜特正要接受那个答案，突然想起了一件事。

"可是就算他没去宠物医院，也没有时间从那里赶到公寓杀害耶西卡再赶回来呀。他做不到。"

"你比我想的还要死脑筋啊。科赫为何要专门赶到公寓去杀害布鲁梅伍长？"

雷娜特瞬间理解了他的话。

"难道是耶西卡去找科赫军曹了？"

"他们应该是在巡逻区域内较为隐蔽的地方，相约在车上碰面。然后，科赫逼迫布鲁梅伍长透露信息，最终未能成功，于是用枪威胁她吃下安眠药。接着，他就扔下失去意识的布鲁梅伍长继续完成任务。任务结束后，他又开车把布鲁梅伍长送回公寓并抬进房间，让她握住药瓶，伪装成在房间服药的样子。这应该是他深思熟虑后想到的主意，却成了多余的举动。"

雷娜特总算明白了。原来她一直被骗得晕头转向。

"我知道科赫为了获取更详细的情报，会主动接近你。剩下的你都经历过了。"

"我还有很多疑问。"

雷娜特说。

"克鲁哈德军曹真的是自杀吗？"

"不，那也是科赫干的。为了让克鲁哈德军曹与布鲁梅伍长有男女关系的事实无法查证，他必须斩草除根。"

"他怎么能……就因为这个理由？"

"那是为了弥补计划的破绽。"

上校满不在乎地说。

"之所以要除掉你，也是因为你知道太多他的谎言了。比如布鲁梅伍长的恋爱对象，还有狗。"

"狗？"

"科赫没有养狗。他不能让别人知道这件事，所以你必须死。"

"就因为这点事？太过分了。"

"谎言需要更多罪行来掩饰。科赫的做法过于拙劣了。一个组织能用到这种人，足可证明它的性质有多恶劣。"

雷娜特很想反驳上校，但是忍了下来，提出下一个问题。

"香水瓶里的纸片是什么？"

"是我布下的诱饵。只要知道那串密码到了谁手上，就能找到跟科赫有联系的缪肯贝尔卡的手下。"

"什么意思？"

"他们肯定会想，既然我专门从布鲁梅伍长的房间拿走它，那它一定是打开重要数据库的密码。如此一来，他们自然会想搞到密码输入电脑看看。"

"重要数据库？那里面难道放着上校让耶西卡调查的东西吗？"

"你会把工作上的东西放在什么地方？"

"课里的人都会制作自己的数据库,把数据……那是耶西卡的数据库?"

"实际并不是。我做了个陷阱,一旦有人输入那串密码,就能获知对方的身份。"

"那是假的吗?可是耶西卡的梳妆台里为什么会有那东西?"

"我从梳妆台里拿出小瓶时,里面装的是普通香水。写着密码的纸条是我后来放进去,并且当着你的面收进办公桌的。"

"您猜到我会拿出来看吗?"

雷娜特感到毛骨悚然。这个人究竟预料到了哪一步?制定了多周密的计划?她强忍住逃跑的心情,继续询问。

"那输入了密码的人……您知道是谁,对吧?"

"我知道,但不会告诉你。"

"为什么?那人就是杀死耶西卡的凶手啊!"

雷娜特愤慨地说道。这时,上校突然凑近她,无机质的褐色眸子锁定了她的目光。雷娜特忍不住后退了一步。

"若是再插足进来,你会没命。"

上校不带感情地说。

"这次已经死了三个人。如果你想成为第四个,我倒是无所谓。"

"我才……嗯?三个人?不是只有耶西卡和克鲁哈德军曹吗?"

"今天早上我收到消息,科赫在拘留所死亡了。"

"科赫军曹……为什么？"

"说是上吊自杀。"

上校的说法有点奇怪。

"其实不是自杀？"

"是不是自杀都与我无关。"

"如果是他杀，那就是被封口了吧。放任这种事真的好吗？那可是一条人命啊！"

面对雷娜特的激情，奥贝斯坦上校冷冷地回答：

"十六万。"

"啊？"

"前不久刚刚结束的亚斯提会战，帝国军损失了将近十六万人。据说叛军的死亡人数是我们的十倍。如今在这个宇宙中，有这么多人战死了。你对此作何想法？"

"想法……我当然觉得痛心，希望世上没有战争。"说完她不禁担心，自己这句话是否像反战主义者的台词。

"我也一样。"

奥贝斯坦上校说。

"世上没有战争最好。但是必须通过战争消灭战争。唯有能做出这个决断的人，才有能力终结战争、支配宇宙。你能做到吗？"

"我……当然不能。上校可以吗？"

雷娜特反问一句，奥贝斯坦顿了顿才回答：

"我不是支配者，但能够找到那样的人，并助其一臂之力。这次的工作，就是为那一刻做准备。"

说完，他留下默不作声的雷娜特，起身离开会议室。

"您要回去吗？"

"我得收拾办公桌，因为我已经不是情报处理课的人了。"

"啊？怎么回事？"

"今早上层下达了调令，将我调往伊谢尔伦留驻舰队。"

"您要去伊谢尔伦？"

"有人觉得我在这里太过碍眼。但是我已经播下了种子，接下来只需等待收获。"

"我不太懂。您的意思是，在这里的工作已经完成了？"

"没错。你干得很好。"

听到那句意料之外的褒奖，雷娜特不知如何反应。但她很快就回过了神。

"上校，我还有一件事。"

"怎么，你真的要揍我，然后被押上军事法庭吗？"

"这次就算了。我能对您提个建议吗？"

"什么？"

上司反问后，雷娜特回答道：

"请您养条狗吧。"

那一刻，奥贝斯坦的表情松动了。

"你为何突然要我养狗？"

"其实我觉得您应该结婚成家,但是恕我直言,上校的夫人恐怕得不到幸福。我不希望任何女性遭遇那种悲剧。"

话匣子一打开,就停不下来了。

"但是狗不会因为上校的冷淡而沮丧。狗会无条件地爱您,并且能够治愈您。上校今后的道路恐怕会更加残酷无情,而只要您主动选择了那条路,任何人都无法劝阻。您一定不会相信任何人,也得不到任何人的信任。但是狗会依赖您、信任您。它一定会成为上校的宝贝。所以,请您养条狗吧。"

雷娜特涨红着脸说了好久,奥贝斯坦始终没有插嘴。等她说完了,他才开口道:

"你想说的只有这些?"

"是的,请原谅我的冒犯。"

"我没被冒犯,只觉得你多管闲事。"

虽然称不上微笑,但雷娜特觉得上校的表情稍微缓和了一些。

"我想起来了,收拾东西前还有一件事。"

"您要做什么?"

"我要见一个人。"奥贝斯坦上校说,"那是刚从亚斯提回来的年轻人。我要去看看,他究竟是不是我想象中的人物。"

说完,上校便离开了。雷娜特盯着悄然关闭的大门,许久没有动弹。

※

"奥贝斯坦上校……不好意思,我总是忍不住叫他上校。他离开后,吉斯特拉准尉成了情报处理课的课长。"雷娜特喝着不知第几杯红茶,继续说道,"后来,情报处理课的变化特别惊人。不知什么时候,它就成了集中管理帝国内部所有情报的一大机构。刚开始,我还以为那是吉斯特拉准尉的实力,后来发现并不是。一切都是奥贝斯坦上校的指示。那位长官调走之后,仍旧掌握着情报处理课的大权。最后我总算明白了,原来那个案子的幕后黑手就是吉斯特拉准尉。"

"怎么说?"拉贝纳特问道。

"是吉斯特拉准尉命令科赫军曹杀死耶西卡,并试图找到她发现的情报。奥贝斯坦上校明知道这件事,故意让他继任课长,并用自己掌握的事实强迫他合作。"

"也就是用胁迫的手段?"

"是的。结果情报处理课就成了为奥贝斯坦上校服务的谍报机构,缪肯贝尔卡元帅再也无法抛头露面。因为上校掌握了他徇私舞弊的证据。不仅如此,我猜测他利用这件事为莱因哈特陛下建立新帝国提供了很大的帮助。从这个意义上说,我恐怕目睹了历史的重要节点。"

说完,雷娜特露出了微笑。拉贝纳特也笑了起来。

"原来如此,真是个好故事。这下我总算解开了多年的疑惑。"

"什么意思？"

那时，外面传来了细小的脚步声。雷娜特回过头，发现有东西正在缓缓靠近。

"嗯？这孩子是拉贝纳特先生的……？"

"不，是老爷养的狗。"

年事已高的达尔马辛犬朝着陌生的客人抽了抽鼻子，但很快就失去兴趣，走到拉贝纳特脚边躺下了。

"刚才您说的'他'，原来就是这孩子啊。上校竟然养狗了？"

"我一直很奇怪老爷为何收养了这条狗，听完你刚才的故事，总算明白了。看来他听了你的建议。"

"怎么会！那位长官不可能听我的话。"

说着，雷娜特摸了摸狗。拉贝纳特看着一人一狗说：

"老爷弥留之际还惦念着它，叫我多喂点鸡肉，说它已经时日无多了，平时要多宠着点。"

"是吗？那位长官……很疼它呢。"

雷娜特的指尖轻轻颤抖起来。她直起身子，擦去了眼角的泪水，重新看向拉贝纳特交给她的木盒。

"现在我终于知道上校为什么把它留给我了。"

她拿起了木盒里的东西。

"对上校来说，我跟它一样，都是达到目的的道具。"

紫色的香水瓶在她手上反射着淡淡的光芒。

"不过，我们都派上了不少用场。"

群星的舞台

高岛雄哉

高岛雄哉（Takashima Yuya）

一九七七年出生于日本山口县。东京大学毕业、东京艺术大学毕业。二〇一四年凭借《风景与夏日定理》获得第五届创元SF短篇奖。著有作品《风景与夏日定理》《缠结：少女》《不可视都市》，等等。另有非虚构作品《21.5世纪，我们如何生活？》。二〇一六年担任剧场版动画《ZEGAPAIN ADP》[1]科幻考证，后参与制作《机动战士高达：THE ORIGIN》[2]《BULLBUSTER》[3]等多部作品。

---

[1] 参考译名：《泽伽佩因ADP》
[2] 参考译名：《机动战士高达：起源》
[3] 参考译名：《巨兽防卫企业》

1 委托与理论

宇宙历七八七年,公元三五八七年,海尼森行星存在着众多教育机构,其中也包括时年十九岁十一个月的杨威利正在就读的自由行星同盟军士官学校。

在海尼森和地球所属的银河领域,有一片广阔的疆域除了"宇宙历",还并行使用着"帝国历",那就是银河帝国。

自由行星同盟与银河帝国——使用不同历法的两大势力正在以银河为舞台展开波澜壮阔的战争。

三个月后就要毕业的杨,也将加入这场持续了一百四十七年的战争。他本人用嘲讽的语气说,自己要成为战争的"帮凶"。他认为,无论是后方勤务抑或前线作战,士官的工作都不是抑制,而是激化战争。

"小杨,你跟杨振宁有什么关系吗?"

她面前的书桌上放着一本写满公式的物理学书籍。她与杨坐在音乐学校的咖啡厅,到处都能看到摊开的乐谱。相比浑身不自在的杨,书上的公式反倒更能融入这里的气氛。

"坐在这个地方，连公式看着都像乐谱了。"

"声音本来就是物理现象。"

她示意的页面上有个跟杨一样长着黑发的人，背后的黑板写满了公式和图表。那人是出生于公元一九二二年的物理学家，那时的人类还远远没有掌握进入宇宙的技术。远离地球的海尼森会有这种资料（带出来的自然都是数据，她那本书是最近印刷的），几乎是个奇迹。

自由行星同盟的创始人亚雷·海尼森逃离施行高压统治的银河帝国时，除了少数物资还带走了各种各样的历史资料。这么做是为了在崭新的星域开拓真正自由的人类新天地。在后来被称为"一万光年长征"的苦难之旅途中，海尼森因为事故去世了。

"伟大的物理学家跟我有什么关系？估计只有同属于银河系吧。"

"如果小杨是杨博士的后代，应该挺有意思的。"

杨虽是士官候补生，真正的梦想却是成为历史研究者。他原本隶属于战史研究科，得知这个科要被废除时还发起了抗议运动，但是努力全无成效，他被强制转到了战略研究科，目前已是临近毕业的四年级生。尽管如此，他并没有放弃阅读历史书籍。因为那是他的一大乐趣。

想象各种时代的光景，是历史的基本。

"可以肯定的是，我没有那么伟大的家系，能追溯到一千六百年前。"

"但理论可以万古流芳。小杨,你知道'杨-米尔斯理论'吗?"

学校课程当然也包括跃迁技术成立之前,人类在地球积累的无数理论(经过了大幅度的总结归纳)。除了流行大脑扩张手术的时代,士官需要学习的内容并没有什么不同。她提到的杨-米尔斯理论是支撑整个宇宙工程学的基本粒子理论之基,许多士官并不了解理论的真正内涵。

"我知道那是杨博士和米尔斯博士共同提出的理论。莫非另外一位博士是你的祖先?希帕提娅·米尔斯小姐。"

"你果然是我想象的那种有趣的人。出生于公元一九二七年的物理学家罗伯特·米尔斯应该也不是我的祖先。如果是,那就太光荣了。另外,叫我希帕提娅就好。"

"我被你误会为杨博士的后裔,也感到很光荣。不过能否请你说说找我有什么事?希帕提娅,你可别告诉我聊完物理学后,就要找我借钱了。"

杨之所以会来到毗邻士官学校的音乐学校,在咖啡厅与这位一头鲜艳红发的女性碰面,是接受了士官学校宿舍的舍友兼好友约翰·罗伯·拉普的提议。拉普还对他说,她好像有事相求,答不答应你自己拿主意。

下午课程刚结束,店里坐着很多学生。不愧是音乐学校,很多人身边还放着乐器盒。

希帕提娅被杨逗得笑了一会儿,然后正色道:

"杨同学,我想拜托你在我的话剧里出演杨博士,并守护这座宿舍。"

希帕提娅笔直地看着他。

好像不是开玩笑。

"我能提问吗？"

"当然可以！"

"从你说的守护二字，我可以猜测你说的宿舍陷入了存亡的危机。可是我参演你的话剧跟守护宿舍没什么关系吧。"

"最近发生了一件事，学校有可能不听取学生的意见，直接撤销宿舍。我想守护宿舍，最好在我毕业之后也能一直保住它。"

希帕提娅是戏剧科的三年级学生，还有一年多就毕业了。

"发生了一件事？"

希帕提娅说，那是上个月冬去春来时发生的事情。

一天晚上，她正在澡堂洗澡，一个陌生女孩走了进来。宿舍委员长希帕提娅以为她是新入住的学生，就叫了她一声。学生可以随时申请入住宿舍，但是审核工作都由学校的事务局进行，所以宿舍委员长不一定知道中途有学生入住。

"你猜她洗头时说了什么？她说自己是其他学校的学生，已经在宿舍住了一段时间。她是私自入住的！"

"是跑到别人的房间里借宿吗？"

"比那还糟糕。一个学生擅自把自己的宿舍租给了她。"

希帕提娅当然无法坐视不管，便询问她的宿舍编号。对方似乎察觉到危险，马上不说话了。尽管如此，只要把所有房间检查一遍，不难发现她住在哪里。

"二次出租的学生虽然没有抬高租金，但那两个人都被逐出宿舍了。"

这件事在校内掀起了很大的风浪，"乐寮"的各种问题（包括建筑物老化和防范不到位）被一口气曝光出来。

"如果建筑物老化，可以盖新的。至于防范问题，还不是因为预算不够！"

然而这部分学生的意见未能传达出去，这个月，理事会还是开始商议废除学生宿舍。

希帕提娅犹豫地看着杨。

"我一直觉得宿舍会永远存在。"

"建筑物恐怕很难永远存续吧。不过宿舍这种制度，只要有人需要，就会存续下去。哪怕中间一度废除，将来再恢复就好。"

"我想跟大家谈这件事，可是理事会不给我讨论的机会。而且学校没有保障学生发声的制度。"

"我懂。"

士官学校的实际情况和意义都与普通音乐学校大不相同，但同样有校长、有事务局长，还有属于他们的办公室。尽管如此，他们这些士官候补生不能贸然去敲门，更没有请求见面的渠道。

正因为如此，为了谈判战史研究科的存续问题，杨挨个去打探了学校的教授和工作人员的口风，并以此为突破口，逐渐靠近上层。

"以前宿舍还会每个月举办迷你音乐会，后来渐渐没有学生愿意参加，等我入住的时候已经完全没有那种活动了。这可能也成为学校不需要宿舍的依据。"

"确实有那个可能性。这是个实际存在的风险。"

"可是问题在于学生的积极性，我来组织就好了。有好几位知名音乐家和评论家都住过那座宿舍，只要能拉拢那些人，理事会可能就不会如此急切地撤销宿舍，也会愿意听听他人的意见。"

杨觉得，表演话剧和理事会态度松动之间似乎跳脱了好几层逻辑。究竟要跨过多大的坎，才能到达她设想的目的地呢？这让他不情愿地想起了两年前那个试图让士官学校更高一级的同盟军上级听到抗议之声的、鲁莽的自己。

"你知道我组织过保留学科的运动吧？"

"是的。但我最近才跟洁西卡成为朋友，不太清楚当时的详细情况。"

洁西卡·爱德华兹是这所音乐学校的学生，与拉普一样，是杨的好友。杨和拉普都喜欢漂亮又开朗的洁西卡，但先与她相识的拉普表现得更积极，目前杨出于抽身退让的状态。

"上周我跟洁西卡商量这件事，她说可以问问你。"

"是吗？难怪拉普来找我了。"

废除战史研究科的决定来自管辖士官学校的军队上层，所以他在发起反对运动之前就知道这是无望的行动。尽管如此，他还是赌了一把。发起运动的过程中，他得知士官学校的相关预算已经被削减，为了尽量不影响提供帮助的洁西卡和拉普，也为了减少自身的损失，他最后改变了战斗目标。

"情况我都知道了，我想确认一下胜利的条件。通过表演话剧吸引注意力，你究竟想达到什么目的？"

"能保住宿舍当然最好，但我首先希望能跟大家一起讨论宿舍的事情。"

杨认为连后者都很难实现。因为很少有人愿意听取不同的见解。

"我无法判断话剧能有多大效果，不过这种增加伙伴的方式果真是音乐学校独一份啊。说不定能有用。"

"你真的这样想？太好了！"

"话虽如此，我还是不明白自己为何要登场。当然，我很愿意帮忙。"

洁西卡在战史研究科一事上帮了他很大的忙，所以洁西卡间接发出的请求，他不打算拒绝。然而，杨丝毫没有演戏的经验。

"莫非刚才说的杨-米尔斯理论跟话剧内容有关系？"

"正是如此。我打算在宿舍上演一场围绕杨-米尔斯理论的话剧。请小杨演的角色，当然就是杨博士。"

一千六百年后依旧流传的杨-米尔斯理论，也许关系着宿舍的存亡。

然而，这个主题难免有些跑偏，就算小杨同样姓杨，也并不能给话剧增添多少说服力。这么简单的道理,她还是明白的。

"请小杨参演的理由有两个。"

"请务必说给我听听。"

"第一,剧本是量身打造,也就是以你参演为前提创作的。当然这只是我擅自做的决定。"

她跟洁西卡商量这件事时,已经决定请杨出演。虽然这只是希帕提娅的独断,但也没办法。

"话剧的创意本身我已经酝酿了很久,一直在想如果小杨能演就好了。但我那时并没想到真的来找你……我以前见过小杨在士官学校门口收集签名。那时你的声音和动作完全不像军人。怎么说呢……反正非常坦率地表达了你的内心。"

"你能领会到,那就太好了。话说你连那时候的我都见过呀。另一个理由呢?"

"秘密。等话剧演完了,我可以告诉你。"

希帕提娅得意地笑着说。

杨挠着头答道:

"好吧。正如我刚才所说,我什么忙都愿意帮。演就演吧。"

"谢谢你!"

希帕提娅握住了杨的手。

黄昏中,希帕提娅与杨走在校园里,朝宿舍而去。

林荫道的前方出现了一座圆筒状屋顶的建筑。

"那就是宿舍的中央大厅。左右两侧的三层建筑是住宿区。"

"我以前跟拉普和洁西卡来过这一带,不过宿舍倒是第一次见。我能进去吗?"

"只要在门口登记,就能进入中央大厅。只有住宿生的家人能进入居住区——舍管阿姨,我回来啦。"

希帕提娅对门口的舍管打了声招呼。门房背面连通着另一个房间,应该是带住宿的管理岗位。

"回来啦,希帕提娅——对了,你身后跟着一个可疑人士,你没发现吗?"

"讨厌!这是我朋友啦。请你发一张到大厅的访客卡给他吧。"

"你是个可靠的孩子,我猜没什么问题。但你也要小心啊——后面那位男同学,在这里写下姓名和住址。注意不要碰到希帕提娅。"

杨摆出最绅士的笑容接过了笔。他的行动也许换来了好感,目光锐利的舍管阿姨笑眯眯地递来了访客卡。

入口的强化玻璃自动门打开后,他们走进一个类似酒店门厅的地方。左右两侧是通往居住区的门,都安装了电子锁。两扇门上都用硕大的红字标明了谢绝男士。

"这边!"

希帕提娅用力拉开了门厅另一头的厚重对开木门。

"这里就是中央大厅。最近没怎么用,所以空气不太好——

请换气。"

希帕提娅的声音触发了大厅 AI，换气扇自动打开。也许那是音乐设施专用的设备，换气扇运作时听不见任何响声。

"好漂亮的地方啊。"

涂成白色的墙壁和天花板带有凹凸纹路，能够制造最适宜的回音效果。陈旧的木地板光泽美丽，完美吸收了行人的脚步声。

"有的女生觉得大厅太陈旧了，但我很喜欢这里。"

穿过桌椅摆放略显杂乱的区域，他们来到了大厅尽头下陷五个台阶的半圆形舞台。半圆直径约十米，周围没有座椅，而是用台阶充当座位。每级能坐二十人，五级可以轻松容纳一百个人。

"这个大厅是专门为住宿生开音乐会和话剧表演设计的地方。居住区的地下室还设有练习乐器用的隔音室——来，这是剧本。"

杨接过一叠用夹子夹紧的纸。剧本共有五十页，封面写着《基本粒子的乐园》。

"这就是剧名吗？"

"嗯。我们和星辰都由无数的基本粒子聚集在一定场域中组成。假设有这么一个地方，可以让各种各样的东西聚集起来，诞生出美好的事物，那个地方不就是'乐园'吗？"

"原来如此。剧名我理解了。可是这里面这么多台词，我怕记不住啊。"

"没问题。这是一场话剧，只要把握了对话的走向，稍微忘记一点也不用担心。你只要不慌不忙地说，对方自然会配合。"

"对方是谁？"

"还不够明显吗？"

希帕提娅摊开双手，摆了个造型。

"确实很明显。"

这场对话剧由两幕组成，时长一个小时，中间不设幕间休息。杨威利饰演杨振宁，希帕提娅饰演罗伯特·米尔斯。

杨想象着一百个观众围观自己表演的情形，瞬间感到舞台无比狭小。

大厅最深处、舞台的背面是推拉式的全隔音玻璃窗，通往带屋顶的露台。乐器等器材都从这里搬入。

"开演时用白幕挡住这扇窗，我们进场退场则走白幕的缝隙。大道具小道具一概没有。"

"那还挺轻松的。可是身边什么都没有，反倒让人有点害怕呢。"

"小杨很不错啊，总能设想到关键时刻的问题。"

"毕竟我本来就不会演戏。"

"人只要站在舞台上，就成了戏剧性的存在。这都得益于舞台这一概念性装置。而且，每个人都有演绎的力量。"

"舞台的力量啊。被你这么一说，我还真发现自己自然而然地挺直了身体呢……"

"那只是因为小杨你不习惯舞台，有点紧张了。"

希帕提娅笑着站到了舞台中央。据说她从小就喜欢自己创作、自己演出，也因为这样才读了戏剧专业。

"不如我们就这么试试吧。你可以照着剧本念。从第二十页第一行，杨的台词开始。这时两个人已经成了很好的朋友。小杨，你准备好就开始吧。"

杨清了清嗓子，做好心理准备。

　　杨：我跟你的共同研究，已经搞了半年啊。
　　米尔斯：这是电磁学的自然扩张。我本以为会更简单一些。
　　杨：我倒是认为，正因为有了你，我们才能走到现在这个程度。
　　米尔斯：可是仅靠现在的成果，写不成一篇论文。

希帕提娅咧嘴一笑，合上了剧本。
"怎么样，很好玩吧？"
"如果你认为这种不安的心情应该写作好玩的话。"
"那当然就是好玩呀！"
她的声音在大厅里轻快地跳动，打消了杨的不安。

虽然他只看见了其中的一小部分，但还是能感受到这座宿舍被设计得舒适又温馨。然而，也许是因为人类在群星璀璨的宇宙中只有极为有限的落脚之处，连这座小小的宿舍，也很难永远存在下去。

"音乐学校打算什么时候废除这座宿舍啊？"

"理事会认可校园内设置宿舍的价值，因为那会成为学生挑选学校时的一大亮点。但是，他们也认为不必拘泥于这座建筑。因为它并非知名建筑家的作品。所以他们虽然不会马上拆毁宿舍，但也丝毫没有将其保留的意愿。"

"学生呢？住宿生和非住宿生的意见相差很大吗？"

"不会。大家都不怎么关心宿舍的问题。从这个学校毕业能让立志当音乐家的人镀一层金，但跟是否为住宿生关系不大。"

杨在发起保留战史研究科的运动时，也接触过不少这样的冷漠态度。

他们在搞运动时，是拉普的热情反倒让许多同科学生吐露了真实的想法——他们好不容易得到机会免试转去最热门的战略研究科，别来捣乱。要搞战史研究，你自己去搞，一个人退学不就好了。这还是杨可以理解的反应。他甚至听人开过这样的玩笑：学校强制他们从殉职率最低的战史研究科转到殉职率最高的战略研究科，这是犯罪行径，应该发起索赔运动。若是索赔运动，他们可以支持。

最后，他在学科内唯一的支持者，就是室友拉普。杨因为可以免费学习历史而选择了战史研究科，拉普则在入学考试时也选择了最难考上的战略研究科，后来认识到战史研究的重要性，自愿加入了战史研究科。他们选择这个学科的理由截然不同，但在自愿性这方面，学科内只有杨和拉普二人是同类。

"就算能够理解对方的想法，但立场不同的人，也注定无法和解吗？"

希帕提娅在舞台上漫步，并对杨抛出了这个问题。就像在念对白。

杨想了想，回答道：

"二者能够找到接纳彼此的妥协点。人类就是这样存续到现在的。如果将未来纳入考量，我们正在打的这场战争，也很有可能导致人类灭亡啊。"

针对同一种事物存在着正反两种意见，并通过对话（以一种略加强调的形式）明确下来。人们有时候能因此相互理解，也可能在相互理解过后形成对立。对这个道理的认知，可能算是杨从事保留学科运动的少数成果之一。杨自己也明白这只是不愿服输，但事实上，他真的有所收获。败绩中得到的教训虽然不一定能确保下一次胜利，但至少能让他下一次败得更巧妙，甚至可能起到减少失败的作用。

希帕提娅拉开了舞台背面的大窗。

初春的夜风带来了一股寒凉。

"小杨，我们出去走走吧？"

露台外部兼作停车场的中庭，种植着海尼森原产的花草树木。周边可见古老的红砖墙和手工栅栏，显然多年以来一直得到精心打理。露台边上有一座挺大的仓库，据说被用作后台。

这座中庭并没有什么特别之处。但是杨认为，真正的和平的象征，就是这种精心打理的日常风景。

"其他成员呢？"

"音乐和影像都由我制作，AI负责播放。因为我没什么人望。"

"怎么会呢？"

"没事没事，这是真的。虽然这场话剧只有两个人，但是请多关照啦。"

"也请你多多指教。"

希帕提娅露出了温和的笑容。

2　排练与悬赏

回到大厅后，希帕提娅开口道：

"对了，我还得告诉你一件事。"

"请说。"

"剧本就像乐谱，两者都只记载着最低限度的信息。有的想法已经在我脑子里，但是没体现在剧本上，随着排练逐渐深入，可能还会产生新的想法。"

"比如什么样的想法？你该不会突然在舞台上即兴演出吧？"

杨的玩笑话逗得希帕提娅大笑了一会儿。

"你放心吧，我不会搞即兴演出。我想想……我打算在整个大厅播放影像，还可能对台词做出改动。总之会尽快确定下来。"

希帕提娅打算利用杨-米尔斯理论，将演员比作基本粒子，将舞台比作量子场，用影像和音乐表现二者的相互作用。

"量子场……我完全不了解戏剧，戏剧演的一般都是这些吗？"

"有很多科学家登场的作品。这次我想搞的，是将理论本身搬上舞台，令其与我们的表演，还有舞台装置融合起来。"

"你很喜欢科学吧。"

"本来没什么兴趣。但我想当小学音乐老师，就去查了很多以前的音乐授课方法，发现了一种叫'数理话剧'的东西。"

数理话剧就是借助舞台投影，由孩子们饰演历史上的科学家、数字及星辰，实践计算方法和天体运动以加深了解的教学形式。

"虽然这种方法尚未验证出教学效果就渐渐荒废了，但我认为很适合这次演出，能够用视觉形式表达基本粒子理论。"

"原来如此。这或许也能形成一个话题。你打算怎么宣传？"

"这个交给我，你不用操心。毕竟是我把小杨拉上船，你只需要坚持到最后，我就很高兴了。"

"就算直到最后都演得很糟糕，我也不会半途而废的。"

"请原谅我强调这个问题。因为即使是校庆和慈善表演，这种学生策划的东西也有很多人会半途而废。"

希帕提娅最后小声补充道：也许这都怪我。看来她的自信心遭到了很大的打击。

"你别忘了还有洁西卡和拉普监视我呢，肯定会坚持到最后的。"

"谢谢你——那我们再练练台词吧。"

  米尔斯：听说你结婚了，祝贺你。

  杨：听到你口中说出这句话，我很高兴。

  米尔斯：我无法想象你跟一个相差五十岁的妻子能聊什么。

  杨：她是物理学院的研究生，我跟她聊的话题，跟我们俩平时差不多。

  米尔斯：你已经输入了信息，而我却越来越不明白。这真是种新奇的体验。

这是第二幕的开场。此时米尔斯已经死了，杨还活着。

"可能需要一个象征我的角色已经死亡的东西。不如给小杨戴一片黑纱吧。"

"这位博士的婚姻是史实？"

"没错。他八十二岁那年与二十八岁的学生结婚了，准确来说，二人相差五十四岁。话剧里使用的数据都符合事实，但对话内容基本上是我想象的。"

希帕提娅拿出自己在图书馆找到的资料给杨看。那是二〇二二年的报道,标题为《百岁天才杨振宁》。

报道上说,杨振宁在一九五七年获得了诺贝尔物理学奖。

"那不是地球时代的最高奖项之一嘛。可我还是理解不了这个人物。"

"我觉得不至于。他留下了许多语录,可以用在台词里。你瞧,这个怎么样?"

希帕提娅翻开剧本,指出了那一段。

——我在人生中懵懵懂懂地选择了非常正确的道路。其中也包括十一年前向她求婚。

"还有这里。"

——原子弹与氢弹不过是人类未来要面对的种种奇特问题的一小部分。问题很多,因此我无论如何都无法乐观。

"就算我不是他的后裔,也多少能与之共鸣啊。当然是对后面那句。"

"你大可以两句都赞同。我不也比小杨小一岁吗?"

杨一点都不明白希帕提娅的微笑是什么意思。

表演时间在三个月后,距离杨的毕业典礼只有半个月。

那段时间,杨一门心思投入到背台词的事业中,每个星期日还到希帕提娅的宿舍区,用她制作的舞台影像排练。

第一次排练那天,杨办了访客手续走进大厅,发现舞台背面已经拉起了幕布,天花板的投影机正在投放影像。在一道道光的波纹中，细小的粒子以不同的速度往来穿梭，背后浮现出各种各样的算式和图表。

"这就是杨-米尔斯理论？"

"可以这么说吧。地球时代，一个叫'克雷数学研究所'的民间组织曾为这个理论的未解决部分设下高额奖金，这里播放的算式就是答案。"

"原来是悬赏问题啊。既然已经有答案，那就是有人拿到奖金啦？"

"这种问题的解答者往往成不了名，你问的这个同样没有记录解答者的姓名。也许谁也没拿到奖金。"

希帕提娅抬手朝屏幕一挥，上面出现了一段话。

杨-米尔斯方程式的存在性与质量间隙问题

证明对任意紧致、单的规范群 G，四维欧几里得空间中的量子杨-米尔斯理论存在一个正的质量间隙。

"我有个学弟一定对奖金的去向很感兴趣。"

"你是说亚典波罗吧，洁西卡跟我说起过。"

达斯提·亚典波罗虽然是士官学校的学生，但将来想要成为一名记者。他跟杨同属战略研究科，成绩非常优秀，但他本人平日积极向电子报投稿，把精力投入到了与专业相去甚远的领域。

就在那时，大厅门开了，一个貌似住宿生的女性走了进来。

她的硬鞋底磕在木地板上发出清脆响亮的声音,径直朝希帕提娅走了过去。

"米尔斯学姐,你真的要演吗?"

"不会给你添麻烦的。"

住宿生瞪了杨一眼,再次看向希帕提娅。

"谁能保证不会添麻烦呢。我只想平平安安待到毕业。"

"正如我上次跟你说的,宿舍得到关注,在校内引发议论,你的希望才更有保障。要是宿舍没了,你也很为难,不是吗?"

"如果因为学姐闹事,宿舍被提前撤销了呢?本来那个擅自入住的人,你也可以不用管的!学姐是三年级的,宿舍肯定能留到你毕业的时候,可我才一年级啊。"

住宿生说完自己想说的话,转身就走了。

希帕提娅回头看着她,脸上露出了哭笑不得的表情。

杨想安慰她,无奈自己掌握的词库并无适用的话语。

"你瞧,我真的没有人望。"

"话不能这么说……"

杨知道这句话没什么用,但在这种场合,真的有哪句话能派上用场吗?

"跟她说什么也没用,她一定不会改变看法,也不可能来看我的话剧。"

搞保留战史研究科的运动时,杨也遭到了前辈与同辈的当面斥责。他完全没有辩驳的余地。若是能让她那样的人看到话剧——杨无法轻易说出这种不切实际的话语。

"小杨那时候得到支持者了吗?除了洁西卡和拉普。"

"嗯,但是人数很少,而且花了很长时间。"

希帕提娅擦掉了眼角的泪滴。

"没关系,我还有小杨呢。"

杨苦笑着点点头。

"好,我们开始练习吧。我知道你肯定熟读了剧本,不过首先要掌握舞台的空间性,还有我们之间的距离感。"

原来这就是话剧的练习?杨饶有兴致地想着,站到了希帕提娅指示的位置。

"今天先从发声练习开始。我们没什么时间,要把基础练习和角色练习放在一起做。"

演出时会将麦克风缝在戏服上,故音量不成问题。尽管如此,这毕竟是话剧而非电影,为了形成舞台氛围,演员的声音还是要有张力。

"杨博士肯定上过很多课吧。"

"停!从杨博士身上跳脱出来,想象一个虚构的物理学家。"

希帕提娅自己也将米尔斯想象成了虚构的物理学家。

"因为戏剧涉及真实人物会有麻烦吗?可他们已经是一千六百年前的人了。"

"不管是多少年前的人,有的人就是会介意。据说在银河帝国的贵族学校,历史教科书里出现了一个女生的曾经对抗过鲁道夫的祖先，她在课上就哭了起来呢。是不是因为觉得很羞愧呀？"

在银河帝国成立时期，有不少人对抗过后来的初代皇帝鲁道夫。不过其姓名现在仍被收录在教科书中，其子孙后裔还以贵族身份就读帝国的学校，证明她的家族是从帝国成立时期一直延续到现在的名门。对自由行星同盟来说，那样的家族无异于敌人的核心。

"我不希望你像回答问题那样演戏。用标语化的说法，就是'审视内心的同时向外表达的演绎'。"

"标语啊。这是你自己的话吗？"

"是我导师说的话。她说，如果向外部展示对外部的模仿，这种演技就只能流于表面，无法成为展示灵魂的演技。表演需要自内而外的抒发，即使在舞台上，也不能停止想象。"

"我很明白你说的。在战斗中，一旦停止对敌人的想象，就注定要失败。可是——虚构的物理学家就像虚构的动物一样。我不可能真的理解他们二人的理论呀。"

"就算不演话剧，你也应该了解了解杨-米尔斯理论。因为自然界一切基本粒子的相互左右，都被爱因斯坦的'一般相对论'和这个'杨-米尔斯理论'解释透彻了。"

公元二〇三九年，杨博士结婚三十五年后，发生了"十三日战争"。正如其名，人类在那十三天时间里，不断使用了大量的热核武器。不仅如此，后来研发出的武器中，多数大规模破坏性武器都使用了通过操作基本粒子获得的巨大能量。

公元前后在地球各地发现的"勾股定理",经过三千五百年依旧是十几岁孩子的数学基础课程之一。

同样,一千五百年前完成的"基本粒子标准模型"与那个数学基础同样组成了科技的根基。杨-米尔斯理论便是其中一部分。虽然其实际运用是由科学官员与专用 AI 协同进行,但正如希帕提娅所说,作为士官预备役,他应该知道其大概内容。换言之,就是了解自己驱动的力量究竟是什么。若不具备最低程度的认知,就无法生成任何想象。

杨:要完成我们的理论,需要新的数学模型。

米尔斯:但我们是物理学家,不是数学家。

杨:你不是很擅长数学吗?

米尔斯:我可承受不起你这位数学天才的夸赞。

杨:但我们的确不是数学家,做出来的理论有可能存在数学上的瑕疵。

米尔斯:我们无法给出十全十美的东西。

杨:因为我们没有无限的时间。

"话说回来,正式演出只有一次吗?"

"我是这么计划的。你想多演几次?"

"不了不了,演一次就足够了。我只是想,如果有两次机会,就算第一次闹了笑话，还可以争取挽回。但是反过来，搞不好第二次还会闹笑话。"

"你有什么不放心的地方吗？怕紧张？"

杨试着想象正式演出那天的场景。开演前，他与希帕提娅站在舞台背后的露台上。大厅就算坐不满一百人，恐怕也有几十人。士官学校的学生说不定也会来。AI准时播放希帕提娅制作的曲子，观众席的嘈杂渐渐平息。他与希帕提娅对视一眼，彼此点点头，穿过背景幕布走到舞台上——

"应该会紧张，可我更担心演着演着突然出戏，脱离了角色。"

"小杨，你刚才想象了未来的场景，对吧？"

"我们每天都在接受这样的训练——正因为这样，我可能会出戏。"

宇宙空间的舰队战斗中，同时有数以万计的舰艇互相联络，时而整齐划一，时而混乱地保持着动态。若不能避免陷入当下，不能清晰地预示到未来的每一刻，立刻就会成为敌舰的袭击目标，千万人瞬间化作宇宙的尘埃。

听了杨的话，希帕提娅抱着胳膊思索片刻。

"……不如我们试试换装吧？"

"你的意思是……？"

"换上异性的装束。小杨穿女装，我穿男装。罗伯特·米尔斯本来就是男性，我一开始就想过穿男装，但是角色在剧中只有姓氏，并不一定要符合原型的性别。要不，小杨也试试吧？穿上跟平时不一样的装束，也许能帮助你进入角色。当然，这一切都看小杨你自己。"

军装和制服应该也有同样的功能。服装能帮助人类更轻松地扮演社会分配的角色。

"女装？可以啊。"

"我没想到你会马上答应。"

"是吗？"

"对呀。不过谢谢你。那就这么定了，我来准备服装，你好好期待吧。"

"期待啊……不知穿上异性的装束，会有什么效果呢。"

"这场剧的主题是接近真理。换装应该能赋予表演者的身体一种超越性和暧昧性。"

希帕提娅使用的词语跟士官学校讲义上的截然不同。在杨看来，那是一种新鲜的知性喜悦。

杨回到自己的宿舍，室友拉普早已笑眯眯地等待着他。

"杨，你跟希帕提娅好像处得不错呀。"

"你的推测肯定有一大半是错的。不过她的话剧比我想的还有趣，这点我要感谢你。"

翌日黄昏，宿舍响起了广播。

——请战略研究科四年级的杨威利同学听到广播后立即前去舍管办公室。重复一遍……

"难道这么快就露馅了？"

"不知道呢。我去看看。"

杨换上制服,走向办公室。

3　传唤与服装

"报告,杨威利候补生。"

"进来。"

杨走到亚历克斯·卡介伦的办公桌前立正,双手背到背后。

他在发起保留战史研究科运动时,曾与卡介伦有过深入探讨。当时卡介伦虽然并不亲近他们,但对杨和拉普表示了近乎同情的理解。

"战略研究科的教授发现了这样的东西,叫我想想办法。"

卡介伦指着摆在桌上的平板说。

屏幕上显示着信息网站上的戏剧特辑页面,里面可以查看海尼森即将开演的各种戏剧。

"没想到教授连这种东西都关注到了,不愧是他。"

卡介伦没有理睬他的嘲讽,而是指着画面下方。上面显示着——杨:杨威利饰演;米尔斯:希帕提娅·米尔斯饰演。不仅如此,概要栏里还写着"请重新审视音乐大学宿舍问题"。

"那位教授对戏剧很感兴趣,碰巧发现了这则信息。先不说那个。这上面写的是你,没错吧?"

"同盟人口一百五十亿,应该有跟我同名同姓的人。"

"没错,正是这样。"

卡介伦对此事似乎非常严肃,看来没法用玩笑糊弄过去。

"我承认了,那就是我。"

"士官学校并不打算对外校的活动指手画脚。但是,我们不能放任自己的士官候补生参与外校的政治活动。席特列校长也发话了,这回保不了你。有可能要考虑退学处分。"

他没想到事情会严重到如此地步。若不能在这里收场,通知很快就会传达到音乐学校。若届时音乐学校的理事会忌惮同盟军,给希帕提娅也下一个退学或无限期停学的处分,那就麻烦了。

"这里面不存在政治活动。卡介伦前辈,请听我解释。"

杨向前走了一步。卡介伦身为士官,自然是杨的前辈。他夸张地耸了耸肩。

"就算你说没有,我也没办法。我虽然是你的前辈,但并不能保证你顺利毕业。"

"在外校演戏就要被退学吗?"

"在女生宿舍开展政治活动可能要被退学。你究竟想干什么?仔仔细细告诉我,不要隐瞒。"

"那您知道女装的事情吗?"

"什么?"

"这是昨天刚决定的。我穿女装,另一个女生穿男装。"

"我哪能知道昨天刚定下的事情。同盟军没有那工夫去详细追踪士官候补生的动向。若你成了元帅，那倒是两说。"

"这我就放心了。毕竟有空侦查我，还不如多休养生息一会儿。"

卡介伦终于嗤笑了一声。他本来对杨就没有敌意。

"穿什么衣服是你的自由。毕竟自由行星同盟军跟帝国打了一百多年的仗，为的就是守护思想信条的自由。现在的问题是，你在外校参加政治互动。要是你能把这件事说清楚，让那帮脑筋死板的人也能接受，我就省事了。"

"我重申一遍，那场表演与政治毫无关系。我参演的剧目以科学史为主题，并不准备在开演前后进行收集署名一类的活动。"

说完，杨在心里补充道：目前暂时是这样。

"虽然你有前科，但我大可以就这么相信你。把地方选在女生宿舍，你这招倒还真是剑走偏锋啊。话虽如此，就算那不是具备明确思想性的政治活动，一旦形成了集体，就难以避免地会产生政治性。"

卡介伦显然在对他说：若想我替你辩护，就得提供更周全的说法。

"最大的问题其实是我的演技太差，有损士官候补生的名誉。关于这点，我会尽全力避免。而且，演剧这种东西，本来就是无论什么人都能在公共场合表演任何故事，它正是自由的象征。这难道不应该是自由行星同盟死守的原则吗？"

"很好，这种程度的虚张声势也许能在教授阵营那边起到很大作用。但是杨，把这个消息传达给我的教授比较担心你当前的行动，我却更担心事后的结果。"

"结果？"

"没错。会不会发生音乐学校爆发政治运动，校方打电话给我表示抗议这种事？"

卡介伦瞪着杨说。

"应该不会发生什么。"

"哦？"

"因为有想法的人都不会改变想法，没有想法的人也始终不会产生想法。这是我在战史研究科的事情上得到的教训。"

这是他不折不扣的真心话。在希帕提娅面前，他可说不出这种话，因为她现在仍热切盼望着守住宿舍。

卡介伦深深点头，似乎被说服了。

"最后一个条件：我要去看演出，给我留个最末排的座位。"

"看来我不能拒绝啊。请您一定要大驾光临。"

下一周，杨来到音乐学校的宿舍，正好看到希帕提娅身穿外套站在前台。她跑了过来，原本一头红色的长发竟剪得非常短。

"小杨，网页预告的事情，真的对不起！"

"在电话里不是说过了嘛，你不用道歉。你瞧，今天我照样拿到了外出许可。不过话说回来，你剪头发了呀。"

"看你的表情，肯定是还没猜到吧？"

希帕提娅拉着杨穿过大厅,来到了露台旁的后台。

后台中央多了个衣架,挂着一条绿色连衣裙。

"这是小杨的戏服。我亲手做的,还找人借了假发。至于我嘛,就是这种感觉。"

希帕提娅脱下了长外套。

从前只穿裙子的希帕提娅今天换上了灰色西裤,上身是白衬衫和深蓝色西装上衣。

"原来你穿了男装啊。就算不演戏,你这样也很好看。"

"谢谢夸奖。"

希帕提娅张开双臂,原地转了一圈。

那应该是一千六百年前的西服款式,可无论怎么看都像同盟军的军装。

"因为我做了参考。连衣裙的绿色也是同盟军舰艇经常使用的颜色,对吧?"

"模仿军方的款式和颜色有什么意图呢?"

"因为这是我们的战斗啊。小杨又是士官候补生。我不会对观众特别说明这些含义,但应该有人能感觉到——好了,小杨快换上衣服。我在大厅等你!"

杨独自在后台换了衣服,戴上及肩的长假发后走向大厅。无论排练还是正式演出,他都不化妆。

"小杨,你感觉如何?"

希帕提娅仔仔细细地打量着他。

"老实说，照镜子的时候有点奇怪，衣服本身很好穿，倒是这假发挺碍事的。"

"不要忘了这种奇怪的感觉。小杨要变成另外一个人，感觉奇怪是正常的。我们的服装能让我们自己和观众都产生奇怪的感觉，而这种感觉，正是撕裂常识的利器。"

杨面朝观众席站定。

不知他在观众眼中，会是什么模样。会专程到音乐学校的宿舍来观剧的人，平时一定也经常接触艺术。那些人也许并不会对换装产生强烈的反应。

"观众是舞台表演的一大要素，但除此之外还有别的要素。背景影像我也做好了，你要看看吗？"

希帕提娅挥挥手，大厅投影出了一座陌生的建筑物。那是一九五四年杨与米尔斯的共同研究室所在的布鲁克黑文国家实验室。原来，希帕提娅按照当时的照片重建了外观。开幕不久后，配合二人的走台动作，影像切换为研究所内部。

杨：世界的定义是什么？宇宙诞生之前是什么？

米尔斯：那也可以说是世界吧。至少我找不到不将其称为世界的理由。

杨：几年前，乔治·伽莫夫提出了主张，认为宇宙曾经是个超高温度、超高密度的火球。他将那个宇宙初始的火球命名为 Ylem（质料）。

米尔斯：Ylem，这是亚里士多德用的词吧。

杨：没错，就是万物的原料。前不久，哈罗德·尤里还对封闭在烧瓶里的水、氢气、甲烷和氨气连续通电加热一周，制成了氨基酸。

米尔斯：也就是说，世界诞生自火焰吗？

杨：有可能。

米尔斯：我认识尤里。他发现了氘，因此获得了诺贝尔化学奖。

杨：我们的理论能获得诺贝尔奖吗？

米尔斯：总比记录世界的一切更容易。

杨：你说得没错。

米尔斯：继续计算吧。

第一幕结束，舞台转暗。

开始播放杨-米尔斯理论的方程式的影像和根据理论制作的音乐。

"对不起，幕间的影像还来不及做。"

"应该是我道歉才对。只剩下两个半月，我可能长进不了那么快，虽然台词勉强能背下来了……"

希帕提娅走向他。

"小杨好认真啊。"

"我只是不希望让别人看到蹩脚的东西。"

"因为'剥夺时间无异于剥夺生命的一部分',对不对?不过这也是我导师的话。"

"我对你的导师有很多共鸣啊。"

这种道理是死板的军事理论无法比拟的。

"我有时会去指导小学生演戏,小杨小时候没演过什么戏剧吗?"

"我一直在父亲的星际贸易船上长大,只靠书本学习。船员们对我都很好,但我是船上唯一的孩子,所以从来没演过什么戏剧。"

"我是不是问了不该问的事情?不过听起来很快乐呢。"

"实际也很快乐。听你这么说,莫非现在同盟的小学都有戏剧课?"

"一般学校基本都开设了。这门课程的目的是希望学生在扮演某种角色、与同学合作演出,以及看同学演出的过程中了解自己的社会角色和自己与周围的关系。当然,这是非常古老的教育理论和戏剧理论。"

"换言之,我们其实一直在与周围的人合作演出一些角色?"

"也可以这么说。戏剧化的空间当然是跳脱日常的,但正因为这样,我这个搭档和舞台装置才能进一步辅助小杨的演出。反过来,小杨也在辅助我。所以你放心,表演一定会顺利的。"

也许,杨在贸易船上与父亲及船员度过的生活中,也扮演了各种各样的角色。

"我从未去过其他星球,所以每次听到宇宙的故事,都会特别兴奋。"

"我可能一直都渴望有个朋友,所以现在想想,也许宿舍生活真的很适合我。因为宿舍里总是有人在。"

就算彼此不发生对话,身边也总是存在着目标相同的伙伴。尽管那只是人生中的短短一段时期,但正因为它重要,宿舍制度才会延续到千年之后。哪怕这次不能保住希帕提娅的宿舍。

杨发现,他此时此刻正在扮演希帕提娅的搭档。一个在保留战史研究科运动中败北,自以为已经领悟了一切,总是一副了然模样的士官候补生。这就是他扮演的角色。有了希帕提娅的接纳,他的表演才能勉强成立。可是在这场话剧结束之后,希帕提娅恐怕会大失所望。

"希帕提娅!"

杨正要为自己的所作所为道歉,突然有三个人推开了大厅的门。

"练得怎么样?"

原来是洁西卡带着拉普和亚典波罗来送吃的了。

4 对话与好运

大厅突然热闹起来。

"杨,你穿女装很不错啊。"拉普说。

"一点都不奇怪!"亚典波罗接话道。

杨真不知该如何回应他们。

杰西卡也一直在感慨。

"真的,认识的人见到了恐怕都认不出来。"

"怎么可能。"

杨耸耸肩。

"虽然这个意图被极其自然地接受了也不太好,但你们不需要特意保持警醒。说不定一段时间后想起来,会形成同样的效果呢。"

希帕提娅说完,咬了一口洁西卡带来的甜甜圈。

亚典波罗一边给所有人分发饮料,一边对杨抱怨。

"各位前辈怎么不早点把这么有趣的事情告诉我呢。"

"我也是最近才听说话剧的事情。"拉普说。

"我恐怕要说句不好意思吧。总之,你们来看我,我很高兴。"

拉普是他的挚友,亚典波罗则是异常倾慕他的学弟。

老实说,杨其实在避免让他们卷入这件事。

不过,杨开始改变想法了——希帕提娅拿起了第二个甜甜圈——幕布尚未落下,甚至还未升起。为了这座宿舍,或者说为了她,我还有点时间继续尝试。

"我也许还要请大家也帮点忙呢。"

"可以啊。还要准备传单和门票吧。"

拉普说完,洁西卡也在旁边点点头。

自来熟的亚典波罗很快就跟希帕提娅熟悉起来,热情地向她询问杨-米尔斯理论的悬赏之事。

"不知道奖金给了谁?那只能查了呀。"

面对天真的亚典波罗,杨笑着说:

"是啊,我也得做点事情了。"

"这次能赢吗?"

"我也不知道。但我不想输第二次。"

休息结束后,排练再次开始。来访的三人转移到了台阶观众席。他们成了杨的首批观众。

杨:研究正停滞不前。

米尔斯:研究者自己知道停滞不前,或许有点不可思议啊。

杨:我们搞的不是形而上学。

米尔斯:是的。让我们创造未来的物理学吧。

二人各自在舞台上走动并说出台词。这里是第一幕上半部分的看点。观众席上的三个人虽然给出了热烈的掌声,但希帕提娅还是看出了问题。

"小杨,你太在意观众,只顾得上背台词了。"

"我也知道。"

另外三人在观众席上优哉游哉地挥着手。

"没想到有人在旁边看竟然会这么不一样啊。"

"每个人在观众面前都会变得跟平时不太一样。而且戏剧本来就是为了给别人看。差不多到'生成服装'的部分了。"

"生成？服装？"

"你演下去就知道了。"

  杨：那个方向我也做了一定计算。

  米尔斯：你的论文我都看过了。我希望与你共同研究。

  杨：那真是求之不得啊。

配合杨与希帕提娅的动作，细致的几何花纹逐渐堆积起来。

希帕提娅在半空中写起了算式，同时，她的服装和指尖都散发出了光的粒子。这是 AI 投放在二人身上的影像，以强调动作的效果。杨觉得自己像在发光。

观众席的三个人发出了明显的惊叹。

  米尔斯：你在战争时期学习了物理学？

  杨：那已经是很久以前了。跟你生活的时代并不一样。

  米尔斯：我与你只差五岁。

  杨：那五年足以——不，有道理。只差了短短五年啊。

表演结束后，"生成服装"从杨的连衣裙上消解，融入了空气中。

希帕提娅走了过来，在身后留下一串光的残渣。

"投影 AI 会根据演员的呼吸频率和发汗情况测量其心理状态，并自动生成相应的影像。就像我们与世界的相互作用一样，对不对？"

"的确如此。另外，我的声音好像还重叠了不一样的音效。"

"你发现了呀。其实我添加了一点高音，让你的声音听起来更女性化。我自己的声音则添加了低音。通过光与声的操作，能够有力辅助表演。若能把观众的反应也投放在舞台上，那就真的是场与基本粒子的相互作用，能够形成更一体化的舞台了。"

"我觉得很有意思！"

亚典波罗在观众席上大声说。

但是，杨察觉到希帕提娅的意思，露出了苦笑。

"还是只读取我们自己吧。"

观众对戏剧的反应可谓是比本人思想信条更根源性的私人信息。在卡介伦也要旁观的演出中使用如此不确定的技术，肯定不是明智之举。

"如果观众看了我的生物信息感到不愉快，那就太不好意思了。"

听到不愉快这个字眼，希帕提娅吃吃笑了起来。

"你大可放心。如果小杨慌了手脚，AI 会用速度缓慢的影像和音效制造出你很冷静的效果，届时只会读取你那个瞬间的心理状态，并不会深入揭发你的兴趣爱好。"

"什么，原来暴露不了杨前辈深藏内心的愿望呀。"亚典波罗笑着插嘴道。

杨从来不在意长幼排序，听了他的话只是轻笑一下：

"亚典波罗，我可没有能让你高兴的秘密啊。"

"真的吗？比如你对希帕提娅小姐的想法什么的，也没有吗？"

真是的——杨苦笑了一下。其实最在意希帕提娅的人正是他自己。

但是没等杨开口抱怨，希帕提娅就夸张地大笑起来。

"小杨的表演一看就不像内行，但这点反倒成了你的美丽。真正的问题在于我自己，所以我也要使用生成服装。"

希帕提娅笑着看向杨。

"我可把丑话先说在前头了，生成服装只能辅助演员的表演。所以我们还是得磨炼演技。"

杨：通过对话。

米尔斯：通过对话。

杨：接近真理。

米尔斯：多不可思议。

杨：怎么说？

米尔斯：通过对话能够接近真理这件事。我们只是在对彼此说话而已。

杨：你的话确实有道理。

米尔斯：仿佛世界的法则决定了一个人无法探得真理。

杨：不，等等。也有不少独自创造了伟大业绩的人。

米尔斯：业绩需要传承方能留存。自身与他人，世界需要两个人以上才能成立。

距离正式演出只有不到两个月了。杨（只要不因为参演话剧而被退学）已经确定了能顺利毕业。

"你不觉得这里有点说教的味道吗？我是说整体的感觉。"

"不好说啊。其实我第一次读剧本的时候，有种恍然大悟的感觉。"

今天洁西卡他们没来，只有杨和希帕提娅在露台旁的后台里探讨剧本。他们要让台词更流畅，同时提高台词的密度。

"现在小杨感觉怎么样？"

"我想想……"杨思索片刻，然后说道，"我思考问题基本都按照军事思维。针对这场对话剧也一样。"

"那当然了，因为你毕业后马上就要成为军官了呀。"

希帕提娅的语气中并没有对杨的同情。因为早在二人出生之前，战争已经成为了世界的日常。

杨在成为军官后，早晚会奔赴战场。届时，他们将无法交换"再见"的约定。

"有一种极其古老的军事理论认为，战斗是一种对话。虽然不能否定战斗与对话有着相似之处，但二者存在决定性的不同。"

"目的不同？"

"没错。对话不以一方的胜利为目的。虽然人有时在对话中也会试图胜过对方。"

> 米尔斯：我们的理论是否达到了万物理论？
>
> 杨：万物理论？你是说用话语和算式表达世界的梦想？
>
> 米尔斯：正是如此。
>
> 杨：我们应该分割问题。
>
> 米尔斯：那是笛卡尔的话。
>
> 杨：万物理论真的可能存在吗？我们的理论是否成为了万物理论？

第二幕，两人的关系变得十分亲密。观众被氛围影响，会更加投入戏剧创造的空间。根据希帕提娅的预测，此时两名演员的异性装束带来的异样感应该会接近完全消失。

> 米尔斯：证明它不存在很难。即使它存在也并不奇怪。这就是作为可能性的万物理论。
>
> 杨：我还以为你是个比较悲观的人。
>
> 米尔斯：我还以为你是个比较乐观的人。
>
> 杨：你说我悲观？也许吧。不过我相信，世界上存在着

好运。我们只打算拓宽电磁学，没想到竟到达了万物理论的入口。

米尔斯：发生了谁也料想不到的事情。这正是好运。

杨：至少对我们而言。

米尔斯：对人类而言不是好运吗？

杨：很难说。

米尔斯：莫非你担心它被用于制造武器？

杨：不一定是武器。只不过，我们无法给知识上锁。

米尔斯：真叫人想在论文里添加一段警告，以免未来的孩子们做蠢事了。

杨：但我们无法添加。我们能做的只有繁育后代，教授理论。

"孩子"这个词也许能让观众在此处重新想起杨与希帕提娅的性别互换。或者让他们联想到继承和遗产。什么东西会留下，什么东西应该留下——杨永远都无法得出结论。正如至今仍未有人发现万物理论。

米尔斯：牛顿和麦克斯韦尔的方程式。

杨：爱因斯坦和薛定谔的方程式。

米尔斯：他们的成果都被应用在了脱离其思想和信念的地方。

杨：远远跳脱了思想和信念。

米尔斯：可见，理论只可被发现。

杨：即使加上了我们的名字。

米尔斯：（手中溢出光的粒子）它也不属于我们。

杨：（缓缓移动同样溢出光粒子的手）我们定义的概念。

米尔斯：理论中的种种概念。

杨：即使加上了我们的名字。

米尔斯：它也不属于我们。

"小杨，你的乐感不错呢。这段交互的节奏把握得很好。"

"那真是谢谢了。哪怕是奉承，我也收着吧。"

"不是奉承啦。"希帕提娅顿了顿，然后略显犹豫地说，"今晚一起吃个饭吧，我请客！"

"吃饭我赞成，不过还是平摊吧。"

"不行！我是要给小杨庆祝生日。很快就是你二十岁的生日了，对不对？"

"哦，是有这么回事。不过你也不必专门为我……"

希帕提娅连拉带哄地跟他去了离音乐学校不远的小餐厅。

"这里的消费不贵，你放心。以前一个姨妈带我来过。"

入住学校宿舍的条件之一就是监护人的收入上限。富裕人家的大小姐是申请不到宿舍的。杨自然不可能对她说这些话，但乖乖被请客还是很不好意思。毕竟杨也是几乎身无分文进入了士官学校，他的经济情况也许比希帕提娅还捉襟见肘。

"因为学费课业费全免，还能住在校内，有的人也许很忌讳'宿舍'这个词。"

"那是制度有问题，你不需要在意。"

毕竟学校完全可以免除所有人的学费，在校内修建能容纳所有人的宿舍。当然，在战争时期的自由行星同盟，除了士官学校并不存在那样的学校。

"小杨这么一说，我都要相信了。啊，这里真的没问题。生日快乐！"

"明年就轮到你了呀。到时候你就知道，这种事一点都不快乐。不过有你为我庆祝，我现在感觉好多了。"

希帕提娅很快就点好了两个人的菜。

端上来的饭菜质与量都无可挑剔，虽然杨还是很在意菜金问题，但算是吃了一顿非常满意的饭。

"小杨，你愿意帮我，是因为我跟洁西卡是朋友吗？"

"因为洁西卡支持了我的运动，而她又来找我帮忙了。这自然是原因之一。"

"我猜也是。"

"但也不仅仅因为这个。我还没有变成那种看到即将失去一些东西却不做任何行动、被动接受的人。"

"那小杨最优先保护的是什么？人命吗？"

"当然。"

"你又马上回答了。"

"生命是一种不可思议的、特权性的存在。"

"为什么?"

"因为生命不可造假。我父亲收集的美术品,几乎都是赝品。"

在杨的父亲死于事故、星际贸易船团队解散之后,美术品的真假才被判明。杨本想变卖那些美术品作为船员最后一笔工资,得知这一事实后不仅大为沮丧。尽管如此,船员们还是邀请他一起到新的船上工作。

"所以我很喜欢你写的那句台词。"

"哪句?好害羞啊。"

"不过我相信,世界上存在着好运。"

"哦,我是觉得杨博士应该会说那种话。"

假如那位跟杨同姓的天才物理学家真的这样想——或者说,正因为他们同姓,杨才会感到分外赞同。因为他认为,说出这句话的人在相信好运的同时,也不依赖好运。

　　杨:这个计算看来是对的。

　　米尔斯:验算了好几次都能得出同样的结果。

　　杨:既然是你算的,肯定没有错。

　　米尔斯:我们(顿)是否找到了真理?

　　杨:我认为,它足以称得上真理二字。

能在大厅练习的日子很有限。因为士官学校直到毕业前都安排了满满的课程，他只能趁星期日过来排练。那天的排练比以往任何一次都火热。

二人穿过舞台背景幕布的缝隙，跨过露台跑进了后台。

"这里是幕间。我总算做好了投影，你帮我看看。"

后台放了一台小显示器，似乎是希帕提娅带来的。显示器连接了舞台正上方的三百六十度投影仪内置摄像头，可以获取整个大厅的影像和音响。

今天观众席上只有洁西卡。根据杨-米尔斯理论创作的曲子戛然而止，照明开始不规则地闪烁。洁西卡好奇地四下张望起来。

接着是一阵轰鸣，二人的研究室墙壁出现裂痕。龟裂不断扩散，天花板逐渐垮塌，碎片纷纷落在了观众席上——这一切都是立体影像和音响的效果。

"很不错啊，洁西卡吓了一跳。"

"我也是。他们的研究所遭到破坏，这是史实吗？"

"只有这里是虚构的。我想表达的是时间的经过，同时让观众联想到宿舍被破坏。等到天花板破了个洞，投影出星空时，我们就回到舞台。"

第二幕。满天星辰。

杨年届百岁，米尔斯已是故人。杨戴着黑纱。

杨身上投影着深绿色的光，米尔斯身上投影着深蓝色的光。

生成服装不时散落光粒子。

  米尔斯：人类是否已经能够预测未来？

  杨：永远不可能。你为何问这个？

  米尔斯：我只是觉得，未来太不可期。

  杨：一点没错。没想到你已经死了。

  米尔斯：我死的时候已经七十二岁了，没什么好奇怪的。只是没想到，我们的理论竟能够解释一切基本粒子的相互作用。

  杨：是啊。它已经成了超弦理论和M理论的根基，也许还将成为次世代的数学和物理学基盘。

  米尔斯：我以为我们做的只是有限主题的研究。

  杨：但我们并没有限制理论适用的对象。

然后进入话剧最后一幕。

  此时，杨已经完全成为自己演绎的杨博士。他甚至没有特别意识到自己处在这样的状态。这是排练三个月以来头一次产生的感觉。

  米尔斯：我们的理论是否成了媲美毕达哥拉斯定理的存在？是否成了许多孩子都了解的知识？

  杨：将来也许会的。现在只不过是专攻基本粒子理论的研究生必备的知识。

米尔斯：探明一切的时刻，是否终将到来？

杨：不会。

米尔斯：你又马上回答了。

杨：在探明的瞬间，就会陷入无知。

米尔斯：知识会孕育出谜题。

杨：正如我们的理论所展示的。

米尔斯：通过相互作用。

杨：转换为不同的基本粒子。

米尔斯：即使不明白也没问题。

杨：毫无问题。

舞台转暗。

杨和米尔斯在黑暗中退场。

二人回到后台，查看显示器。

洁西卡正在起立鼓掌。AI按照设定点亮大厅照明，开始播放音乐，继而播放退场通知。

洁西卡模拟当天客人的行动，暂时走出大厅。

二人一言不发地看着那一切。

今天他们发挥了最好的演技。连杨也感到自己似乎抓住了演绎的窍门。

希帕提娅看向他,大声说道:

"小杨,刚才演得太好了!"

"你要是再往上要求,我可能也做不到了。"

他们看了无数次剧本,走了无数次台。可是,刚才他们演绎的东西大大超越了剧本和走台——那是真正的戏剧。杨回味着有生以来头一次的经历,有些不知所措。

此时,屏幕上出现了一个冲进大厅的身影。是亚典波罗。他在向洁西卡询问什么,似乎是问杨的所在。

杨与希帕提娅这时才松懈下来,相视而笑。

他们回到大厅,亚典波罗立刻跑了过来。

"希帕提娅小姐!我找到悬赏奖金的去向了!"

"真的吗?"

杨故作戏谑地说道。

"这固然是你的一大功劳,可是听你的说法,怎么像真的分到了奖金一样?"

"还真的拿到了,而且是全额!"

5　开幕与庆典

正式表演那天,由于台阶座位票在预售阶段就卖空了,他们临时增加了站票。负责会场管理的拉普和洁西卡动作麻利地东奔西跑。

宣传由亚典波罗负责。果然正如希帕提娅一开始的预测那样，曾经是住宿生的知名人士也都齐聚一堂。

"没想到会来这么多人。"

"当代军人必须学会搞宣传活动——这是杨前辈的话。而且宣传策略几乎都是他设计的。"

"原来是小杨啊……"

亚典波罗仔细核查地球时代的电子信息时，发现了一则新闻。克雷数学研究所发起了包含杨-米尔斯理论相关问题在内的七个悬赏问题。该研究所在二十一世纪中叶解散前制作了"全权委任AI"，将其"放生"到了信息网络上。后来，它混入了亚雷·海尼森带走的电子档案中，因此离开了信息控制严格的银河帝国网络，从此存续在自由行星同盟的网络中。

"一千六百年来一直管理着奖金啊。时间终于成了一个闭环。"希帕提娅感慨万千地说。

"AI固然厉害，可发现了它的我不也很厉害吗？"

AI达成目的后，留下今后会继续讲述研究所的历史这一信息，就此离开了。

身穿连衣裙、已经做好万全准备的杨对亚典波罗笑了笑。

"我们都懂。今天来的观众，有一大半是你的功劳。"

"没错，真的谢谢你！"

"能听见希帕提娅小姐这句话，我就心满意足了。"

亚典波罗如实告诉AI，自己并没有凭实力解开悬赏问题。但如今已无法查出究竟是谁第一个解开了问题，于是AI判定，把奖金授予第一个申请人亚典波罗。

AI为了尽量使奖金保持价值，在不同时代不断摸索最合适的资金运作模式。于是在亚典波罗与AI相遇的第二天，他的个人账户上多出了五百七十一第纳尔。

"据说这笔奖金在几十年前一度涨到了八亿第纳尔。但凡能赶上那个时代……"

自由行星同盟军上将的年收入约为十五万第纳尔。音乐学校宿舍的住宿费为四十五第纳尔。五百七十一第纳尔只够制作演出海报一百张和传单一千份，然后就一分不剩了。

亚典波罗将这件事总结成文，投给了海尼森的电子报。文章在全行星范围内得到阅读，且因为末尾提到了奖金的用途，音乐学校宿舍的话剧计划转眼之间广为人知。音乐学校接到大量咨询，继而通知他们停止活动（杨已经预料到这点），不过他们早已请拉普和洁西卡联系了相关人士，才得以保证今天的演出正常进行。

拉普和杰西卡走进了后台。

"卡介伦先生来了，好像还有几个理事会成员。"

"直播观众也已经超过了一千人。希帕提娅，杨，加油啊。"

这时，希帕提娅大声说：

"谢谢你们！这些话过后再说！"

就这样，后台只剩下了杨和希帕提娅两个人。

正如平时的排练。

"刚才这么大声说话，真对不起。我是想切换气氛。这样是不是很奇怪啊？"

"我和拉普，还有洁西卡，都喜欢这样的你。尤其是那个亚典波罗。我真不相信你没有人望。"

"谢谢你。好了，我们最后再排练一次吧。"

二人相对而立。

希帕提娅郑重地开了口。

  米尔斯：你好，杨博士。

  杨：你好，米尔斯博士。

  米尔斯：久仰久仰。

  杨：彼此彼此。

这便是最初的场景。

  米尔斯：能与著名的杨博士同在一个研究室，实在是光荣。

  杨：我早已听闻你是一位优秀的人才。

  米尔斯：请问你目前在研究什么？

  杨：电磁学的扩展。

米尔斯：太棒了。那是个基础性的研究，涉及世界的本质。

杨：如果你感兴趣，我可以说说。

开演的铃声响起，舞台影像开始流动。

"能行吗？"

"当然。"

米尔斯：不过，那真的可行吗？这里还存在着千年来未曾有人解决的问题。

杨：也许很快就能解决。

米尔斯：何以见得？

杨：尽管速度很慢，但我确实感觉到了进展。

米尔斯：既然你这么说，那一定是了。

杨：这多亏了你。理论完成之时，它一定会被命名为杨-米尔斯理论。

虽然出了一些小错误，但第一幕算是顺利结束了。杨和希帕提娅回到后台。

他们默默地喝干了事先准备好的水。

"小杨表现得很好，再接再厉。"

"啊？哦，谢谢你。"

杨只是含糊地应了一声，擦了把汗，套上了黑纱。

"好了，最后三十分钟。小杨，走吧。"

  米尔斯：探明一切的时刻，是否终将到来？

  杨：不会。

  米尔斯：你又马上回答了。

  杨：在探明的瞬间，就会陷入无知。

  米尔斯：知识会孕育出谜题。

  杨：正如我们的理论所展示的。

  米尔斯：通过相互作用。

  杨：转换为不同的基本粒子。

  米尔斯：即使不明白也没问题。

  杨：毫无问题。

根据杨-米尔斯理论创作的乐曲经过最高潮，舞台转暗，准备落幕。

照明完全转暗的前一刻，杨/杨突然开了口。

  杨：尽管如此。

那是他的即兴演出。他并非有意为之，只是在那一刻感到了瞬间的必然性，自然而然地开了口。

AI 陷入无从判定的状态，舞台音乐和影像戛然而止。

希帕提娅控制着自己的困惑，发出反问。

　　米尔斯：尽管如此？

　　杨：能与你对话，是我的幸事。

希帕提娅点点头，接过了杨的话。

　　米尔斯：这份快乐将永远留存。

　　杨：谢谢你。

希帕提娅·米尔斯／米尔斯眼中泛起了泪光。可是，她极力控制自己，不让眼泪流下来。直到最后一刻，她都要坚持演绎。

　　米尔斯：彼此彼此。

二人陷入沉默，AI 判定落幕。

这次，舞台完全转暗了。

杨与希帕提娅在黑暗中穿过背景幕布，退出舞台。

他们走到露台上。音乐完全停止，大厅照明重新亮起。

观众席爆发出震耳欲聋的掌声,将露台彻底卷入声浪之中。

后来,杨说起这件事时,都说那虽然称不上掌声雷动,但也算是热烈鼓掌。再后来,亚典波罗在著作中提及了这场话剧,以及昔日对希帕提娅的淡淡思恋。

希帕提娅看准时机,在掌声中返回舞台,准备谢幕。杨紧随其后,二人对观众深深鞠躬。

掌声骤然增大,二人直起身,再次鞠躬后,退出了露台。

杨走进后台的瞬间,希帕提娅就扑过来抱住了他。

"结束了!结束了!"

连素来冷静的杨也难以抑制兴奋,抱紧了希帕提娅。

二人注视着彼此——掌声仍未停止。

"真是的!明明还差一点了!没办法,小杨,我们走吧。"

"去哪儿?"

"再谢一次幕!"

希帕提娅拉着杨的手,跑出了后台。

士官学校毕业典礼当天无风无云,是个发射火箭的完美天气。首都海尼森市长再一次发表了祝贺士官候补生完成学业的讲话。

毕业生及其家属合计千余人,全都列席在铺着草坪的校园里。当中自然没有杨的家人。但是现在,杨虽然对军队还抱有复杂的感情,但他惊讶地发现,自己竟把同期的学友都当成了家人。

仪式顺利结束，杨正跟拉普闲聊，身穿礼服军装的卡介伦走了过来。他身上的装束与杨等人一样，都是同盟军的第一正装。

二人向他敬礼。

卡介伦快速回礼。

"我得亲眼看着问题儿童走出这所学校。"

"卡介伦先生肯定在背后帮了不少忙。谢谢你。"

"我什么都没做，麻烦事全都推给席特列校长和爱德华兹事务长了。"

"过后我会写信答谢两位长官。毕竟在战史研究科那件事上，我们也受了不少照应。"

拉普郑重其事地弯腰行礼，杨也严肃地点了点头。

卡介伦睨了他们一眼。

"得了吧，学校正忙着迎接下一批小屁孩儿呢。五年后十年后，能听到你们出人头地的消息，那就足够了。"

杨与拉普一齐敬礼，卡介伦笑了笑，短促地回礼，然后离开了。

等在不远处的亚典波罗走上来说道：

"杨前辈，拉普前辈，我们已经准备好毕业派对了，地方在黑猫亭。"

"亚典波罗，真是太感谢你了。"

杨用力握住了惹人喜爱的学弟的手。几年后，二人将成为同

277

一舰队的上司与下属，共同与银河帝国作战。

话剧公演后，时隔多年重返宿舍的前住宿生听希帕提娅介绍了现状，集体向音乐学校提交了意见书。音乐学校理事会据此敲定了对宿舍进行部分修缮，今后将长期使用的方针。另外，理事会还开设了与学生沟通的联络会，并定下宇宙历八〇〇年建设新校园的蓝图。最终决策恰好在昨天通过。

"如果那份蓝图里也加入了宿舍就好了。不过十三年后的事情，谁也想象不到啊。"

"十三年后就三十三岁了，我可不愿意想象。"

"到时候我也要三十岁了。杨前辈，二十岁的谜团尚未解开，还是先别去想三十岁的问题了。"

"这话说得不赖。"

二十岁的谜团。

杨在小小的贸易船和不算宽广的士官学校度过了人生前二十年的大部分时间。甚至，自己将来要面对的世界，几乎都是战场。可是宇宙应该比那更宽广，会发生战争之外的事情。

"军装，真不适合你。"

希帕提娅不知何时走过来，对他说话了。她脸上的笑容就像生成服装，不时滑落寂寥的粒子。

"小杨的二十岁是出任军官的年龄呢。我……"

"那时不是说了嘛，我因为你得到了救赎——你来了啊。"

"洁西卡邀请我来的。"

希帕提娅美丽的红发留长了一些。今天她似乎为配合典礼，穿了一身优美的连衣裙。话剧终究是结束了。

杨发现洁西卡站在不远处，显然在观察他和希帕提娅。

他暗道无奈，还是转向了希帕提娅。

希帕提娅向他伸出了手。

杨轻轻握住她的手。希帕提娅的手娇小而温暖——他现在即将远离这样的温暖，走向冰冷的宇宙。

"对了，你还没告诉我请我演戏的另一个理由呢。"

"你还记得？"

"刚想起来的。"

"其实我一直喜欢小杨，很想跟你一起演戏。恭喜你毕业了。"

说完，希帕提娅缓缓松开了手。

"谢谢。"

杨尽量表现得大方自然，正如刚开始排练那段时间。

"应该是我说谢谢。这场胜利比我想象的更大。"

"胜利吗？也对啊。"

因为那场话剧，宿舍应该能存续十年。今后的事，谁也无法保证。可能会重建，可能会修缮，可能会废除——尽管如此，这次也称得上胜利。毕竟永远存续不过是种奢望。

二人在典礼结束的喧嚣中，回忆起了令人怀念的排练日子。至少对杨来说，今后不可能再有那样的体验了。

"小杨,你开心吗?"

"嗯,真的很开心。能认识你真是太好了。你明年就毕业了吧?我就先祝贺你了……保重。"

杨再次对希帕提娅露出微笑,然后走向士官学校的大门。一旦踏出那扇门,他就名副其实地从士官候补生变为士官了。

成了军人,连休假都不能自由把握。他完全无法保证一定能出席希帕提娅的毕业典礼。当然,这里是自由行星同盟,他总归拥有随时退役的自由。

不——杨转念想道。银河帝国的军队也有那种自由。反倒是同盟规定士官必须完成最低限度的从军年限,否则就要全额退还学费,这点比帝国军更不自由。

"杨威利!"

希帕提娅的声音划过海尼森的天空。

杨回过头。

她仿佛站在舞台之上,全身散发着与众不同的气场。

"这次,你要保护世界!"

杨挠着头,敷衍道:

"尽我所能吧。"

杨毕业后,以少尉身份加入了统合作战本部记录统计室。

从那天起,二人就没再见面。

第二年,希帕提娅从音乐学校毕业,成为小学音乐老师,在众多行星留下了脚印，十五年后才回到海尼森。

杨毕业十三年后，凭借其号称魔术师的军事才能飞速晋升，一举打破了同盟对帝国的劣势，成功引出了新银河帝国皇帝莱因哈特·冯·罗严克拉姆与之对话。但是，在他前往会谈场所的途中，遭到意图使同盟与帝国同归于尽的地球教徒的袭击而殒命，享年三十三岁。这件事发生在莱因哈特制定的新帝国历二年——宇宙历八〇〇年。若那场对话得以实现，二人将会作何交谈？此时已成为历史，谁也无法想象。

希帕提娅一直从事音乐教师事业直到退休。据说，她时常对孩子们提起那场自己与朋友合作演出的话剧。

朗朗银河

藤井太洋

藤井太洋（Fujii Taiyou）

一九七一年出生于日本鹿儿岛县。国际基督教大学肄业。二〇一二年自费发行电子书籍《Gene Mapper -core-》①，引起关注。二〇一三年，著作改名为《Gene Mapper -full blind-》②正式出版，同时出道成为作家。二〇一五年凭借《轨道之云》获得第35届日本SF大奖及第46届星云奖，二〇一九年凭借《Hello World》③获得第40届吉川英治文学新人奖。其他著作有《大数据连接》《东京之子》《One More Nuke》④等。

---

①② 参考译名：《基因设计师》
③ 参考译名：《你好，世界》
④ 参考译名：《再一颗核弹》

帝国航路局的斯蒂芬·阿特伍德少尉在没有接通电源的显示器前检查了仪容。

他天生带有源自地球大陆血统的褐色皮肤，五官宽阔，还有一头又蓬又圆的金色鬈发，配上碧蓝的眸子，人种特征可谓混杂。再配上今早送到更衣柜中的嵌金丝绒士官制服，实在是有些别扭。解开立领搭扣，卷起袖口会不会好一点？他正盘算着，突然有人敲响了敞开的门。

"请进。"

他答应一声，转身面对入口。是今年入秋后常在中央厅舍出没的送信少年。他肌肤雪白、金发碧眼，穿着短裤的双腿笔直并拢，向自己敬了一个无可挑剔的军礼。

"请问航路情报管理分队长斯蒂芬·阿特伍德少尉在这里吗？"

"我就是阿特伍德——"

阿特伍德说到一半，发现少年还保持着敬礼的动作，慌忙向他答礼，然后继续道：

"但是你弄错部门名称了。这里是航路情报管理室。"

是托他送信的人弄错了吗？要称这里为分队，至少得给他七个人员。

他脸上似乎流露出了不满，因为少年的表情突然僵住了。阿特伍德暗道：糟糕。就在那时，少年背后出现了一个高大的身影。

"哇，课长，日耳曼制服好不适合你啊。"

"课长？"送信少年瞪大了眼睛。

出现在少年背后的人名叫卡梅利亚·兰卡夫，官阶为军曹。

她身高一百九十厘米，体重没有问过，但恐怕超过了一百公斤。此时，她抬起圆润的手指，指着少年手上的皮革文件夹说：

"这是给课长的？"

呆滞的少年看见那肤色比阿特伍德还要深上几分的巧克力色手指，忍不住往后缩了缩，用几乎听不见的声音回答道：

"这是给阿特伍德少尉的命令书。"

"是吗？果然是给课长的。那我收下吧。"

卡梅利亚拿起文件夹，对少年挥挥手走进房间，用手上的文件夹指着走廊说：

"课长，你看见大厅里放的鲁道夫雕像了吗？"

阿特伍德点点头，指了指办公室天花板的摄像头。卡梅利亚哈哈笑了。

"鲁道夫是鲁道夫，课长是课长。除了制服，这间办公室没有任何改变。这儿可不是帝国军的航路情报管理室。"

看着卡梅利亚不服气的表情，阿特伍德不由得苦笑起来。自从宇宙历止于三一〇年，到现在还不过两年时间。就算联邦的文官组织变成了帝国军，制服也不会变得更合适。当然，下辖者的精神也一样。

不过，还是提醒一句吧。阿特伍德指着改头换面的大门说：

"你说得没错。这间办公室不是帝国军的航路情报管理室。"

"没啦？那太好了。这下好申请失业保险了。"

"哪有那种好事，只是组织变更而已。根据刚才那位信差的话，这里的新名称是航路情报管理分队。"

"好威风的名字啊。那课长不就变成队长啦？"

"貌似如此。我猜，你手上的文件夹里装着任命书。里面应该写着，现在特任命你为少尉，给我加把劲，好好工作。"

阿特伍德隔着桌子伸出手，卡梅利亚将文件夹递了过去。

"谢谢——""等等……"

阿特伍德闭上了嘴，卡梅利亚的动作也僵住了。二人的目光聚焦在皮革封面镶嵌的双头鹰纹章上。

这个纹章远比普通的信笺抬头和办公室名称前的旗帜上的更精美，鹰眼处甚至镶嵌着绿色宝石。最重要的是，纹章下方竟没有注明组织名称。他们都没见过这样的文件夹。

阿特伍德接过文件夹放在桌上，小心翼翼地打开，又合上了。接着，他闭起眼睛，使劲挠了挠金色的鬈发。卡梅利亚用几乎听不见的声音问道：

"皇帝亲笔——?"

阿特伍德点点头,翻开文件夹,转向卡梅利亚的方向。

不过上面只有一行字,就算上下颠倒也能分辨。

朕命令你部制作正统银河航路图。

"早上好。嗯?"

斯蒂芬·阿特伍德少尉与卡梅利亚·兰卡夫军曹正呆立在展开命令书的办公桌两头,第三位同事——本田·斯迈利军曹走了进来。

斯迈利使用了姓氏在前的E式姓名,但他皮肤白皙得能透出静脉,金发碧眼,留着短发,恰恰符合新帝国最青睐的"日耳曼风格"。他的体型也堪称理想。一米八八的身高,加上经常从事改为帝国历后开始在德奥里亚流行的赛艇运动,他全身都有着厚重结实的肌肉。

斯迈利走进敞开的办公室门时,似乎注意到了门牌的变更,走到阿特伍德的桌前说道:

"组织变更了?"

阿特伍德愣愣地回答:

"好像是的。"

斯迈利困惑地看了他一眼,又看了看门牌,然后说:

"航路情报管理分队。那么,少尉终于成为队长了吗?组编部队时请务必将人事数据整理……"

"好像是的。"

"少尉？"

斯迈利终于发现二人心不在焉，于是目光落在了办公桌上。他发现摊开的命令书后，顿时站直了身子。

"这不是陛下的钦命嘛。"

"你见到过？"

"不，我也是第一次见到，但此前早有耳闻。据说尾部拉长的'R'是亲笔的特征。"

"是吗……"

阿特伍德重新看想文件夹里的纸张。

在普通命令书的标题处是一行标准手写体文字，内容为"银河帝国帝国军　宇宙军统辖师团　航路局　航路情报管理分队长　斯蒂芬·阿特伍德少尉"。其下是只有一行的命令文，在笔法秀丽的帝国历二年八月十六日落款下方，签上了"R"字特征明显的署名。

全文仅此而已。这份文件的全部信息就是那短短一行的命令，并未写明期限、方法、预算及合作部门。

　　　　朕命令你部制作正统银河航路图。

"这就是皇帝的命令吗？"

他叹息着说出这句话,内心暗道难办。就在这时,斯迈利开口了:

"看来是的。"

"怎么了?"

"这是陛下亲自下达的命令,署名也是亲签,连文件夹的皮面都使用了奥丁直辖区出产的小牛背皮。"

斯迈利拿起文件夹,仔细打量封面。

"双头鹰的眼睛是镶嵌的绿宝石。如果通过电子显微镜观察,应该还能看见结晶中刻有同样的纹章。这是真品。无论拿到哪里,都相当于皇帝陛下的钦命。"

阿特伍德张大嘴,盯着斯迈利看了好一会儿。另一头的卡梅利亚也同样惊讶地注视着他。

斯迈利看了看他们,然后说:

"所以这就对了。只要拿着命令书,声称这是皇帝敕命,基本上到哪儿都畅通无阻。就算是民间企业也会服从。"

"原来是这样用的吗?"

"不然还能怎么用?"

换言之,就是在制作航路图期间,阿特伍德能够使用鲁道夫的权威。可一旦任务失败,或让皇帝觉得"太慢",他必然会被流放到一辈子都见不到阳光的边境之地。甚至,可能有更悲惨的未来等待着他。就算他借助皇帝的权威,想尽办法做成了航路图,若皇帝本人不满意,结果还是一样。

早知如此，在接到非正式任命时，他就应该辞去少尉的军职。更何况，若他早知道航路局会变成军队部门，根本不会给鲁道夫投票。

他又叹了口气，却见斯迈利疑惑地说：

"可是，那里不就有航路图吗？"

保养到了指尖的白皙手指，对准了占据一整面墙的大屏幕上的航路图。

这是耗时三个世纪、以银河联邦的行政中心——德奥里亚所属的毕宿五星系为中心描绘的航路图。其上部是历史悠久的天狼星、织女星、比邻星及人类发祥地的太阳系，右侧是帝国定都的瓦尔哈拉星系，下方是新近开拓的奇霍伊萨、亚尔提那等星域。

连接各个星系的航路如网眼般交错，越偏向左侧就越稀疏。因为那里遍布着变星、巨星、星际物质，大部分领域无法开辟航路。只有几年前好不容易才探索到可靠航路的亚姆立札被描绘在上面。

"只要把它提交上去就行了吧。当然要去掉银河联邦的配色。"

听到那句话，卡梅利亚夸张地叹了口气。

"本田先生，你到这儿来多久了？"

"三个月了。啊，我也是军曹。"

那又如何——卡梅利亚一脸不屑的表情，在控制台上调出了一册书籍。

"我给你的航宇概论，你看过了？"

"啊，呃……还没有。"

卡梅利亚操作控制台，放大了航路中心的毕宿五星系。斯迈利一脸困惑，阿特伍德提醒他注意看画面。

从这里能够看出航路的本质，明白航路是什么，并由此理解为何提交航路图会令他如此烦恼。

卡梅利亚先用手掌大幅度放大航路图，继而用指尖微调画面，显示出毕宿五星系的特写。从全图看，星系上下左右分出了四条宽阔的航路，但是放大到这个级别，就会发现每条航路其实由成百上千条线组成。那些线条的起点并不统一，而是分散在整个星系，就像往波浪形的面具上喷洒了颜料。

"原来航路是由无数条线组成的啊。"

阿特伍德指着画面回答道：

"没错。比如连接德奥里亚和奥丁的航路，从这个倍率看，就有两千四百条单位航路。每条线都与亚空间跃迁的坐标相对应。简单来说，那就是跃迁的入口和出口。连接两者的线，就叫航路。为了方便查看，航路基本以直线显示，但由于会经过亚空间，舰艇实际并非按照线路移动。你明白了吗？"

"嗯……大概明白了。"

"卡梅利亚小姐，请放大其中一条航路。啊，这样就可以了。显示一下规格吧。"

航路起点延伸出一条线，上面标明了识别符号和好几种坐标，以及进入矢量、亚空间长，还有最重要的使用记录。人、物资，或是用武器运送死亡的船员们，基本都会参照这个等级的航路图。他们会根据船的性能选择航路，按照规定的角度进入指定的坐标，然后进行亚空间跳跃，也就是跃迁。

单位航路每次只能由一艘舰船使用。

涉及数量庞大的舰艇同时进军的航宇计划，需要用到强大的能力去平衡移动舰艇数和坐标数量。哪怕是仅需几秒钟就能穿过亚空间的军用亚光速航行，要让数万单位的舰艇通过顶多只有数十条的单位航路，就需要极为精密的舰队行动。若忽视了这个顺序，只挑距离最近的坐标，或使用精确度不足的计算进入航路，就会被亚空间吞噬。

当然，宇宙空间已经一百多年未发生过大规模的舰队战了。

斯迈利边听边点头，然后眨了眨眼睛。

"我刚才就发现了，放大或缩小航路图时，星系的位置关系好像会发生扭曲。这是我的错觉吗？"

"不，这正是问题所在。卡梅利亚小姐，请你再次调出整体图。"

阿特伍德走向屏幕，指出航路图靠右部分的瓦尔哈拉星系第三行星奥丁。

"这次制作的航路图，必须以瓦尔哈拉星系为中心。根据命令的性质，这一点是绝对的。"

卡梅利亚不情愿地点了点头，斯迈利则卖力地点了点头，然

293

后说道：

"当然必须这样。"

"然而事情并没有那么简单。航路本来只有可跃迁的成对坐标。航路图不过是将其二维化，配合空间布局显示出来而已。卡梅利亚小姐，请你试着将奥丁设为中心。"

航路图发生移动，星系的布局随之改变。鲁道夫镇压海盗一举成名的参宿四从画面下方移动到右侧，太阳系、织女星等旧领域膨胀起来，被称为边境的卡斯特罗普被折叠到了内侧。

关键的问题在于，银河联邦的行政中心毕宿五星系与瓦尔哈拉星系重叠在了一起。卡梅利亚微调了航路图内容，毕宿五星系立即在瓦尔哈拉星系的左右两侧闪动起来。

"哎呀呀，"斯迈利摸着下巴说，"这可交不上去呢。"

卡梅利亚哼了一声。

"描绘航路的程序会尽量保持空间坐标和航路不发生太大矛盾，但是航路都集中在德奥里亚周边，一旦切换中心，就会非常麻烦。当然，在此之前都没有产生过问题。"

"怎么才能解决这个问题？"

阿特伍德道出了接到命令后一直在酝酿的想法。

"大致有三种方法。"

卡梅利亚点点头，抬手指道：

"第一，改写航路图程序；第二，全部重新手绘；第三，将导致重心失衡的航路疏散，重新设置瓦尔哈拉为宇宙中心。"

"第一个方法应该最简单。"

"不说是否简单，它其实是最本质的解决办法。只不过，使用这种方法，所有宇航舰上的程序都要重写。"

"那没戏了。第二种——太费时费力啊。"

"如果只需重绘大的航路，很快就能完成。但是要把十五万颗宜居星球全部网罗在内就很困难。更何况我们人手不足，光是制作工作指南就——"

直呼皇帝可能有失礼数。他脑中闪过这个想法，刚停下话语，就被斯迈利用正确的称呼接上了。

"让陛下久等也不好啊。那第三种方法呢？"

阿特伍德与卡梅利亚点点头。

"只不过，若单纯删去重叠的航路，必然影响到目前可视的航路，所以需要购买一些新的航路数据。以出入奥丁的组织为中心。"

"这个有卖的吗？"

阿特伍德示意卡梅利亚回答。他不希望位于房间中央的摄像头收音装置收录到那个单词。而卡梅利亚现在是背对摄像头的。

卡梅利亚褐色的双手撑在桌上，探出身子对斯迈利耳语道：

"海盗的跃迁记录。"

"有门路吗？"

卡梅利亚·兰卡夫军曹操作控制台，调出了企业名册。幕墙上显示出一整页的公司名称、联系方式和注册编号，列表下方闪烁的箭头标明了还有未显示内容。

"要不还是算了吧,别跟海盗做交易。"

本田·斯迈利军曹显然有点害怕,在大屏幕前来回踱步。

"你瞎想什么呢!我们只是买海盗收集的数据,不是直接跟海盗做交易。"

斯蒂芬·阿特伍德少尉转向卡梅利亚。

"卡梅利亚小姐,这里到底有多少公司?"

阿特伍德话音刚落,卡梅利亚就高亮了屏幕上的八位页数回答道:

"大约有十五亿吧。"

"亿……"

阿特伍德无奈地仰头,卡梅利亚笑了。

"这只是总数,包含了联邦三百年间完成过至少一次公共事业委托的企业。最盛时期的联邦总人口超过了三千亿,这个数字应该算少的了。"

"原来如此。可你为何要全部调出来呢,只要能买到航路数据不就好了。"

"由于部门调整毫无计划,现在宇航省已经被撤销了。我只能根据航路相关的关键字调出注册编号。"

卡梅利亚后退一步,重新整理了列表。

"现存的企业与组织中,曾经与联邦合作过航路相关业务的只有十二家。"

阿特伍德发现列表中还有几个经常出现在八卦报刊上的组织。

"天狼星合作社好像是海盗的外围组织吧？"

"我们不能要求太多。若是伍德提督时期倒还另说，现在还在未开发的宇宙领域进行跃迁，不断拓张航路的组织恐怕只剩下海盗了。更何况，出售坐标和航路数据本来就是他们的一项主要生意。别看这样，我已经把传闻有海盗行径的法人排除在了列表之外。"

"那是必须的。"

斯迈利表情僵硬地说。

"你们不是不知道陛下有多么憎恨海盗。要是让他知道我们借用海盗的力量制作航路图，运气好就是贬职，运气不好——"

斯迈利看了一眼走廊上的鲁道夫雕像，在视线死角做了个抹脖子的动作。鲁道夫本人是否真的憎恨海盗，谁也无从知晓。阿特伍德甚至想，他搞不好很感谢海盗提高了他的支持率。然而，内务省那帮玩间谍游戏的人正在想尽办法植入民众脑中的鲁道夫形象，却是歼灭了海盗的伟大银河帝国皇帝。

"有海盗传闻的企业和组织全都排除吧。"

阿特伍德一声令下，卡梅利亚不屑地哼了一声，斯迈利则露骨地长出了一口气。

"你们可别误会了。我知道海盗手里掌握着大量未开拓领域的航路数据，可他们的地盘实在太小了。我们要制作的可是整个联邦——不，整个帝国的航路图。跟那些只在局部星域来往的海盗合作，效率肯定很差。这种事还是交给企业来做吧。"

"您说得没错。那顺便排除掉每个星系的当地企业吧。剩下三家企业，我把详细资料都调出来。"

阿特伍德朝屏幕走近一步。

"天狼星系的 GTT 银河通商通信社，织女星系的阿斯坦丁旅行社，还有比邻星的拉普商会吗？"

天狼星系、织女星系和比邻星系的名称，连学生都耳熟能详，但那是因为他们学习了人类飞出地球和太阳系的历史。若非与航路相关的特殊案例，这些旧领域的星系几乎不会出现在商业范畴中。

"都好远啊。"

斯迈利道出了自己的第一印象，卡梅利亚笑着回答道：

"航路说白了就是跃迁的历史。旧领域的企业持有大量数据，这一点也不奇怪。"

"哪家企业在德奥里亚有分公司？"

卡梅利亚指着列表最下方说：

"拉普商会有。要叫过来吗？"

阿特伍德正要点头，慌忙改成了摇头。

"还是我们过去吧。"

他瞥了一眼傲居大厅中央的大帝雕像。若要按照他的命令制作帝国全图，就得用到海盗积攒下来的航宇数据。商谈过程中难免会出现对其不敬的言辞,他不想在雕像矗立的地方谈论这些。

"斯迈利,你安排一下。"

*

拉普商会的分公司坐落在俯瞰德奥里亚行政中心的山岳地带。从地图上看不出来,不过驾驶地上车离开中央厅舍,两个小时后见到的一幢别墅,便是分公司的办公地点。

地上车驶入大门后,绕过转盘停到了别墅玄关的大屋檐下。一名自称劳伦斯·拉普三世的熟年男性动作麻利地邀请身着军装的三人进入了别墅。

"斯蒂芬·阿特伍德少尉、卡梅利亚·兰卡夫军曹、本田·斯迈利军曹,对吧。诸位其实不必专程前来,叫我过去就是了。"

他们被领到了一间与别墅复古外观截然相反的现代化办公室。三人坐在白色为基调的沙发上,看见正面墙壁悬挂的金属航路图,全都瞪大了眼睛。

"果然各位注意到了吗?"

拉普略显羞涩,却又骄傲地说。

"是啊,太壮观了。"

航路图中央是银河联邦行政中心——毕宿五星系的德奥里

亚，这点与阿特伍德他们的航路图一样。只不过，位于德奥里亚不远处的奥丁，却汇集了他们办公室没有的密密麻麻的航路。

"这张航路图一直在更新吗？"

"是的。这就是拉普家主理人为数不多的工作之一。每次有新的航路确定下来，我就会用专门的小型炉融化锌块，用碳棒蘸着画在墙上。"

"这可是不容出错的工作啊。"

"倒也不会。"

拉普摇了摇头。

"听说第一代家主制作这张图时，是以各位口中的旧领域，也就是太阳系、天狼星系和织女星系为中心的。"

"以旧领域为中心，那么应该是大约三百年前了。"

"那是还在使用公元纪年的时代。只不过称之为创业可能有点……因为本来是宇宙省航路局航行安全部的航路调整课。"

已经熟悉了联邦政府组织的斯迈利疑惑地歪着头。

"有那样的部门吗？"

"哎，您果然不知道吗？"

拉普朝着墙上的航路图努了努嘴，示意他们看向毕宿五星系的上方。只见密布着细小航路的星域中，赫然存在着现在几乎无人提及但所有人都熟知的星系——人类诞生的地球所属的太阳系。

"那是地球统一政府下辖的部门。我们的航路数据最早可以追溯到公元二三六〇年木卫一与谷神星之间的跃迁坐标。

"你说的是第一次超光速航行吗？"卡梅利亚插嘴道。

"没错，正是安特涅尔·亚诺修博士的实验。不过航路记录的是回程坐标。去程使用的目的地木卫一星域的坐标过于笼统，因此被设定回程的研究团队改写了。单看坐标的直接数据，你们肯定会被其笼统程度吓一跳。跟现在的相比足足差了七个量级呢。按照那样的精确度，哪怕跃迁亿光年，也要被亚空间吞噬。"

"换言之，贵公司的航路完全体现了跃迁的历史，没错吧。对于古老航路信息的充实程度，我们已经十分了解了。那么请问，新的航路如何呢？"

拉普在散射着微光的航路图中指出了最亮的奥丁。

"正如各位所见，我们收集到了一定数量的航路信息。如有需要，本公司为奥丁运送物资的货船任凭差遣。今天傍晚就可以一试。"

"那太好了。"

"您是等航路测试结果出来了再正式发出订单？"

"是的。我们将根据结果决定是否与贵公司合作。"

"非常感谢。"

拉普点点头，房间里顿时充满了咖啡与香料茶的气味。刚才来问过饮品选择的职员用银托盘端来了四个茶杯。

"少尉做决定太快了，连水都没赶上喝呢。各位难得来一趟，还是品尝一下吧。这都是我故乡的产物。"

阿特伍德看着茶杯被无声地放下，问了一个问题。

"请问你来自哪里？"

拉普端起了自己面前的深绿色茶水。

"来自地球。"

*

劳伦斯·拉普三世提议的新航路测试在三人访问分公司的当天傍晚顺利完成。从奥丁附近星域跃迁过来的货船队按照计划出现在了毕宿五第一行星轨道上。

斯蒂芬·阿特伍德少尉拿到航路数据后，利用皇帝的命令书委托帝国军进行双方向的跃迁测试，也得到了同样的结果。

接下来那个星期，阿特伍德使用拉普商会提供的主要星系航路、旧领域航路、边境航路和探索阶段的样本不断展开跃迁测试，确认了该公司的航路数据品质极高的事实。与此同时，一直在尝试航路图建模的卡梅利亚·兰卡夫军曹也得出结论：拉普商会的数据库可以设计以奥丁为中心的航路。

不会处理航路数据的本田·斯迈利军曹一直在调查拉普商会的经营情况和资金来源，但始终没有进展。该公司目前的经营情况不算好也不算差，只是他完全无法验证地球统一政府时代的企业历史。话虽如此，现有的资料中也并没有漏洞。

阿特伍德听了斯迈利阐述的调查印象，与拉普商会缔结了协议。

航路制作由拉普商会的分公司承接。

这个航宇计划涉及直径一万光年的帝国版图上的航路调整，必须用到拉普商会持有的超光速通信网络。因为德奥里亚中央厅舍的军政色彩日益浓厚，使用超光速通信必须填写申请书。虽然拿出皇帝的命令书，要使用通信也不是不行，但没有必要刻意招来别人的反感。

能够穿着便服工作，对阿特伍德来说也正合心意。斯迈利依旧穿着上头配发的制服，但是卡梅利亚和阿特伍德都选择了休闲正装。

之所以选择在拉普商会开展工作，也因为中央厅舍到处都放置了鲁道夫像。拉普告诉他们，雕像的双眼暗藏了摄像头。

"据说是要记录下臣民瞻仰神圣不可侵犯的银河帝国皇帝的身影。"

听到那辛辣而大不敬的话语，阿特伍德忍不住笑了出来。他意识到，若不是在这种能够自由欢笑的地方，他完全无法跟拉普合作。

拉普商会的工作主要分为两项。

一是航路的修改，二是积累航宇实绩。

前者由卡梅利亚负责。他们要将连接前银河联邦中心地区毕宿五星系的航路削减掉三分之一，再从拉普商会的数据库抽取奥丁附近的航路添加上去。在拉普借调给他们的员工发现了一个世纪前连接瓦尔哈拉星系与织女星系的跃迁记录时，这项只能一步一个脚印的工作得到了极大进展。

卡梅利亚决定废除毕宿五星系与旧领域中心织女星系连接的航路，将其置换成新发现的瓦尔哈拉星系与织女星系之间的航路。

航路——跃迁的实绩只要存在一次，就能强化它涉及的部分。

阿特伍德借用帝国军的舰艇和拉普商会的货船，在瓦尔哈拉星系与织女星系之间做了几次往返。每次跃迁出现的微小误差，都要登记为新航路。斯迈利为了增加航路的质量实绩，采购了大量单纯加上运费就要亏本的水泥，并安排从织女星系运送到了正在热火朝天搞建设的新首都奥丁。

卡梅利亚发现记录之后，短短两周时间，瓦尔哈拉·织女星系的航路就成长成了数一数二的星域主要航路。奥丁在航路图占据的位置逐渐靠向中央。

他们定期通过内务省向皇帝汇报进展，但从未收到过答复。

"感觉挺不错啊。"工作进入第三周，人们开始道出这样的意见。

"差不多算是完成了吧。"工作进入第四周，斯迈利也开始这样说了。

这段时间，斯迈利改名了。因为上头下达命令，可以自由修改容易造成混乱的 E 式姓名。许多高加索人选择了"日耳曼风"

的姓名，本田·斯迈利也改成了埃克哈德·乌泽尔博登。

接下来那两个星期，阿特伍德与卡梅利亚测试了航路图的最终使用效果，决定提交给皇帝。

就这样，新的银河帝国航路全图正式完成。

*

他们的庆功会也在拉普商会召开。

斯蒂芬·阿特伍德少尉、卡梅利亚·兰卡夫军曹，以及在这一个月间从本田·斯迈利改名为埃克哈德·乌泽尔博登的军曹三人被领到与他们的工作空间相隔两扇门的会客室，发出了赞叹的声音。

那是一个木制拱顶撑起的挑高房间，墙壁被书架覆盖，许多彩色玻璃让阳光透入室内，形成了七彩的光芒。

拱顶中央的枝形吊灯由众多细长的圆筒组成，看似新现代主义的名品。完全吸收了脚步声的地毯描绘着蔓草花纹。

这里的东西也许几乎都是其主人劳伦斯·拉普三世从自己的故乡，也就是地球带来的。能够明确肯定不属于地球的东西只有一样，那就是房间深处墙上悬挂的航路图挂毯。

那幅航路图挂毯以黑色天鹅绒为底，用银丝和玻璃珠刺绣而成，并且遵循地球时代的习惯，让银河的北极朝上。提交给皇帝的航路图中心更靠近奥丁，因此与这张图的角度不太一样。

它可谓气派非凡。

航路图描绘的人类活动范围,直径可达一万光年。与长度足有十万光年的银河相比,一万光年可谓微不足道。可是,它也足以囊括从银河中心盘旋伸展出来的猎户支臂的尖端。

玻璃珠代表的恒星从航路图左下角至右上角逐渐减少,越过右上角的卡斯特罗普星系,另一端便是恒星稀少的银河支臂缝隙。越过这道缝隙前往拥有许多自带行星的壮年期恒星系统的人马臂,还要再跨越一万光年的距离。

航路图左侧镶嵌了数不清的玻璃珠,仿佛笼罩着一层白色雾气。这片星域位于猎户支臂中心,遍布着变星、红巨星、蓝巨星导致的空间扭曲,并充斥着不易观测的星际气体,是个十分危险的地带。有人说它宽达三千光年,也有人说是五千光年。只要能穿过这片地区,就能到达适宜人类居住的行星,然而目前观测和坐标收集工作都没有进展,不足以完成沿危险地带的跃迁。

有了鲁道夫的领导力,也许能够组织起数以万计的亚光速调查船,慢慢积累可跃迁的坐标对。但是现在看来,他似乎更专注于用手中的权力将自己神格化,并为亲信谋求幸福。

也许是受到了整整六个星期的共同作业的影响,阿特伍德道出了对皇帝的不满。

"与其安装那些无聊的雕像,还不如把这个挂出来。这个伟大多了。"

"好了好了。"拉普安抚了几句,请阿特伍德落座。

会客厅中央的桌子上摆放着葡萄酒瓶、醒酒器和酒杯。

"各位真是辛苦了,请坐吧。"

拉普拆开瓶封,拔出软木塞,确认过香气后,将红黑色的酒液倒入醒酒器。

"你太客气了,谢谢你。"

阿特伍德拿出了他请内务省制作的勋章。虽然钱已经付过了,但没有拉普的协助,他们绝不可能在如此短的时间内完成航路图。拉普握着醒酒器的长颈,慢慢摇晃酒液,用空着的手接过盒子,向他道了谢。

"这是银鹫市民章,以后你若得到帝国的派对邀请,请佩戴这枚勋章。"

"市民?"

拉普调侃似的笑了笑,阿特伍德改口道:"应该是臣民。"

"我可没当过臣民。"卡梅利亚接过了话头。斯迈利(埃克哈德)苦着脸说:"少开几句玩笑吧。"四人早已接受了彼此对"帝国"的不同感情。或者说,早已放弃了改变对方。

"那我就恭敬不如从命了。"拉普用不得罪任何人的方式结束了话题,同时停下摇晃醒酒器的动作,瞥了一眼沿着瓶身内侧滑落的酒液。

"应该可以了。剩下的就直接在酒瓶里醒着吧。毕竟这种酒不好入口。"

"这是很贵重的葡萄酒吗?"

"不算太老。"

拉普将绿色的酒瓶递给阿特伍德。厚玻璃瓶上的标签虽然印着银河公用语的字母,却是一种他不认识的文字。只能勉强辨认出年号。

"二三七年,是宇宙历吗?"

"没错。这是拉古兰农场酿造的七十五年老酒。"

"拉古兰,是指天狼星系的拉古兰市吗?"

卡梅利亚拿起阿特伍德手里的酒瓶,仔细查看标签。

"La Nuit Sanglante——好不吉利的名字。血腥之夜是指地球军的虐杀吧。"

"正是如此。"拉普倾斜醒酒器,高挺的鼻梁伸入其中,"那是我的故乡被人类抛弃的夜晚。"

拉普拿回酒瓶,将醒酒器中的酒水分别斟进四只酒杯。

"来,让我们为开拓宇宙的先驱者干杯吧。"

拉普用空着的手做了个邀请的姿势。卡梅利亚最先伸出手,拿起杯子闻了闻。

"木质香气?"

"您的嗅觉真不错,敢问是森林地区出身吗?"

卡梅利亚先是抿了一口,然后仰脖喝下半杯。

"我在德奥里亚的楼房里长大。如果算上每年掉落臭果子的银杏树,我的成长环境倒也算是跟森林有点关系。"

拉普"啪"地拍了一下额头。

"哎呀，还是曹长您更风趣。"

"我只是军曹。"

拉普摇了摇头。

"各位一定会得到晋升。因为完成了皇帝陛下钦命的军人，没有一个不晋升的。"

卡梅利亚兴致缺缺地转过头，欣赏起了会客室的摆设。

"阿特伍德少尉很快也要成为大尉了。乌泽尔博登军曹肯定也前途无量。您的新名字真不错。"

"我可是为名字吃了不少苦啊。"

埃克哈德高兴地喝了一口酒，阿特伍德却摆摆手表示拒绝。

"就算真要我升为大尉，我也会拒绝。万一升上去了，搞不好要带队打仗呢。那不适合我。"

"那真是太可惜了。我倒是觉得您能成就更大的事业。"

拉普轻轻摇晃酒杯，看了一眼阿特伍德，突然又说：

"不愿意做的事，大可以不去做。不过一旦晋升，年金也会增加哦。"

阿特伍德闻言陷入了沉思，继而发现那没什么意义。三十多岁就退役的军人，年金多不到哪里去。

他抿了一口香气完全挥发出来的葡萄酒，酸涩中带着一丝清凉。这时，酒才真的醒起来了。阿特伍德又晃了晃酒杯。

"你这间会客室气氛很宁静啊。"

"感谢夸奖。"

阿特伍德的视线落在了正对挂毯那面墙边的桌子上。

"拉普先生，那张桌上都是什么书？"

书架上摆放的都是整齐划一的皮面大书，唯独桌上那十几本书显得格格不入。其书脊和封面只印有不带任何装饰的大号文字，而且非常薄。

"那些都是客人委托我收集的。现在正好集齐了，准备下周送去奥丁。"

"这么小的书用来装饰，恐怕不够用吧。"

鲁道夫称帝之后，高级官僚都拆除了办公室的大屏幕，转而摆起了皮革装订的书籍。但是那张桌子上的书丝毫没有权威感。

"那不是装饰。"拉普点头赞同了阿特伍德的推测，"委托人好像真的想读那些书，因为他直接指定了书名。而且那些都是地球时代的书籍。他给的目录很有意思，您要看看吗？"

阿特伍德摇摇头，苦笑着说：

"还是算了，我从来不读纸书。不过你这么一说，我倒是放心了。那些口口声声说什么终身执政官、什么帝国的官僚，如果能从旧书里学到一些东西，也许还有救。这是要提供给哪个部门的书籍呢？"

"给内务大臣。"

阿特伍德开始在记忆中搜寻对应的人名。自从两年前鲁道夫成为银河帝国皇帝，几乎每周都有省厅被改动，领导人也随之发生了改变。话虽如此，连内务大臣都想不起来是谁，未免有些难堪了。

变为帝国之前，那人应该是从边境执政官一路打拼上来的女官员，接替她的人是从军队里出来的，还是——

"是恩斯特·法尔斯特伦内务尚书阁下。"

听了埃克哈德的回答，阿特伍德一拍大腿。

"哦，是他啊！"

那位官员跟埃克哈德一样，有一副金发碧眼的长相。他在充当就任记者发布会的舞会上远远看过一眼。法尔斯特伦在全息影像和立体TV中从来都是一副笑眯眯的表情，可是他每在一份文件上签字，就有一个共和制与民主制的组织被解体。

卡梅利亚在阿特伍德旁边站了起来。

"我能看看吗？"

"可以，请吧。反正那是公费购买的书籍，其中只有一本禁书。"

"谢谢你。"

看见卡梅利亚拿起书，埃克哈德也站了起来。

"我也能看看吗？"

拉普憋着笑同意了。阿特伍德直接笑着说：

"哎，这是吹的什么风。你也看纸书吗？"

埃克哈德拿起卡梅利亚放下的书，看了一眼标题，然后回答道：

"今后若是有机会见到内务尚书，说不定能跟他聊起来——达尔文？这是进化论呢。"

埃克哈德用帝国公用语的发音念出了至今仍未褪去光彩的科学巨人之名。卡梅利亚冷冷地看了他一眼，继续翻看堆积在桌面上的书籍。

"好意外啊，没想到内务尚书竟对科学感兴趣。"

阿特伍德自言自语似的说着，拉普缓缓摇了摇头。

"称得上科学的书籍，只有乌泽尔博登军曹手上那一本。其他都是……"

一直在哗啦啦翻书的卡梅利亚用力撂下最后一本，回到了座位上。

"你竟能找到那种东西。"

拉普摇晃着酒杯，头也不抬地回答道。

"这是我的工作。我找得可辛苦了。"

"恐怕是很辛苦。"

仔细一看，卡梅利亚那无论在什么逆境中都能散发出活力光彩的肌肤竟显得暗淡无光。失去血色的嘴唇宛如灰色的黏土。

"怎么了？不舒服可以先回酒店。"

"不——"卡梅利亚看了一眼拉普，用细小但清晰的声音说：

"拉普先生，最后那本月面都市的市长自传，现在都还是禁书吧。"

拉普点点头，卡梅利亚凑到阿特伍德耳边，吸了一口气要跟他耳语。阿特伍德吃了一惊。她是最藐视权威的人，为何竟害怕成这样？但是当那一串前所未闻的发音排列在他脑中组合成单词，并解析出意义时，他一下就明白过来了。

"是优生学。"

"怎么可能……"阿特伍德说完这句话时，埃克哈德已经读完了第一本书的目录，回到座位上说："唉，一点都看不明白。"

难道内务尚书——不对，难道鲁道夫的帝国，要通过"血统"对人民分级？

含入口中的葡萄酒的浓香和清凉，瞬间不见了踪影。

*

斯蒂芬·阿特伍德时隔六周来到中央厅舍，发现里面的鲁道夫像比以前更多了。原本它们只在每一层的电梯厅附近睥睨四周，现在每条走廊的尽头都能见到那些雕像了。

还有一件事印证了拉普所说的摄像头传闻。大楼入口不再对人们的手提行李进行开箱检查了。

他在更衣室换上制服时，还发现几个陌生的士官一脸愠怒地看着自己。他带着阴郁的心情走向办公室，发现门打不开了。

掌纹验证、密码、ID卡，他尝试过各种认证方式，最后才发现门上挂的部门名称被换掉了。

"宇宙军总指挥师团　航路局　帝国军航路情报管制小队"

"管理"变成了"管制"，名称再一次发生了改变。

"我是不是漏收了任命书啊……"

"课长，怎么了？站在这里干什么？"

他回过头，发现卡梅利亚·兰卡夫走了过来。

"门打不开，我正为难呢。"

"那就回去吧。"

阿特伍德忍不住笑出声来。

"那怎么行。之前提交的航路图，应该有反馈了。"

"这扇门在告诉你，不看也无所谓了。回去吧。"

"别瞎说了——"

他突然闭上了嘴。

身穿黑底金嵌金丝绒士官制服的斯迈利——不，埃克哈德·乌泽尔博登出现了。他的军衔是中尉。

"怎么回事？"

"我也不知道。柜子里……"

埃克哈德说到这里，抿着嘴攥住门把手，门锁解开了。

他们的办公桌上都摆着放有调动命令的文件夹。课员的桌上是树脂文件夹，队长座位上则是跟皇帝诏书一样的，只印有双头鹰纹章的皮革文件夹和四个树脂文件夹。

埃克哈德大步走进办公室，拿起自己桌上的文件夹，困惑地转向阿特伍德。

"这是给阿特伍德少尉的。"

阿特伍德瞬间明白了事态。他的办公桌上应该放着发给埃克哈德的调动命令。

"换言之，埃克哈德先生——不，乌泽尔博登中尉被任命为航路情报管制小队的队长了。恭喜你。"

那好几个树脂文件夹里应该是晋升的任命书。由于只有死人能越级晋升，那应该是按照一定间隔分别发出的。

"我可没听说啊。"埃克哈德说，"我完全不懂航路的工作，怎么当队长呀？"

"爱怎么当就怎么当呗。"

卡梅利亚翻开了她的调动命令。

"我被调动了。到牛郎星系第七行星管理矿山。课长最好也看看自己的吧？"

"乌泽尔博登中尉，上面写着什么？"

他是否该加个"请问"呢？

埃克哈德打开手上的文件夹，压低声音说：

"少尉也是调动。"

"调去什么地方？"

"天狼星系，航宇管理中心。"

一阵笑意涌了上来。虽然不知是什么人在做决策，看来对方至少认可了他的航路相关技术。

"卡梅利亚小姐，我们回去吧。还得准备调动呢。"

或者准备请辞。牛郎星系第七行星是酷寒的监狱星球。调动到那种地方无异于流放。卡梅利亚点点头，不等阿特伍德先动，就离开了办公室。

"那你自己保重啦,斯迈利。"

埃克哈德慌忙绕过办公桌跑过来。

"你们不问问调动的原因吗?不介意的话,我可以写一份陈情书,请上面撤回决定呀。靠我一个人怎么维护航路呀。"

"用不着维护。如果需要追加航路,你找拉普买就好了——等等,我要去小天狼星?莫非勤务地点是拉古兰市?"

埃克哈德看了一眼文件夹,随后点点头。在这微妙的时刻,拉普竟给他带来了救赎。还是说,这一切都是他安排的?

阿特伍德向埃克哈德敬礼致意,随后对工作了七年的办公室鞠了一躬。

"就此别过。"

*

"烦死了!"

卡梅利亚·兰卡夫披散的黑发又一次被进入轨道的登陆船排气吹了起来。她把覆盖了脸颊的毛发向后梳理,斯蒂芬·阿特伍德则在旁边看着那场闹剧。

"干什么,我发型很奇怪吗?"

阿特伍德慌忙摇摇头。

"我只是想,这可能是第一次见你披散头发。"

"你还真没紧张感啊!"

卡梅利亚大声抱怨完，凑过来小声说：

"我跟课长不一样，用的是伪造身份证，你不能体谅体谅我吗？"

"我知道了，柯妮·戈乌女士。我跟在你后面走。"

阿特伍德推着卡梅利亚融入了走向到达出口的人群。他紧跟在卡梅利亚身后留意周围是否有人监控，二人一同走向了入境管理处。阿特伍德走的是"公用"通道。

本来仅凭身份证就能通过，但是保险起见，他还带上了纸质的调任命令。应该不会有问题。通过之后，他只能祈祷卡梅利亚不被卷入任何事情，若是真的有事发生，他必须去救人。

被贬职到牛郎星系的当天，卡梅利亚就向帝国军提交了辞呈，随即找到劳伦斯·拉普三世，发现"课长"竟抢先一步出现在了他们工作过六个星期的办公室里，同时也明白了自己被贬职的原因。

原来，是拉普将他们在商会内工作的对话录了音，提交给先兵控告卡梅利亚和阿特伍德出言不逊。

拉普刚坦白了真相，卡梅利亚就要扑过去，但是阿特伍德及时补充道："这是为了救我们出来。"这时卡梅利亚才松了手。拉普整理好领带，继续说道：

"你们两位并非白人，总有一天会被逐出军队，并且迟早要被断种。尤其是阿特伍德先生。因为鲁道夫绝不会容忍金发与褐色皮肤这种混乱的人种特征存在。更何况除此之外，你们的思想也有问题。"

单凭这一个理由,就足够让阿特伍德舍弃军队的职务和现在的身份。

虽不知届时将会打出什么样的法律名义,但可以肯定,鲁道夫短期内将会实施优生思想政策。改名后的埃克哈德·乌泽尔博登能够连升四级,足以证明军队的人事已经开始根据人种差异做出变动。

卡梅利亚在那里得到了拉普为她准备好的伪造身份证,以及前往阿特伍德即将赴任的小天狼星的宇航券。阿特伍德会服从命令前去小天狼星,并在进入拉古兰市之后,与卡梅利亚一同躲藏起来。

阿特伍德回忆着拉普的话,等待大门开启。

"两位想必已经发现,银河的模样可以由人手随意操纵。而你们正好掌握了那种技术。"

拉普一边为他们准备伪造的身份证、衣物、银行账户等材料,一边继续道:

"总有一天,直径一万光年的领土会变得不再足够。人类必将越过暗黑的空间,进军人马臂,或是穿过猎户臂的中心部位,开拓另一侧的宇宙。"

阿特伍德明白了拉普的用意。

"你要先于帝国开拓航路,诱使他们避开你不希望被看见的地方。"

"正是如此。"

"我们需要地方。小点无所谓,不方便也没关系。总之是不会动摇的大地。"

拉普抬手指向航路图挂毯的左侧,被包裹在星辰雾霭中的区域。那片危险地带。

他指出了雾霭中的一点红色光芒。

"这是地球统一政府时代就定下了航路的恒星。当然,我不会把它交给帝国。"

"那里有宜居的行星吗?"

"是的。只可惜大气中缺乏二氧化碳,无法种植绿化。"

"它叫什么?"

拉普摇了摇头。

"还没定下来。正如你们接下来要用的名字。"

阿特伍德笑了起来。

"能告诉我都有什么备选吗?"

"那我们先从阿特伍德先生的名字开始吧。"

拉普在桌上摆开了一排做工精巧的伪造身份证。

莫基德吉·卢斯昆

拉巴南·拉克西米

雷南·贝尔纳多

阿尔弗雷德·鲁宾斯基……

作者寄语（按正文排列顺序）

■《龙神瀑的皇帝陛下》——小川一水

二十多年前，我第一次阅读《银河英雄传说》本篇，就对第十卷艾密尔说的"即使在河边钓鱼时……"印象深刻。莱因哈特还会钓鱼？那个华丽的榆木脑袋，那个无论骑马、下棋还是读书都不怎么用心，一心沉迷工作（战争）的人，竟然还会钓鱼？不过既然钓到了鳟鱼，肯定不是在钓鱼场，而是在溪流吧？那么他应该走到了离别墅很远的地方吧？他肯定还带上了怀着身孕的希尔德和小奶狗艾密尔，所以要坐车对吧？皇帝肯定不会单身出行吧？就算他本人不愿意，也会有一大群人跟着去吧？他又不认识路，得有个向导吧？哎，等等，一个天才跟他的老婆，还有保护老婆的大叔和少年，再加上向导一起去溪边钓鱼？我好像看过这样的故事吧？角色会不会重复了？会不会混淆？如果那个格格不入的天才皇帝青年莱因哈特完全释放天性，那岂不是超有趣？

于是，我就写了这个故事。

■《士官学校学员的恋情》——石持浅海

《银河英雄传说》的魅力之一，就是有很多并非主角却让人格外喜欢的角色。

当我接到为《银河英雄传说》写致敬作品的邀稿时，瞬间就想到要让他们当一次主角。我是一个推理作家，主角当然是充当侦探的人物。

这是，我最先想到了卡介伦夫人。正传中将她描绘成"总是笑眯眯，擅长做家务的家庭主妇"，但既然卡介伦能爱上她，证明她也是个极其优秀的人。杨威利评价夫人与卡介伦的关系是"因为魔法大战输了，所以从此以后，才在他家里当仆人的。"我想再现那样的关系，就写成了这篇小说。

这回我主要让卡介伦夫人活跃了一番，但也还有很多想写的角色。荷旺·路易和姜·列贝罗的友情故事应该也很有趣。另外，"沉默提督"艾齐纳哈追求太太的场景会是什么模样？还有童年的希尔德与温柔守护她长大的父亲玛林道夫伯爵——想象起来就没有止境了。

你瞧，能让我们对各种登场人物展开想象，正是《银河英雄传说》的美好之处。

■《提埃里·伯纳尔的最后一战》——小前亮

我是被 Wright Staff 派遣到这个选题来的，所以希望能充当平衡者。因为写帝国故事的作者比较多，于是我决定写写同盟。一开始我想让波利斯·寇涅夫当主角，后来打听了其他作者的情节，发现没有舰队战。既然如此，那我就写一场银英传式的舰队战吧。这就是我创作故事的动机。在年表上找空缺，确认既存角色的动向，以免发生矛盾，这些操作跟我写历史小说的时候基本相同。于是我再次感叹：原来历史小说就是二次创作啊。

这些先说到这里。虽然只是合辑里的一篇，但有机会与我从小就憧憬不已的东京创元社合作，实在是太高兴了。我现在特别想对小学时的自己炫耀这件事。感谢各位给我这个机会。

■《雷娜特的故事》——太田忠司

接到致敬作品的邀稿时，我脑子里冒出的第一个想法是：我要写奥贝斯坦！《银河英雄传说》创造了许多富有魅力的角色，而我最喜欢的，就是这个人。

他冷酷无情，为了达到目的不择手段。但是，他又没有任何私人欲望，保持着清正廉洁。这正是奥贝斯坦的魅力所在。如果没有他，莱因哈特肯定无法称霸宇宙，宇宙也永远无法得到新的秩序。可以说，他正是新时代的重要基石。如果能为他写故事，那我当作家真的值了。正因如此，我第一个举起了手说："我要写奥贝斯坦！"

让他当主人公，应该写什么故事呢？我第一个想到了西奥多·马西森的《伟大的侦探》。（巧得很，它是创元推理文库！）那是将亚历山大大帝和南丁格尔这些历史著名人物充当侦探的短篇推理小说集。如果模仿这个模式，让奥贝斯坦当侦探……带着这个想法，我完成了本篇的创作。

我在这里做了一个小小的冒险尝试，那就是华生的设定。不如给奥贝斯坦安排一个女下属如何？而那个女下属又正好与他那著名的"意外的一面"有关，这样如何？

老实说，写这样的故事，我快乐极了。

■《群星的舞台》——高岛雄哉

说到杨威利这个人物，不得不提及他的军事才能。

他的能力是如何培养出来的？他虽然不像莱因哈特那样，以首席的成绩从士官学校毕业，但是在学校的战略战术模拟训练中，他战胜了首席的怀特伯恩。那么，他的能力是早就有了萌芽吗？还是因为什么转机？

他有很深的历史学造诣，能够从多种角度审视世界。然而，他所在的战史研究科被撤销了，其后就算他进行过私下的历史研究，但也不能仅通过历史来理解杨威利。

这篇小说的创作，就从这里开始。

我上大学时第一次接触了《银河英雄传说》，并且跟物理系的同学经常谈论这部作品。

正如杨威利那般，物理学家从古至今都在自由地思考，其中大多数人肯定会说，"伊谢尔伦回廊"真实存在的可能性并非为零。一九九五年，人类才真正观测到太阳系以外的行星，二〇一九年，我们才拍摄到了银河远处的黑洞照片。直至现在，我们仍对自己所在的银河一无所知。

然后，是杨威利。

他的魅力当然是几天几夜都说不完的。可以说，我创作这篇小说的依据，就在于他那种不可观测性。希望这篇小说能略微拓展杨威利这个人物的不可观测领域，也就是他的魅力。

最后关于希帕提娅，她的名字来源于公元四世纪亚历山大港的科学家希帕提娅。在杨威利的年代，杨振宁博士是一千六百年前的人物，而亚历山大港的希帕提娅又比杨博士早了一千六百年，几乎可以算是人类最初的一批科学家。

这位数学家、天文学家的结局与本作的希帕提娅大相径庭。她被暴徒化的基督教徒残忍地杀害了。西班牙电影《城市广场》（Agora，2009）讲述了她的生平，由瑞秋·怀兹饰演主角希帕提娅。来自公元四世纪的她，定然也会像杨振宁和杨威利一样，在比三十六世纪更远的未来，依旧被人们传诵。

■ **《朗朗银河》**——藤井太洋

我刚参加完成都的国际科幻大会，回来就接到了为《银河英雄传说》写致敬作品的邀稿。那是二〇一八年的年末。我当场就答应了。我之所以答应下来，当然是因为有想写的东西，可是真正动笔，却拖到了截稿前一刻。

一九九〇年，我第一次接触了《银河英雄传说》。恰好三十年前，我独自生活在东京，过着复读生活。机缘巧合之下，我在旧书店买了单行本第一卷，从此沉迷其中。我一个通宵读了好几遍,等到早晨开店时间,我就冲进书店把能买到的都买了,又看了一整天。那些塑造得无比绝妙、定位无比巧妙的人物,让当时心神不定的我感到了无限的魅力。

这篇《朗朗银河》虽然没有正传里的登场人物,但我尝试描写了也许会在那个世界编织历史的人物。他/她们可能无法成为英雄,但希望这些人的故事,能给读者带来一些快乐。